Ljudmila Ulitzkaja

Alissa kauft ihren Tod

Erzählungen

Aus dem Russischen von
Ganna-Maria Braungardt

Hanser

Die Erzählungszyklen »Freundinnen« und »Vom Körper der Seele« erschienen im Original unter dem Titel *O tele duši* 2019 bei AST in Moskau. Die Erzählungen »Züü-rich« und »Russische Frauen« stammen aus dem Erzählungsband *Pervye i poslednie,* Eksmo, Moskau 2002. Der Erzählungszyklus »Sechs mal sieben Miniaturen« entstand 2020 und ist im Original noch unveröffentlicht.

1. Auflage 2022

ISBN 978-3-446-26965-1

Umschlag: Peter-Andreas Hassiepen, München
Motiv: © Sarah Medway/Bridgeman Images
Satz: Eberl & Koesel Studio, Altusried-Krugzell
Druck und Bindung: CPI books GmbH, Leck
Printed in Germany

FSC
www.fsc.org
MIX
Papier aus verantwortungsvollen Quellen
FSC® C083411

Freundinnen

Andere brauche ich nicht …

Meine Freundinnen, Amazonen, blutjunge Mädchen und
alte Damen,
in knallbunten Stiefeln, in Galoschen, Sandalen und barfuß,
singen im Reigen, sorglos, lärmend, auch mal kreischend,
sie drehen sich, hüpfen und tanzen Quadrille und Twist.
Die Tänze der Welt sind heilig;
ihr Singen macht Kranke gesund, wiegt Kinder in den
Schlaf,
nur Tote erwecken, das können sie nicht,
doch wer weiß, vielleicht lernen sie's bald.

Schön sind die Freundinnen – mit Kraushaar, mit Zopfkranz
oder kahlgeschoren,
die Köpfe wie Kugeln aus blankem Elfenbein,
mit dichter Mähne, mit Dreadlocks, mit zartlila Löckchen –
und leichtfüßig – eine in Spitzenschuhen, eine stets
hüpfend,
eine im Rollstuhl, dahinter die Freundin mit dreibeinigem
Gehstock seit ihrem Schlaganfall.

Es hüpfen die Jungen, die spitzen Brüste gereckt,
die Hängebrüstigen lassen die Nippel spielerisch wippen,

die flachbrüstigen Mädchen hüpfen, einen Kranz aus Dill
vor der Scham …

Ich liebe euch, Freundinnen, für eure Heiterkeit und eure
Treue,
für eure Güte und eure Großzügigkeit,
für die Mütterlichkeit, mit der ihr
euch über Kleine und Schwache beugt, sei es ein Frosch,
eine Maus
oder gar ein kleines Menschenkind.

Tanka, Soja, Larissa, drei Nataschas, Diana, Irischa,
Katja-Lena, Tamara, Ilana, Christina und Ganna-Maria,
Nastja, Katja, Kioko … Mascha, ja, Mascha, fast hätte ich sie
vergessen,
denn sie ist schon so lange fort,
die Kinder haben längst Kinder geboren, Enkel wachsen
heran …
und jene, die fort sind, drehn sich im Reigen weit oben,
schau nur hinauf,
dann siehst du fröhliche Fersen oder leichte
Totenschuhchen
und schneeweiße Totenhemden –
Vera, Katja und Olja, Tamara, Gajeneh und Marina, Irina
und Natalie …

Wir haben das Leben zusammen verbracht, alle Trauer
gemeinsam getragen,
gemeinsam Koffer geschleppt, Kartoffeln und Särge,
uns ausgeweint beieinander – ob Liebeskummer,

Betrug, Abtreibung, Verrat, Haussuchung oder
beschämender Neid.

Wir spannten einander die Männer aus und lehrten
einander verzeihen,
wir waren verworfen, wir logen und machten uns schuldig,
dann lagen wir weinend auf Knien und flehten,
erhofften voneinander Vergebung und Gnade,
Freundschaft und schwesterliche Liebe.

Andere brauche ich nicht, ich liebe diese leichtsinnigen,
weisen,
schamlosen, bezaubernden, verlogenen, wunderbaren,
abergläubischen und treuen,
diese überaus klugen und unfassbar dummen Frauen, von
denen die Engel im Himmel noch lernen könnten …
Ich brauche euch, wie ihr seid – denn ich bin wie ihr und
passe zu euch.

Drache und Phönix

Als nur noch eine Woche blieb, was jedoch niemand wissen konnte, bat Sarifa Mussja, eine bestimmte Nummer zu wählen, die sie ihr sogleich diktierte.

»Du hast wirklich ein unglaubliches Gedächtnis«, sagte Mussja zum tausendsten Mal bewundernd.

Sarifa, an diese Bewunderung längst gewöhnt, sagte nur ziemlich streng: »Verbinde mich.«

Sie hatte zwar einen Sekretär, doch Mussja erfüllte dessen Aufgaben besser als jeder Sekretär. Auch ihr Englisch war besser als das des Sekretärs und eindeutig besser als das von Sarifa. Genau wie ihr Russisch und ihr Französisch; seit einiger Zeit konnte sie sogar Griechisch, was nun jedoch keine Rolle mehr spielte.

Mussja wählte die Nummer mit der ihr unbekannten Vorwahl, ein Mann meldete sich mit einem langgezogenen, melodischen »Hallou«, und Mussja hielt den Hörer direkt an Sarifas Ohr, damit diese sich nicht aufrichten musste. Sarifa antwortete auf Aserbaidshanisch, und ihre Stimme wurde kräftiger und zugleich zärtlich. Mussja verstand die Sprache ein wenig, obwohl sie sie nie gesprochen hatte – sie hatte in einer damals friedlichen armenisch-aserbaidshanischen Kleinstadt eine russische Schule besucht, in der nur die Hälfte der Schüler Russen gewesen waren, die andere Hälfte Armenier und Aserbaidshaner, Kinder der gebildetsten Leute der Stadt, die wussten, dass eine gute Ausbildung nur in Russland zu bekommen war. Bei Schulabschluss konnten die Kinder fast so gut Russisch wie ihr Lehrer Alijew, ein Russophiler und glühender Kommunist. Ursprünglich war es eine rein russische Lehranstalt gewesen, zudem die erste für Mädchen in ganz Karabach. Als Mussja sie besuchte, waren die Lehrer allesamt alt, wie Museumsstücke. Eines war Lehrern und Schülern dieser Schule gemeinsam: Das Bemühen um die Feinheiten der Sprache von Puschkin und Tolstoi milderte die Differenzen zwischen Armeniern und Aserbaidshanern, denn in einem waren beide gleich: Sie gehörten nicht zur großen russischen Kultur. Sarifa hatte dieselbe Schule abgeschlossen, allerdings acht Jahre vor Mussja, kennengelernt hatten sie sich erst Jahre später in Moskau.

Ihre Heimatstadt in Karabach war seit eh und je dezent, aber deutlich in einen oberen und unteren, einen armenischen und einen aserbaidshanischen Bezirk geteilt gewesen, und das Leben kreiste wie auf dem Land um den eigenen Hof, die eigene Straße. Hin und wieder kam es zu gemischten Ehen, und das war jedes Mal etwas Besonderes, ein Ereignis, das unter Nachbarn und Verwandten hohe Wellen schlug. Warum diese Aufregung? Oh, das ist ein Thema für sich … Ehen mit Russen brachten das Blut merkwürdigerweise weniger in Wallung.

Mussja lauschte dem Gespräch. Offenbar wollte Sarifa, dass ihr Bruder herkam, sie erwähnte den nächstgelegenen Flughafen. Außerdem bat sie den Bruder um etwas, doch worum, verstand Mussja nicht, sie erhaschte das Wort »Drache«, war sich jedoch unsicher. Was für ein Drache? Zum Schluss sagte Sarifa auf Russisch: »Komm her, Said. Und beeil dich.«

Mussja nahm das Telefon an sich. Sarifa untersagte ihr zu weinen. Beide schwiegen. Mussja legte ihre porzellanweißen Hände auf den kleinen Ablagetisch des Krankenhausnachtschränkchens und ließ lautlos Tränen darauf tropfen.

Es war fast zwei Jahre her, seit bei Sarifa diese verfluchte Krankheit ausgebrochen war. Erst war sie in München behandelt und operiert worden, dann waren sie nach Israel gezogen, dort hatte sie Bestrahlung und Chemotherapie bekommen, nun lebten sie auf Zypern, wo Sarifa schon vor langer Zeit ein Haus für glückliche Sommer gekauft hatte. Jede für sich hatte wortlos ihre eigene Entscheidung getroffen: Sarifa kämpfte bis zum Letzten, und Mussja, die nicht mehr an Ärzte glaubte, hatte sich mit zwei armenischen Hexen eingelassen, ältlichen Schwestern, die von Kopf bis Fuß in Gold gefasst waren, und nachts, wenn Sarifa sie nach Hause schickte, damit sie ein wenig schlief, sprach sie heimlich per Skype mit den beiden. Sie hatte ihnen eine schwierige Aufgabe gestellt – nicht die Heilung von Sarifa, sondern die komplizierte Operation eines Seelentauschs. Die Schwestern hatten ihr ein besonderes Öl geschickt, zum Einreiben der Beine. Margo, die ältere Schwester, behauptete, ein solcher Tausch sei möglich – sie hätten mal eine Mutter gehabt, die anstelle ihres Sohnes gestorben sei. Ihr Zauber habe auf folgende schlaue Weise gewirkt: Der Junge überlebte, Professor Worobjow in Moskau konnte seine lebensgefährliche Blutkrankheit heilen, die Mutter aber geriet unter eine Straßenbahn, sie wurde überfahren, sobald ihr Sohn geheilt war.

Mussja hatte am Moskauer Pädagogischen Institut studiert, sie war literarisch gebildet und belesen, deshalb verwies ihr Gedächtnis sofort auf Berlioz: Zauberei, eine Straßenbahn, Öl.*

»Er war ein guter Junge, ist zur Armee gegangen, aber jetzt sitzt er im Gefängnis«, sagte die eine Schwester, und die andere unterbrach sie: »Verbreite keine Gerüchte. Es gibt Wunder, jawohl, die gibt es!«

Drei Monate lang wurde es immer schlechter, und es geschah kein Wunder. Mussja fasste einen Plan: Sollte der Tausch nicht zustande kommen und Sarifa sterben, wollte sie selbst ihr folgen. Straßenbahnen gab es in ihrer zyprischen Stadt zwar nicht, aber dafür das Meer, das direkt unter ihren Fenstern rauschte und seine vielfältigen Dienste anbot, und auch der gute alte Strick war noch immer eine Möglichkeit. Warum sich Sarifas Glück – oh, sie hatte ihr Leben lang so viel Glück gehabt! – von ihr abgewandt hatte und das Schicksal nun mit einem Schlag alles einfordern wollte, was ihr so großzügig zugefallen war, darüber dachte jede für sich im Stillen nach. Doch während Sarifa herauszufinden suchte, wo sie einen Fehler gemacht hatte, mengte Mussja in ihre Gedanken archaische Motive wie Feuer, Blut und Wasser, die in einem bestimmten Verhältnis gemischt sein mussten, aber da fand sich kein Fehler, nur bedrückende Ausweglosigkeit.

»Hör auf zu schniefen. Iss lieber was, hier, Katja hat gefüllte Weinblätter mitgebracht.«

* *Berlioz: Zauberei, eine Straßenbahn, Öl* – Anspielung auf den Beginn von Michail Bulgakows Roman »Der Meister und Margarita«. Ein Mädchen verschüttet Öl, Berlioz rutscht aus und wird von einer Straßenbahn überfahren – wie es Voland kurz zuvor prophezeit hat.

Katja war die aus Moskau geholte beste Haushaltshilfe der Welt. Sarifa legte stets Wert auf das Allerbeste, sie verstand etwas von Uhren, Brillanten, Schreibgeräten, Autos – und von Menschen.

Nun weinte Mussja erst recht los. Schon seit einer Woche aß Sarifa nicht mehr, keinen Bissen, sie trank nur noch ein wenig, und die Flüssigkeit, die in den Plastiksack an ihrem Bett tropfte, war nicht mehr rosa, sondern blutrot. Wieder gingen Mussja vage archaische Gedanken durch den Kopf: Blut-Seele-Leben flossen heraus, und durch den Tropf rann eine Nährlösung hinein, eine Art trübes Wasser. Wenn es nach ihr ginge, würde sie ihr gesamtes Blut spenden.

»Iss, und ich muss noch einen Anruf erledigen«, befahl Sarifa. »Was Geschäftliches.«

»Geschäftlich?«, fragte Mussja besorgt.

Diese bezaubernde Naivität – Mussjas absolutes Unverständnis für die geschäftliche Seite des Lebens – hatte Sarifa an ihr schon immer gemocht. Sie strich über das seidenweiche Bein ihrer Freundin. An Mussjas Körper war kein einziges Haar, schon als junges Mädchen war sie von der Großmutter angehalten worden, die Haut mit Bimsstein zu schrubben, bis sie makellos glatt war.

Sarifa hatte nach einer langen Phase körperlichen Abbaus plötzlich einen Energieschub. Sie zeigte erneut auf das Telefon.

»Ruf Shenja Raichman an, sag, sie soll herkommen, sich verabschieden …«

»Nicht doch … was sagst du denn da … wieso verabschieden …«

»Sag ihr, was du willst, aber sie soll herkommen. Heute

Nacht bleibt Katja hier bei mir, du hast drei Nächte nicht geschlafen, geh nach Hause, ruh dich aus. Komm gegen Mittag wieder, und um elf schick Katja her.«

Vor zwölf Jahren hatten sie geheiratet, in Amsterdam. Sarifa hatte diesen Plan lange mit sich herumgetragen und alles gut vorbereitet: ein Bleiberecht in den Niederlanden erwirkt, eine Filiale ihrer juristischen Firma eröffnet und schließlich ein gemütliches Haus in Amsterdam gekauft, direkt an der Amstel, nur ein paar Schritte entfernt vom Theater »De Kleine Komedie«.

Nach all diesen vorbereitenden Maßnahmen, bei denen sich die Heiratspläne wunderbar mit den geschäftlichen verbinden ließen, machte sie Mussja einen Antrag. Sie lebten damals schon fünf Jahre zusammen, dennoch erschrak Mussja. Erstens lag hinter ihr schon eine missglückte Ehe, aus der sie geflohen war wie aus einem Gefängnis, und sie hatte lange gebraucht, um den Mann mit den stachligen Bartstoppeln und den sadistischen Neigungen aus ihrem Gedächtnis zu tilgen. Damals hatte sie geschworen, sich nie mehr mit einem Mann einzulassen und nie mehr zu heiraten – ohne zu ahnen, wohin sie dieser Schwur führen würde. Nämlich in die Arme von Sarifa. Zweitens, und das war eigentlich »erstens«, hatte sie Angst, vor aller Welt zu bekennen, dass sie … Beim Wort »lesbisch« erstarrte Mussja noch immer, wie ein kleines Mädchen, das bei einem Diebstahl ertappt wird. Tief in ihrer scheuen Seele saß die Furcht, das Wissen: Das ist etwas Schlimmes – ihre Mutter hatte beinahe der Schlag getroffen, als sie von Sarifa erfuhr, und sie hatte Mussja verboten, den Verwandten davon zu erzählen. Und nun machte ihr

Sarifa einen Heiratsantrag! Sollte sie ablehnen? Unmöglich. Alles, was Sarifa tat, war großartig: Sie war eine erfolgreiche Juristin, eine einzigartige Verhandlungsexpertin und eine exzellente Geschäftsfrau, risikobereit und zugleich behutsam und vorsichtig. Mussja war stolz auf Sarifa, die einfach alles konnte: Fallschirmspringen, Rallyefahren, in ihrer Jugend hatte sie sehr gut Preference gespielt, in letzter Zeit ging sie manchmal ins Kasino – und verlor nie!

Mussja versuchte, Sarifas mutige Verrücktheit zu bremsen, doch ihre schüchternen Überredungsversuche endeten immer gleich: mit entschiedener, ganz unweiblicher Zärtlichkeit und energischen Liebkosungen. Sarifa war maßlos gerührt von Mussjas ständiger abergläubischer Angst um sie, ihrer teils mütterlichen, teils kindlichen Sorge.

Die Eheurkunde, ausgestellt vom Standesamt der tolerantesten Stadt der Welt, hing jetzt, in ein Passepartout aus geprägtem weißem Samt gerahmt, an einer Wand im Wohnzimmer ihres gemeinsamen Hauses auf Zypern. Als sie die Urkunde Shenja Raichman zum ersten Mal zeigten, küsste die grinsend das Papier und sagte: »Ach, Mädels, bis jetzt wart ihr zwei verdorbene Weibsbilder, und nun seid ihr ein anständiges Ehepaar!«, und alle lachten.

Shenja war der freieste Mensch der Welt, anscheinend auch frei von jeder sexuellen Orientierung. Sie hatte einzig die Wissenschaft zu ihrem Partner erkoren, mit ihr ließ sie sich immer wieder ein, untersuchte bald Hefe, bald irgendwelche Würmer, und seit einigen Jahren erforschte sie in einem Laboratorium in Zürich das menschliche Genom – ein internationales Projekt, über das Sarifa spottete; sie versprach Shenja kostenlosen juristischen Beistand, sollte man sie eines Tages wegen Verrats des Göttlichen Geheimnisses vor Gericht stellen.

Auch das Hochzeitsfoto hing jetzt in ihrem Haus auf Zypern: Die breitschultrige Sarifa im weißen Jackett mit einer kostbar funkelnden Brosche am Revers hat ihre kleine Hand auf die Schulter der schüchtern lächelnden Mussja gelegt; sie stehen am bodentiefen Fenster des Restaurants Ciel Bleu in der dreiundzwanzigsten Etage des Hotels Okura. Sarifa strahlt, Mussja ist verlegen. Das Wort »Gatte« konnte sie nicht aussprechen. Sie hätte niemandem erklären können, was Sarifa für sie war: Beschützerin, Gönnerin, Freundin, Geliebte. Oder Geliebter? Natürlich war ihr klar, dass ein Gatte ein Mann sein muss. Doch nie war sie jemandem begegnet, der Sarifa glich, ob Mann oder Frau, und aus Bewunderung und Dankbarkeit war ihre Liebe entstanden, jene bewundernde Liebe, wie sie junge Studentinnen für einen alten Professor empfinden, Mädchen für ihre Lehrerin und Jungen für ihren Lieblingsfußballer.

Sie waren das erste Ehepaar dieser Art aus Russland, das in Amsterdam geheiratet hatte. In Armenien und Aserbaidshan war etwas so Exotisches überhaupt unvorstellbar.

Und die Hochzeit, die Hochzeit! Das würde sie nie vergessen! Sosehr Mussja auch gebeten hatte, nichts zu organisieren, niemanden zur Feier ihrer einst illegalen, seit einem Jahr jedoch vom niederländischen Gesetz offiziell sanktionierten Liebe zu bitten – Sarifa hatte trotzdem ihre aserbaidshanischen Verwandten zur Hochzeit eingeladen, Flugtickets für sie gekauft und sechs Zimmer im Hotel Okura gebucht. Mussja hatte von ihrer armenischen Familie nur ihren Neffen Aschot eingeladen, der seit zwei Jahren an einer Business-School in London studierte, von Sarifa finanziert. Den Rest der Familie – ihre Eltern und ihre Schwester – wollte sie lieber nicht beunruhigen. Ihr Vater hatte hin und wieder epileptische Anfälle, womöglich könnte er, Gott behüte, während der Hochzeit vor Aufregung einen Anfall erleiden.

Sarifa hatte sich gründlich verrechnet: Die eingeladenen aserbaidshanischen Verwandten, angeführt von ihrem älteren Bruder Said, reisten fast vollzählig an, bis auf eine Tante aus Karabach, die Schwester ihres verstorbenen Vaters, eines Teppichknüpfers, die ihre Flugangst nicht überwinden konnte. Sie kamen am Tag vor der Hochzeit, und noch am selben Abend, nachdem sie den vermeintlichen Bräutigam kennengelernt hatten, der sich als Braut entpuppte, fuhren sie einträchtig zum Flughafen, ohne sich zu verabschieden, und verweigerten so ihre Teilnahme an dem bevorstehenden Frevel.

»Du hattest recht, Mussja«, fauchte Sarifa, als ihr Sekretär sie informierte, dass ihre Verwandten allesamt zum Flughafen Schiphol aufgebrochen seien – »ich habe sie falsch eingeschätzt. Said hat mich vergöttert, als ich klein war, er ist fünfzehn Jahre älter als ich, er war für mich wie ein Vater. Besser als mein Vater. Ach, hol sie der Teufel!«

Sie zuckte die Achseln, ging in die nächstgelegene Homo-Bar und lud alle Anwesenden zu ihrer Hochzeit ein. Der Tisch für vierzig Personen füllte sich am nächsten Tag mit ihren wenigen Amsterdamer Bekannten und Wildfremden aus der Bar: Schwulen, Transvestiten und Individuen undefinierbaren Geschlechts, eher männlich als weiblich. Sie sahen wunderschön aus, beinahe bühnenreif, mit buschigen Federn und klirrendem Schmuck. Auch von ihnen gab es Fotos, allerdings nicht an der Wand, sondern in einem Album, das jedem gezeigt wurde, der sich für die gemeinsame Biographie von Mussja und Sarifa interessierte.

Während Sarifas Krankheit hatte Mussja stark abgenommen, nun ähnelte sie noch stärker als früher einem langhalsigen, bauchigen Krug. Sie aß kaum noch. An jenem Abend blickte sie in den Kühlschrank, er war voller Essen, doch Mussja wehte daraus nur eine ungenießbare Kälte an. Sie duschte und ging ins Bett. Sie schlief sofort ein, ohne jeden Gedanken und jede Vorahnung, die waren in ihr abgestorben, es existierten nur noch Sarifas tägliche Anordnungen, die sie gewissenhaft umsetzte.

Sie erwachte vom Klingeln des Telefons. Ihr Herz begann zu hämmern – ein so früher Anruf verhieß nichts Gutes. Sie griff nach dem Hörer. »Hallou!« Said, sie wusste es sofort. Er sagte, er sei schon in Moskau, werde um 8:20 Uhr abfliegen und drei Stunden später in Larnaka eintreffen. Sie sollten ihn abholen … Ja, ja, natürlich, wir holen Sie ab …

Sie rief Katja im Krankenhaus an. Die sagte, Sarifa sei im OP, zum Katheterwechsel, und den Sekretär habe sie angewiesen, gleich am Morgen zur Bank zu fahren.

»Wastunwastunwastun«, flüsterte Mussja mit ausgetrockneten Lippen. Sie war es seit langem nicht mehr gewohnt, Entscheidungen zu treffen, nicht einmal bei der Wahl ihrer Kleidung. Nun aber lag eine ungeheure Aufgabe vor ihr, die all ihren Kummer überschattete: Sie musste Said abholen, der sie hasste, sie musste selbst zum Flughafen fahren, und was sollte sie ihm sagen, was würde er sagen … und was sollte sie anziehen … Sarifa war im OP, Mussja konnte niemanden fragen. Said war schon auf dem Weg hierher … er war schon in der Luft, kam näher … diese aserbaidshanischen Männer … die waren noch schlimmer als die armenischen … Sie hatte Said nur ein einziges Mal gesehen, damals, als er nach Amsterdam gekommen war, kurz vor der Hochzeit, er hatte sie wütend angeblickt, war aufgestanden und mit Sarifas gesamter Sippe wieder verschwunden … schrecklich …

»Sag Sarifa, ich sitze schon im Auto. Ich fahre Said abholen.«

Mussja erkannte ihn sofort – er war grauhaarig, breit und ziemlich klein, aber dennoch attraktiv. Seine Nasenspitze war leicht abwärts gebogen, das Kinn wie bei Sarifa leicht aufwärts, und in der Mitte saß das gleiche Grübchen wie bei ihr. In seinem schwarzen Anzug und den Sandalen sah er so absurd aus, dass sich die Griechen nach ihm umsahen. Zudem war er mit Plastiktüten behängt und zog eine knallbunte Tasche auf Rädern hinter sich her, aus der eine riesige eingewickelte Rolle ragte. Als Mussja ihn entdeckte, hätte sie beinahe losgeheult, so sehr ähnelte er Sarifa. Allerdings hätte er dem Aussehen nach ihr Vater sein können.

Mussja ging auf ihn zu. »Guten Tag, Said, ich will Sie abholen. Sarifa hat mich geschickt.«

»Warum ist sie denn nicht selber gekommen?«

Mussja lächelte ihr schüchternes Lächeln.

»Ihr geht es nicht gut. Sie liegt im Krankenhaus. Wir fahren erst zu ihr, dann bringe ich Sie zu uns nach Hause oder ins Hotel, was Ihnen lieber ist … Warten Sie hier, mein

Auto steht auf dem Parkplatz. In fünf Minuten bin ich bei Ihnen.«

Der BMW war zwar groß, sein Kofferraum allerdings bot wenig Platz. Sie verstauten Saids Tüten. Er klappte den Trolley zusammen und stopfte die riesige, in schmuddeliges Segeltuch gehüllte Rolle in den Kofferraum. Lange fuhren sie schweigend, schließlich fragte Said: »Was hat sie denn?«

»Krebs«, antwortete Mussja kurz.

»Das ist schlecht. Alle sterben sie an Krebs. Vater ist an Krebs gestorben, Vaters Vater auch. Und sein Vater am Magen. Wahrscheinlich war das auch Krebs, das wussten sie bloß damals nicht.«

Zwei Stunden später betrat Said das Krankenzimmer, in das Sarifa gerade aus dem OP zurückgekehrt war. Ihre natürliche Bräune verlieh ihrem gelb gewordenen Gesicht einen Walnusston. Sie öffnete die Augen und erblickte ihren Bruder. Seine Augen waren starr vor Schreck.

»Ah, du bist da. Geht alle raus. Ich muss mit ihm reden.«

Mussja, Katja und die Krankenschwester gingen nacheinander hinaus und schlossen die Tür. Mussja blieb davor stehen und lauschte, konnte aber nichts hören – die beiden sprachen zu leise.

Anschließend fuhr Mussja den versteinerten Said ins Hotel. Zu ihnen nach Hause wollte er nicht, und sie atmete erleichtert auf.

Am nächsten Abend landete Shenja Raichman auf dem Flughafen Larnaka. Sie mietete einen Wagen und fuhr zum Haus der beiden, das sie von früheren Besuchen kannte. Die Haushälterin Katja nahm sie in Empfang und rief Mussja im Krankenhaus an. Die fragte Sarifa, ob Shenja gleich ins Krankenhaus kommen solle, und Sarifa beorderte Shenja sofort zu sich. Also fuhr Shenja hin.

Wieder schickte Sarifa alle hinaus.

Als sie mit Shenja allein war, sagte sie: »Gut, dass du gekommen bist, ich habe drei wichtige Fragen an dich.«

Shenja, die auf den ersten Blick erfasste, wie es stand, schaffte es nicht, in ihrer üblichen Weise mit einem albernen Scherz zu reagieren. Sie setzte sich zu Sarifa und stellte ihr die unangebrachte, ja, dumme Frage: »Wie geht es dir?«

»Das siehst du doch, oder? Ich krepiere. Aus, Sense. Und deshalb habe ich ein paar Fragen an dich. Du bist unsere klügste Freundin …«

Shenja erschrak – nicht, weil Sarifa im Sterben lag, und nicht, weil sie selbst das wusste. Sie hatten einmal zusammengewohnt, in derselben Wohnung in Marjina Roschtscha, damals hatte Sarifa ein Zimmer bei Shenjas Tante gemietet, ihr erstes Moskauer Zuhause, und sie kannten einander sehr gut. Es geht bestimmt um Geld, um Besitz, dachte Shenja erschrocken. Irgendeine komplizierte Aufteilung, eine Manipulation, eine Trickserei, für die Sarifa großes Talent hatte und gegen die Shenja lebhafte Abneigung empfand.

Auf keinen Fall, entschied Shenja in Gedanken. Ich werde sagen, sie soll ein Testament schreiben, ja, das werde ich ihr sagen … Nervös wartete sie auf die Frage.

Sarifa hob ein wenig den Kopf.

»Sag mal, Shenja, was meinst du, was bedeutet Intelligenzia?«

Shenja atmete die kühle klimatisierte Luft ein und wieder aus. Ist sie verrückt geworden? Oder habe ich was falsch verstanden?

»Die Intelligenzia?«, fragte Shenja zurück, unsicher, ob sie sich verhört hatte, aber auch ein wenig erleichtert.

Sarifa schloss die Augen, und nun war erkennbar, wie tief sie eingesunken waren. Der Tod hatte Sarifa bereits geschminkt – schwarze Schatten unter den Augen, die aufgeworfenen Lippen dunkel und ausgetrocknet, die Schläfen eingefallen … Shenja sah, dass Sarifa müde war, sehr müde. Als sie die Augen schloss und verstummte, wirkte sie wie tot.

»Weißt du, ich bin nicht sicher, ob die Intelligenzia überhaupt noch existiert. Aber wenn es sie mal gab, denke ich, lässt sie sich am ehesten definieren als Schicht gebildeter Menschen, deren Antrieb nicht Eigennutz ist, sondern das Gemeinwohl.«

Über Sarifas Gesicht huschte ein Schatten von Unzufriedenheit.

»Nein, das denke ich nicht.«

Dann öffnete sie die Augen und fragte, im Ton eines Lehrers, der einen Schüler prüft: »Sag mir, was unterscheidet Armenier und Aserbaishaner? Also, nicht, was die Leute auf der Straße dazu sagen, nein, wissenschaftlich. Du bist doch Genetikerin.«

Shenja, die nicht gläubig war und taub für religiöse Konstrukte jeder Art, betete zum ersten Mal im Leben: Hilf mir, Herr! Hilf mir, ich kann nicht …

»Meinst du das ernst?«

»Ja. Vollkommen ernst. Ich wollte dich das schon lange fragen, aber dafür war nie Zeit.«

»Dann hör zu. Ich halte dir einen kleinen Vortrag … Inzwischen gilt es als erwiesen, dass die kognitiven und mentalen Eigenschaften genetisch programmiert sind. Doch die individuellen Besonderheiten sind recht breit gefächert und werden von Genvarianten bestimmt. Und die Häufigkeit bestimmter Genvarianten in einer Population …«

»Einfacher«, bat Sarifa ganz leise.

»Ich versuch's. Die häufigsten ›Verhaltens‹-Allele, also Varianten ein und desselben Gens in einer Population, bestimmen das, was man als Nationalcharakter bezeichnet.«

»Noch einfacher bitte. Ich möchte das unbedingt verstehen.«

Shenja verstummte und flehte mit der ganzen Kraft eines in die Enge getriebenen Menschen den Himmel an.

»Also, ein Beispiel: Erst vor kurzem wurde entdeckt, dass es Gene gibt, die Kampfeslust und Friedfertigkeit bestimmen. Am friedfertigsten sind demnach angeblich die Angehörigen des Stammes San in Südafrika, am kampfeslustigsten die Yanomami-Indianer in Südamerika. In einem Gen der Yanomami findet sich, anders als bei den San, die Mutation 7R, und die macht sie so kampfeslustig und aggressiv …«

»Shenja, du sollst mir von Armeniern und Aserbaidshanern erzählen … nicht von Indianern.«

Die kühle Luft aus der Klimaanlage traf direkt auf Shenjas Hals, dennoch wurde ihr plötzlich heiß.

»Weißt du, neben den rein genetischen Faktoren gibt es noch ethnografische und historische, doch das, was man als ›Nationalcharakter‹ oder als ethnopsychologische Besonderheiten bezeichnet, wird von den in einer Population am häufigsten anzutreffenden ›Verhaltens‹-Allelen bestimmt …«

»Ach, verdammt!«, schnaubte Sarifa, und ihre Stimme klang fast energisch, »erklär mir, warum kann man Armenier und Aserbaidshaner nicht zusammen an einen Tisch setzen?«

»Das ist keine Frage der Genetik, das ist ein soziokulturelles Problem, denke ich …«

»Auch darauf hast du also keine vernünftige Antwort. Ungenügend, setzen. Dann sag mir ganz ehrlich: Bin ich ein guter Mensch?«

Shenja überlegte einen Augenblick: Sie liebte Sarifa, aber sie wusste, dass Sarifa sehr verschieden sein konnte, manchmal war sie ein guter Mensch, ein sehr guter sogar, und manchmal … oje, oje!

Sarifa lag da, breit und flach, die Augen geschlossen, und wartete auf eine Antwort.

»Du bist ein sehr guter Mensch«, sagte Shenja leise und dachte: Viele Menschen auf der Welt würden da widersprechen.

»Na dann, geh jetzt.« Sarifa öffnete die Augen und fand mühsam Shenjas Blick. »Danke, dass du gekommen bist«, sagte sie kaum hörbar, und ihre Stimme klang unzufrieden.

Shenja trat hinaus in den Flur, winkte, und Mussja, Katja und die private Krankenschwester gingen im Gänsemarsch und auf Zehenspitzen wieder ins Zimmer. Die Schwester schaute auf den Monitor an der Wand und berührte Sarifas Hand. Sie lag schlaff da und reagierte nicht. Sarifa war bewusstlos.

Shenja weinte draußen auf dem Flur.

Sarifa starb noch in dieser Nacht. Mussja saß bis zum letzten Augenblick bei ihr. Zusammen mit einem Arzt, der mehr den Monitor ansah als die sterbende Patientin. Irgendwann lief die schwach zuckende Linie in einer Geraden aus, und Sarifa war fort.

Mussja weinte nicht. Sie saß bis zum Morgen bei Sarifa

und sagte ihr alles, was sie in den siebzehn Jahren ihres Zusammenlebens nicht hatte sagen können. Am Morgen ließ sie sich nach Hause fahren. Sie waren kaum angekommen, als die armenische Hexe anrief, die für den Seelentausch hatte sorgen sollen. Ihre übernatürlichen Informationskanäle hatten ihr Sarifas Tod gemeldet.

»Hör mal, Anahid«, sagte die Hexe Margarita, die Einzige, die Mussja beim alten Namen nannte, »wir haben keine Erlaubnis bekommen für das, worum du uns gebeten hast. Dort stand der Ablauf fest. Ruf mich in einer Woche an, dann sage ich dir etwas Wichtiges. Nicht jetzt. Und du sollst sie christlich begraben lassen.«

»Wie – christlich? Sie ist doch nicht getauft. Die sind doch Moslems.«

»Das weiß ich nicht. So wurde es mir gesagt. Ich übermittle es nur. Dass ein Trauergottesdienst abgehalten werden soll.«

Was Mussja weiter tun musste, dafür gab es Anweisungen in einem Umschlag, auf dem in Sarifas großer Schrift stand: »Nach meinem Tod öffnen«. Mussja öffnete ihn, las die Anweisungen und ging an deren Umsetzung. Sie nahm aus dem Kleiderschrank einen Bügel, auf den Sarifa vor ihrem letzten Krankenhausaufenthalt ihr Beerdigungskostüm gehängt hatte. Sie hatte es während ihrer letzten Italienreise bei einer angesagten Schneiderin in Mailand anfertigen lassen. Es war weiß mit üppiger Goldstickerei an Kragen und Ärmeln, dazu ein goldfarbener Schal und goldfarbene, hinten offene Schuhe. Alles nagelneu, noch nie getragen, wie es sich gehört. In einem kleinen Beutel, der ebenfalls an dem Bügel hing, lag weiße Leinenunterwäsche.

Weiter stand da etwas von einem Teppich, der, wenn der Bruder ihn mitgebracht habe, bei der Trauerfeier über den Sarg gelegt werden solle. Und dass die Trauerfeier bei ihnen zu Hause stattfinden solle. Und in welches Restaurant sie nach der Beerdigung gehen sollten. Und dass sie verbrannt werden und die Asche später über dem Meer verstreut werden solle. Und noch etwas von einem Testament, in dem alles aufgelistet und festgelegt sei, und wo es liege.

Nur die Anweisung der Hexe wegen des Trauergottesdienstes verunsicherte Mussja. Fragen konnte sie niemanden, und etwas selbst zu entscheiden, hatte sie längst verlernt. Sie stellte diese Frage in Gedanken Sarifa, erhielt jedoch keine Antwort.

Sie will es nicht, schloss Mussja.

Am nächsten Morgen sehr früh wurde der Sarg nach Hause gebracht.

Mussja, die bereits die dritte Nacht nicht geschlafen hatte, setzte sich in einen Sessel im Wohnzimmer, vor den geschlossenen Sarg, und schlief ein.

Der Abschied war für zehn Uhr vormittags angesetzt. Shenja verteilte seit dem frühen Morgen im ganzen Haus Blumen, huschte herum wie ein Schatten.

Um acht kam Mussjas Neffe Aschot aus London, ein schmächtiger Orientale mit großer mathematischer Begabung und geringem Durchsetzungsvermögen – Sarifa hatte ihn von klein auf unterstützt, und nun war er ein etwas schwerfälliger, aber zuverlässiger Topmanager.

Mussja umarmte ihren Neffen. »Danke, dass du gekommen bist, Aschot.«

»Was denn sonst? Ich verdanke ihr alles.«

Unser anständiger Junge, dachte Mussja. Weinen konnte sie noch nicht.

Um neun kam Said aus dem Hotel, mitsamt der riesigen Rolle. Sie schnitten die Hülle auf und breiteten einen Karabach-Teppich auf dem Boden aus, den ihr Urgroßvater oder der Vater des Urgroßvaters geknüpft hatte – in der alten Zeit waren alle Männer in ihrer Familie Teppichknüpfer in Schuscha gewesen. Sie packten den ziemlich schweren Teppich an den vier Ecken, hoben ihn hoch und legten ihn über den Sarg. Da entdeckte Mussja den Drachen, von dem Sarifa bei ihrem Telefonat mit Said gesprochen hatte.

Er war nicht allein, dieser Drache, er war in immerwährendem tödlichem Kampf mit Phönix vereint. Auf dem rotblauen Rand befehdeten sich die Ecken und scharfen Windungen von Ornamenten, in der Mitte war ein magerer Drache erkennbar, zu einem Ring verschlungen mit einem heiligen Vogel, Phönix oder Simorgh. Dieser Ring war gewissermaßen eine für alle Zeit erstarrte Erinnerung an einen Kampf, in dem niemand siegen kann. Die Hände des Teppichknüpfers hatten die scharfen Krallen und Zähne für die Ewigkeit festgehalten, bis die Farben verbleichen und die Wolle verrotten, bis die Zeit alles zu Asche zerfallen lassen würde – die Erinnerung an die Arbeit des Künstlers, an den Widerstreit der Kräfte von Natur und Mythos, an die Feindschaft schwacher Menschen, die tiefer saß als in diesem handgeknüpften Bild, im Bewusstsein zweier benachbarter Völker, von denen eines ein grimmiger Drache war und das andere ein heiliger Vogel oder umgekehrt, eines ein heiliger Drache und das andere ein grimmiger Vogel … und wer von beiden der Krieger war und wer der Zauberer, wer das Böse und wer das Gute, war nicht zu unterscheiden, denn beide waren zu einem starren, unauflösbaren Ring miteinander verschlungen.

Die Trauergäste trafen ein. Shenja geleitete sie ins Zimmer: Bekannte von Sarifa, Nachbarn, sogar zwei Londoner Klienten.

Mussja sah diesen Drachen, sah ihn, stürzte zum Sarg, breitete die Arme über dem Teppich aus und schrie. »Aaaa…«

Dieser hohe, langgezogene Ton bahnte endlich dem Strom den Weg, der sich in ihr hinter einem unerklärlichen Damm gestaut hatte, und brach nun mit heißen Tränen aus ihr heraus. Sie sang oder weinte … niemand verstand die armenischen Worte, die sie weinte, sang … Niemand wird mich trösten, niemand wird mir beistehen, mein Leben hat mich verlassen …

In ihr schlummerte die gleiche uralte Kraft, die der vor langer Zeit verstorbene aserbaidshanische Großvater dargestellt, geknüpft hatte, sie verschmolzen zu einem Ganzen – und nun weinten alle im Raum.

Die Sonne schien grell zum Fenster herein, der Lärm der Brandung stieg vom Meer herauf, zwei liebende Seelen nahmen Abschied voneinander, und Said, der am Sarg stand und angereist war, um sich von seiner geliebten und von ihm verfluchten Schwester zu verabschieden, weinte ebenfalls. Wer hier Ehemann war und wer Ehefrau – was spielte das für eine Rolle?

Der letzte Schrei verharrte auf einem hohen, klingenden Ton. Said trat zu Mussja, umfasste ihre Schultern. »Weine nicht, Mädchen …«

Drache und Phönix erstarrten in ihrem ewigen unauflösbaren Ring.

Nach einer Woche bekam Mussja die Urne und verstreute die Asche über dem Meer. Dann packte sie einen kleinen Koffer – Sarifas Handkoffer, mit dem sie in ihren juristischen Angelegenheiten in die Hauptstädte Europas gereist war – und flog nach Schuscha, zur Hexe Margarita, um das Wichtige zu erfahren, von dem die Hexe gesprochen hatte. So sehr war sie daran gewöhnt, dass jemand sie anleitete.

Alissa kauft ihren Tod

Für Tanja Rachmanowa

Als sie ihr Leben perfekt eingerichtet hatte, kam das Alter. Das letzte kostspielige Detail war die kleine Badewanne, die sie nach langem Suchen und Überlegen hatte installieren lassen. Manche hatten ihr zu einer Duschkabine geraten, doch Alissa war eine Wanne mit einer kleinen Tür entschieden lieber: Was war schön daran, wenn es einem auf den Kopf regnete? Im warmen Wasser zu liegen, ein Gummikissen unterm Kopf, und mit den aufgeweichten Füßen zwei angenehm stachlige Plastikbälle hin und her zu bewegen, das war doch etwas ganz anderes.

Alissa gehörte zu den seltenen Menschen, die mit absoluter Sicherheit wissen, was sie wollen und was auf gar keinen Fall.

Ihr mütterlicherseits gemischtes Blut, halb baltisch, halb polnisch, unterdrückte seit ihrer frühen Jugend jeden Anfall von Leidenschaft, und die Angst, sich einer fremden Macht unterzuordnen, war stärker als jede andere Angst, die Frauen üblicherweise haben: Angst vor Einsamkeit, vor Kinderlosigkeit oder vor Armut. Ihre Mutter Marta hatte noch vor dem Krieg einen Offizier geheiratet und in dieser Ehe Alissa geboren, dann hatte sie ihren General begraben müssen und sich ihr ganzes noch verbliebenes junges Leben immer wieder leidenschaftlich verliebt und intensiv gelitten, bis hin zur Einweisung in die Psychiatrie. Jedes Mal war sie bereit, ihrem jeweiligen Geliebten alles zu Füßen zu legen, was sie besaß, einschließlich der von ihrem Mann geerbten Generalswohnung.

Nach dem Abschied von ihrem letzten Geliebten verübte Marta auf geschmacklose, eine literarische Vorlage kopierende Weise Selbstmord: Sie ging noch einmal zum Friseur und zur Maniküre und warf sich dann unter einen Zug. Diese Wahnsinnstat der Mutter lähmte ein für alle Mal Alissas Fähigkeit zu sinn- und fruchtloser Selbstaufopferung.

Zu Martas Beerdigung kamen einige ihrer ehemaligen Liebhaber, auch der letzte, der sie verlassen und ihr damit den Todesstoß versetzt hatte. Sie häuften einen Berg Blumen auf den Sarg, und die zwanzigjährige Alissa mit ihren unscheinbaren, unterentwickelten Reizen verachtete die übertriebenen Gefühle der Mutter, schämte sich dafür und schwor, niemals zu werden wie sie, ein Spielzeug dieser animalischen Geschöpfe. Und daran hielt sie sich. Keine bleischwere Nonnenhaftigkeit, sondern hin und wieder belanglose Affären, so dass sie nicht weniger Lebenserfahrung besaß als andere Frauen ihres Alters.

Sie war technische Zeichnerin und begeistert von ihrer großartigen Arbeit, denn sie wusste, dass niemand in ihrem Konstruktionsbüro so perfekt Linien zeichnete. Ende des zwanzigsten Jahrhunderts gab es plötzlich Computer, selbst die besten technischen Zeichner mussten den Bleistift aus der Hand legen und sich qualvoll den Umgang mit einem

Programm aneignen, das präzise Befehle ausführte wie »Stift anheben, Stift senken, versetzen auf Punkt …«, doch just da ging Alissa in Rente.

Über zehn Jahre währte die glücklichste Zeit ihres Lebens. Ihre Rente war nicht hoch, doch Alissa hatte einen wunderbaren Zuverdienst gefunden: Dreimal in der Woche betreute sie Kinder, ging mit ihnen von zehn bis eins, also bis zum Mittag, in den Park und war danach herrlich frei. Manchmal besuchte sie Theater, öfter Konzerte, im Konservatorium, schloss dort interessante Bekanntschaften und lebte zu ihrem Vergnügen, bis sie eines Tages ganz unvermittelt in ihrer eigenen Wohnung, neben ihrer eigenen Couch das Bewusstsein verlor. Als sie nach einer Weile wieder zu sich kam, wunderte sie sich über ihr merkwürdiges Blickfeld: Sie sah eine zerschlagene Tasse in einer dünnen Pfütze, die Beine eines umgekippten Stuhls und den flauschigen rotblauen Teppich direkt vor ihrem Gesicht. Mühelos stand sie auf. Ihr Arm tat weh. Sie überlegte und rief einen Arzt. Der maß ihren Blutdruck und verschrieb Tabletten. Dann war alles anscheinend wie zuvor. Doch es blieb nicht ohne Folge: Von diesem Tag an machte sich Alissa Gedanken über den Tod.

Sie hatte praktisch keine Verwandten – die polnisch-litauische Sippe war aus Abneigung gegen die Sowjetmacht, die der verstorbene General verkörperte, längst verschwunden. Die Sippe des Generals wiederum mochte weder Marta noch ihre Tochter Alissa – warum, hatten alle längst vergessen.

Alissa war vierundsechzig. Abgesehen von der einmaligen Ohnmacht, dieser überraschenden Erinnerung an die Endlichkeit des Lebens, war sie gesund. Doch plötzlich fragte sie sich: Wenn sie nun krank wurde? Bettlägerig? Auf wen konnte sie zählen?

Alissa konnte nicht mehr schlafen. Nach mehreren unruhigen Nächten fand sie eine geniale Lösung. Ganz einfach: Wenn die Krankheiten kamen und sie es nicht mehr aushielt, konnte sie sich vergiften. Sie musste sich rechtzeitig ein wirksames Gift beschaffen, am besten ein Schlafmittel, nach dessen Einnahme sie nicht mehr aufwachen würde. Nichts lächerlich Demonstratives, wie es ihre Mutter damals veranstaltet hatte. Eine schöne Anna Karenina! Einfach einschlafen und nicht mehr aufwachen. Und so auch das Unangenehme am Sterben umgehen.

Als Alissa diese Idee gekommen war, sprang sie aus dem Bett und suchte in der Tischschublade nach einem bestimmten Döschen – einem kleinen Porzellandöschen für Puder oder Ähnliches, noch von ihrer Mutter. Darin könnte sie das Mittel aufbewahren, neben ihrem Bett, und es einnehmen, wenn es so weit war.

Nicht gleich morgen, nein. Aber jetzt sollte sie darüber nachdenken. Dafür musste sie zunächst einen vertrauenswürdigen Arzt finden, der ihr das Mittel in der nötigen Menge verschrieb. Keine leichte Aufgabe, aber lösbar.

Nach ihrer Ohnmacht lebte Alissa weiter wie zuvor und ging täglich mit Arsjuscha und Galotschka; lieben Kindern aus dem Nachbaraufgang, in den Park; auch ihre Mutter war keine primitive Person, sie war Musiklehrerin, vormittags gab sie Stunden, nachmittags unterrichtete sie ihre eigenen Kinder.

Abends gönnte sich Alissa nach wie vor ihre Zerstreuungen, verlor aber auch die Suche nach einem guten Arzt nicht aus den Augen. Bei einem Gespräch über dies und das mit einer ihrer Theaterbekannten erfuhr sie, dass deren Cousin Arzt war. Ein Jude übrigens. Ah ja. Vielleicht erzählte man über die nicht ohne Grund alles Mögliche – Saboteure, Giftmischer … Kurz, Alissa bat ihre Bekannte, sie mit dem Cousin zusammenzubringen, für eine ärztliche Beratung.

Eine Woche darauf erschien der Cousin bei Alissa – Alexander Jefimowitsch. Ein trauriger dünner Mann mit fragendem Gesichtsausdruck. Er dachte, er sei zu einer Privatsprechstunde gebeten worden, doch Alissa dirigierte ihn an den Tisch und servierte Tee. Er wunderte sich ein wenig, aber die Patientin war kultiviert und sehr attraktiv. Solche Frauen hatte er früher nie in Betracht gezogen. Eigentlich zog er schon seit langem überhaupt keine Frauen mehr in Betracht. Patientinnen beurteilte er ausschließlich aus medizinischer Sicht. Er war seit drei Jahren Witwer und litt unter der Einsamkeit, wollte jedoch die Andeutungen seiner Familie über die Schädlichkeit der Einsamkeit nicht hören.

Der Tisch war vornehm gedeckt, auf einem grauen Leintuch standen dünne Porzellantassen, dazu kleine ausländische Pralinen, kein mächtiges Mischka-Konfekt. Ebenso wie die Tassen und die Pralinen war auch Alissa Fjodorowna selbst elegant, mit ihrem ernsten schmalen Mund und dem hellen, glatt hochgesteckten Haar. Sie schenkte Tee ein und erläuterte ihm ohne Umschweife ihr Problem: Ich brauche ein starkes Schlafmittel, und zwar in einer Menge, nach deren Einnahme ich nicht mehr aufwache.

Alexander Jefimowitsch überlegte eine Weile, trank einen Schluck Tee und fragte: »Haben Sie eine onkologische Erkrankung?«

»Nein. Ich bin vollkommen gesund. Die Sache ist die: Ich möchte gesund sterben. Sobald ich diese Entscheidung treffe. Es gibt keine Angehörigen, die mich pflegen könnten, und ich will auf keinen Fall in irgendeinem Krankenhaus liegen, leiden und unter mich machen. Das Schlafmittel brauche ich, damit ich es einnehmen kann, sobald ich mich dazu entschlossen habe. Ich will mir einfach einen leichten Tod kaufen. Halten Sie das für verwerflich?«

»Wie alt sind Sie?«, stellte der Doktor nach einer langen Pause eine ganz medizinische Frage.

»Vierundsechzig.«

»Sie sehen großartig aus. Niemand würde sie älter schätzen als fünfzig«, bemerkte er.

»Ich weiß. Aber ich habe Sie nicht eingeladen, damit Sie mir Komplimente machen. Sagen Sie mir geradeheraus, ob Sie mir das nötige Medikament in ausreichender Menge beschaffen können.«

Der Doktor nahm die Brille ab, legte sie vor sich auf den Tisch und rieb sich die Augen.

»Ich muss darüber nachdenken. Sie wissen ja, Barbiturate sind prinzipiell verschreibungspflichtig … So etwas ist strafbar.«

»Und in diesem Fall gut bezahlt«, sagte Alissa Fjodorowna trocken.

»Ich bin Arzt, und das ist für mich in erster Linie eine moralische Frage. Ich gestehe, einem solchen Ansinnen begegne ich zum ersten Mal.«

Sie tranken den Tee aus. Beim Abschied einigten sie sich darauf, dass der Doktor es sich überlegen und anrufen würde, um ihr seine Entscheidung mitzuteilen.

Nun konnte Alexander Jefimowitsch nicht mehr schlafen. Sie ging ihm nicht aus dem Sinn, diese blasse, schlanke Frau, die so gar keine Ähnlichkeit hatte mit den Frauen, denen er in seinem Leben begegnet war. Am wenigsten mit seiner fröhlichen Frau Raja, aus deren ondulierter Frisur sich ständig Strähnen gelöst hatten, deren Pullover auf der großen Brust stets abgewetzt waren, einer lauten, ja lärmenden Person … Und Raja war so qualvoll gestorben, zerfressen von einer Geschwulst, mit grässlichen Schmerzattacken, die sich durch kein Morphiumpräparat lindern ließen.

Eine ganze Woche lang konnte er sich nicht zu einer Entscheidung durchringen, jeden Tag wollte er die wunderbare Alissa anrufen, doch er fand keine Lösung für die moralische Aufgabe, die sie ihm gestellt hatte. Eine ehrliche, aufrichtige, würdevolle Frau! Es hätte sie doch nichts gekostet, über Schlaflosigkeit zu klagen und um ein Schlafmittel zu bitten, ich hätte es ihr verschrieben, und sie hätte zehn, zwanzig Dosen sammeln können – wer sollte das überprüfen? –, um irgendwann alles auf einmal einzunehmen und für immer einzuschlafen.

Sie begegneten sich ungeplant wieder, im Konservatorium, bei einem Konzert von Michail Pletnjow, in der Pause zwischen Tschaikowskis Dornröschen-Suite und einer Chopin-Sonate. Alissa erkannte ihn nicht gleich, er sie jedoch augenblicklich.

Sie stand mit einem Glas Wasser im Pausenbuffet und hielt Ausschau nach einem freien Stuhl. Alexander Jefimowitsch verbeugte sich von weitem. Er stand auf, nickte ihr einladend zu, und sie setzte sich auf den freigewordenen Stuhl.

Nach dem Konzert brachte er sie nach Hause. Während sie Musik gehört hatten, war ein Regenguss niedergegangen. Große Pfützen bedeckten die ganze Straße, und der bronzene Tschaikowski saß in seinem Bronzesessel in einem kleinen See aus Regenwasser. Der Doktor nahm Alissas Arm. Er war leicht und fest – genauso hatte sich der Arm seiner Frau Raja angefühlt, als er sie nach dem Schulabschlussball zum ersten Mal nach Hause begleitete. Er ging neben Alissa und staunte über diese längst vergessen geglaubte Empfindung.

Das ist mal ein Mann, der nichts von mir will, dachte Alissa, im Gegenteil, ich erbitte einen Gefallen von ihm.

Sie redeten über Pletnjow, der Doktor erinnerte an Maria Judina und sagte, nach ihrem Tod vertrete nun Pletnjow den Typ Musiker, der sich das Recht nimmt, die musikalische Klassik auf neue, eigene Weise zu interpretieren. Alissa merkte, dass sie mit jemandem sprach, der tief in die Musik eindrang – er war ein Kenner, kein oberflächlicher Zuhörer wie sie selbst.

Er brachte sie bis zu ihrem Haus, fand im unbeleuchteten Hof mühelos das einstöckige Gebäude, in dem er sie eine Woche zuvor besucht hatte. Er besaß einen bemerkenswerten Orientierungssinn, ob im Wald oder in der Stadt: Einen Ort, an dem er einmal gewesen war, fand er stets wieder. Vor ihrer Haustür blieben sie stehen.

Sie verabschiedeten sich bereits, ohne dass sie ihm die Frage gestellt hätte, wegen der sie ihn zu sich gebeten hatte.

Es entstand eine peinliche Pause, die er mit dem ihm eigenen fragenden Gesichtsausdruck unterbrach.

»Alissa Fjodorowna, ich bin bereit, Ihre Bitte zu erfüllen,

aber ich würde darauf gern erst später zurückkommen, wenn …« Er suchte sichtlich nach den richtigen Worten. »Wenn die Umstände herangereift sind. Und bis dahin kümmere ich mich um Ihre Gesundheit.«

Sie nickte – noch nie hatte sich jemand um sie gekümmert, und das hätte sie auch niemandem gestattet! Aber seine Worte freuten sie. Sie hielt ihm ihre leichte, feste Hand hin und griff nach dem Türknauf. Im Treppenhaus war es dunkel.

»Gestatten Sie …« Er trat hinter ihr in das feuchte Dunkel des Hausflurs.

Sie tastete mit dem Fuß nach der ersten Stufe und wäre beinahe ausgerutscht. Er fing sie von hinten auf.

So begann ihre Romanze – ein Rückfall in die Jugend durch eine zufällige Berührung, ein erster Kuss im dunklen Treppenhaus, ein überraschtes Brennen, ein in Alissas Seele plötzlich aufflammendes vollkommenes Vertrauen zu einem Mann.

Alissa vertraute ihm mehr an, als eine Frau einem Mann in ihrer Jugend anvertraut – nicht ihr Leben, sondern ihren Tod.

Nun begann das glücklichste Jahr in Alissas Leben. Alexander Jefimowitsch rührte nicht an den sanften Kokon der Einsamkeit, den sie sich gesponnen hatte und in dem sie sich geschützt fühlte. Erstaunlicherweise festigte er diesen Schutz durch seine Anwesenheit sogar. Als hätte er ein Dach darübergestülpt. Doch besonders verblüffte Alissa seine Fähigkeit, stets ihren kapriziösen Geschmack zu treffen. Ohne sie je nach ihren Vorlieben gefragt zu haben, brachte er ihr feste grüne Äpfel mit, rosa Schaumgebäck und Karamellbonbons, lila Flieder statt weißen und Kostroma-Käse. Alles, was sie mochte.

Alissa war immer empfindlich gewesen gegen Gerüche, und die Männer aus ihren früheren Beziehungen hatten nach Eisen, nach Zigaretten oder nach Tier gerochen, dieser jedoch, ihre Altersliebe, roch nach unschuldiger Babyseife, mit der er sich sein ganzes Arztleben die Hände wusch, vor und nach jeder Untersuchung eines Patienten. Mit ebender Seife, die Alissa jeder anderen, mit Erdbeerduft oder sonst wie künstlich parfümierten vorzog.

Alexander Jefimowitsch, der sein Leben mit einer mächtigen und fordernden Frau verbracht hatte, umfassend in ihren Bedürfnissen und unermüdlich in ihren vielfältigen, einander ausschließenden Wünschen, entdeckte zum ersten Mal, dass man an der Seite einer Frau frei sein kann von unumschränkter weiblicher Herrschaft. Die zurückhaltende Alissa, die selbst in Augenblicken der Nähe schüchtern blieb, strahlte wortlose Dankbarkeit aus. Am Ende seines sechsten Jahrzehnts fühlte er sich nicht mehr wie ein auf Lebenszeit angestellter Dienstbote, sondern wie ein großzügiger Freudespender. In Momenten der Zärtlichkeit nannten sie einander beim gleichen jugendlichen Kosenamen: Alik.

Alexander Jefimowitsch, der viele Jahre als Neurologe in der Poliklinik der Theatergesellschaft gearbeitet hatte und dank seiner Patienten über weitreichende Beziehungen verfügte, ging mit Alissa werktags zu den besten Aufführungen der Spielzeit und ins Konservatorium, sonnabends besuchte er sie zum intimen Abendessen zu Hause. Zum ersten Mal in ihrem Leben kochte Alissa nicht nur für sich allein.

Das Leben hatte sich verändert, das Alter war in den Hintergrund getreten, nur eines machte Alissa Sorgen: Der irgendwo in der Ferne lauernde Gedanke, dass dieses außerplanmäßige Glück nicht lange währen konnte.

Alissa wusste, dass Alexander seit dem Tod seiner Frau mit seiner unverheirateten jüngeren Tochter Marina zusammenlebte, die nicht ganz gesund und nicht recht glücklich war. Anja, die Ältere, gesund und glücklich, führte seit langem ihr eigenes Leben mit ihrem Mann und ihren beiden Schulkindern.

Den ganzen Winter über trafen sich Alissa und Alexander wie verliebte Teenager, und im Sommer machten sie gemeinsam Urlaub, womit Alexander die Pläne seiner jüngsten Tochter zerstörte, die es gewohnt war, den Sommerurlaub mit dem Vater zu verbringen. Doch diesen betrüblichen Konflikt mit der Tochter hielt er von Alissa fern. Er buchte zwei Plätze im Künstlererholungsheim in Komarowo am Finnischen Meerbusen, und im Hochsommer, als die weißen Nächte bereits abklangen und die gemäßigte Petersburger Hitze erträglich war, fuhren sie hin.

Sie hatten separate Zimmer, an verschiedenen Enden des Flurs, und beide amüsierten sich über ihre heimlichen gegenseitigen abendlichen Besuche.

»Wir verstecken uns wie Schulkinder vor den Augen der Eltern, Alik«, sagte Alexander lachend, wenn Alissa ihm nach seinem leisen rhythmischen Klopfen die Tür öffnete.

Auf diesen Scherz lächelte Alissa nur geheimnisvoll – sie hatte ihre erste halbherzige Affäre fünf Jahre nach dem Tod ihrer Mutter gehabt, als ihre Schulkameradinnen und Altersgenossinnen bereits Ehemänner, Kinder und Liebhaber hatten, das erste Mal geschieden und erneut verheiratet waren, deshalb wusste sie nicht, wie Teenager ihre Liebschaften vor den Eltern versteckten. Und Marta, ihre Mutter, hatte gar nicht daran gedacht, ihre Affären vor Alissa zu verbergen, sie lebte sie stets offen aus, und Alissa litt unter ihren stürmischen Leidenschaften.

Alles, wovon Alissa in ihrer Jugend zu wenig bekommen hatte, wurde ihr nun in vorgerücktem Alter zuteil, und sie genierte sich ein wenig ihrer Stellung als Geliebte, besonders morgens, wenn sie hinuntergingen in den Speisesaal, wo fast durchweg ältere, der Ehe längst überdrüssige Paare saßen. Nach dem Frühstück machten sie und Alexander lange Spaziergänge, ließen manchmal das Mittagessen aus und kehrten erst gegen Abend zurück. Sie waren beide zum ersten Mal auf diesem finnischen Boden, sie wussten wenig über die Geschichte und Geografie der Gegend, durchstreiften sie ziellos und gelangten mal über die Dünen zum Sandstrand mit den wenigen großen Steinen, die während der Eiszeit an der Küste liegen geblieben waren, mal zum Hechtsee, in dem das Baden viel angenehmer war als in dem mit braunem Tang überwucherten Finnischen Meerbusen.

Am See traf Alexander einen seiner alten Patienten, einen Schauspieler und ehemaligen Leningrader, Stammgast in dieser Gegend. Er saß mit schlaffer Angel am Ufer, in der Hoffnung, wenigstens einen Barsch zu fangen, wenn schon keinen Hecht, begrüßte den Doktor freudig, und als er erfuhr, dass dieser zum ersten Mal hier war, erbot er sich, ihnen das einstige Kellomäki zu zeigen. Er führte sie durch den ganzen Ort, zeigte ihnen alte finnische Landhäuser, die nicht demontiert und nach Finnland geschafft worden waren, als dieses Gebiet an Russland fiel, ging mit ihnen zum Haus von

Schostakowitsch, zu dem von Anna Achmatowa, das erneuert und mit einem lebhaften grünen Anstrich versehen worden war, zur Datscha des kaum bekannten Botanikers und Akademieprofessors Komarow und zu der des berühmten Mediziners und Verhaltensforschers Iwan Pawlow. Drei Tage folgten sie dem freiwilligen Fremdenführer, dann trennten sie sich von ihm, durchstreiften die schütteren Kiefernwälder, sammelten Brombeeren und saure Himbeeren.

Die vierundzwanzig Urlaubstage währten schier endlos, und in diesen langen Tagen und kurzen Nächten kamen sie sich so nahe, als hätten sie viele Jahre miteinander verbracht.

Als sie wieder in Moskau waren, machte Alexander Alissa einen Heiratsantrag. Sie schwieg lange, dann erinnerte sie ihn an ihre Bitte, die er noch immer nicht erfüllt habe. Er hatte schon ganz vergessen, worum es ging. Das Schlafmittel …

»Alissa, Alik, wozu? Wozu denn jetzt noch?«

»Jetzt gerade.« Alissa lächelte.

»Verstehe ich nicht …«

»Weil das hier enden wird … und darauf will ich vorbereitet sein.«

Er wusste schon, dass es sinnlos war, mit Alissa zu streiten.

»Das ist Irrsinn. Aber ich bin einverstanden.«

Alissa nahm das weiße Porzellandöschen aus der Schublade und gab es Alexander.

»Leg das Mittel hier rein.«

Es war verrückt, aber er konnte nichts dagegen machen.

»Gut, gut. Aber erst heiraten wir. Dann lege ich es dir rein – als Hochzeitsgeschenk.«

Er lachte, doch sie lächelte nicht einmal.

»Diese Heirat ... Machen wir uns damit nicht lächerlich? Und was werden deine Töchter sagen?«

»Das spielt überhaupt keine Rolle«, antwortete er und überlegte. Für die unglückliche Jüngere mit ihrer labilen Psyche könnte das tatsächlich ein Schlag werden.

Im Herbst, kurz nach dem ersten Jahrestag ihrer Bekanntschaft, wurde Alexander siebzig. Auf seiner Arbeitsstelle veranstaltete er ein bescheidenes Teetrinken und bekam von seinen Kollegen eine neue lederne Aktentasche geschenkt, die sich von der alten nur durch die Zahl auf dem kleinen silbernen Schild unterschied – einer 70 anstelle der 60.

Für Familie und Freunde bestellte er ein Abendessen im Bankettsaal des Restaurants »Jakor«*. Alissa wollte nicht mit. Er bestand darauf – das sei die beste Gelegenheit, seine Töchter kennenzulernen. Alexander drängte, Alissa wich aus. Seine engsten Freunde aus der Schulzeit, Kostja und Aljona, und seine Kommilitonen, den Psychiater Tobolski und den Geburtshelfer Prizker, hatte er Alissa schon früher vorgestellt. Seine Familie war die letzte Hürde.

Nach einigem Zögern beschloss er, auch seine Cousine einzuladen, die ihn mit Alissa bekannt gemacht hatte, sowie Mussja Turman, die engste Freundin seiner verstorbenen Frau. Das war riskant, aber strategisch gut durchdacht – er traf die Vorbereitungen auf breiter Front.

Alissa schwankte. Sie zierte sich bis zur letzten Minute, wechselte ständig zwischen Zustimmung und Weigerung. Seit langem lebte sie wie eine Königin: Es war ihr egal, ob sie

* (russ). »Anker«, Restaurant auf der Gorkistraße, damals einziges Moskauer Restaurant mit jüdischer Küche.

ihrer Umgebung gefiel oder nicht – eine Königin kennt keine Abhängigkeit von der Meinung anderer. Nun aber war sie aufgeregt und ärgerte sich deshalb über sich selbst.

Eine Stunde bevor sie das Haus verließen, hatte Alexander sie überzeugt: Du bedeutest mir zu viel, ich kann dich nicht mehr verstecken. Außerdem muss ich schließlich alle vorbereiten.

Also gab sie nach.

Alle erschienen fast gleichzeitig, zehn vor acht saßen die Gäste am Tisch.

»Macht euch bekannt – Alissa Fjodorowna«, sagte Alexander stolz und stellte dann seiner Freundin der Reihe nach die Gäste vor, die sie noch nicht kannte: Anja mit ihrem Mann und den beiden Kindern, Marina und Mussja Turman.

Alissa sah perfekt aus und wusste das. Sie hatte einen weichen Ledergürtel um ihre tabakfarbene Seidenbluse geschlungen – ihre schlanke Taille war die einzige Taille zwischen den tonnenförmigen Figuren der übrigen Damen. Die Gäste waren ziemlich verblüfft, sogar die Töchter, denen der Vater angekündigt hatte, dass er seine Freundin einladen werde. Mussja Turman verschlug es die Sprache – sie sah diese Person mit den Augen der verstorbenen Raja und war beleidigt.

»Sieht nach nichts aus«, flüsterte sie Anja zu.

Anja widersprach.

»Nicht doch, Tante Mussja, im Gegenteil, sie ist sehr attraktiv. Und die Figur ...«

»Die Figur, die Figur!«, fauchte Mussja leise. »Sie hat ihn gefügig gemacht, sie wird es noch allen zeigen, denk an meine Worte.«

Doch da schenkte der Kellner schon den Champagner ein, und Alexanders Freund Kostja erhob das Glas.

Kostja, grauhaarig, pausbäckig und kugelrund, begann: Siebenundsechzig von Alexanders siebzig Jahren sei er mit ihm bekannt, sie seien so vertraut miteinander, dass sie manchmal nicht auseinanderhalten könnten, wo die Grenze zwischen ihren Gedanken verlaufe; er wisse schon lange nicht mehr, wer als Erster gesagt oder gedacht habe, dass sie mehr als Freunde seien und mehr als Brüder; er, Kostja, folge Alexander sein Leben lang, könne ihn aber nie einholen … Und noch vieles andere, alles lobend und heiter. Am Ende sagte er, er freue sich, an Alexanders Seite die zauberhafte Alissa zu sehen, seine Alissa aus dem Wunderland. Alissa lächelte kühl.

Einen Monat später heirateten sie still und ohne Zeremonie. Alexander hatte sein Versprechen gehalten: Das Porzellandöschen, gefüllt mit einem körnigen weißen Pulver, lag in der Schublade, hinter einem Stapel Schreibpapier, Briefumschlägen und alten Monatskarten.

Alexander fügte sich äußerst taktvoll in Alissas Wohnung ein, er zerstörte nichts, im Gegenteil, er reparierte alles, was notdürftig mit Pflaster oder Schnur zusammengehalten wurde. Er befestigte einen herabhängenden Arm des Kronleuchters, wechselte eine schon lange kaputte Kochstelle aus, und Alissa hatte das vage Gefühl, seine medizinische Profession bestehe darin, alles zu heilen, was er berührte. Ohne jede Hilfe von außen blühte plötzlich eine Pflanze auf dem Fensterbrett, die das bis dahin noch nie getan hatte.

Die beiden Eheleute, die auch bisher keine gesundheitlichen Beschwerden gekannt hatten, wirkten deutlich verjüngt.

»Unsere Hormonzyklen wurden neu gestartet«, sagte Alexander lachend.

Im Frühjahr trat ein weiteres überraschendes, beinahe unglaubliches Ereignis ein: Alexanders jüngere Tochter Marina wurde mit ihren fast vierzig Jahren schwanger. Ihr angeborener Defekt, eine Lippen-Kiefer-Gaumen-Spalte, von der nach einer erfolgreichen Operation nur noch kleine Narben zurückgeblieben waren, hatte eher ihren Charakter beschädigt als ihr Äußeres. Von Kindheit an hatte sie jegliche Kommunikation weitgehend gemieden und sich schließlich für den Beruf der Korrektorin entschieden, bei dem sie sich nur mit Texten beschäftigte, nicht mit Menschen. Dass sie es geschafft hatte, schwanger zu werden, erstaunte den Vater. Doch er war eher erfreut darüber, denn nun würde er seine Tochter nicht einsam hinterlassen, sie würde ein Kind haben, das ihr die ganze, wie sie meinte, feindselige Welt ersetzen konnte.

Alissa nickte zurückhaltend. Sie hatte ihre eigenen Ansichten zum Thema Kinderkriegen, hielt es aber für unnötig, diese ihrem Mann mitzuteilen. Zumal ihre Überlegungen dazu für sie längst nicht mehr aktuell waren.

Als Alexander Alissa seine Neuigkeit verkündete, war die Schwangerschaft, die seit einem halben Jahr in dem dicken Bauch schlummerte, selbst für ein aufmerksames Auge nicht zu erkennen. Marina war genauso dick und aufgedunsen, wie sie es seit ihrer Jugend stets gewesen war.

Kurz vor dem Geburtstermin brachte der Vater die späte Erstgebärende in eine gute Entbindungsklinik auf der Schabolowka, in der sein Kommilitone Prizker eine Station leitete. In Anbetracht des Alters und des Gewichts der Schwangeren sollte ein Kaiserschnitt vorgenommen werden. Die Operation wurde für den Dienstagmorgen angesetzt. Alexander wartete auf den Anruf des Chirurgen und erfuhr, dass alles in Ordnung war – ein Mädchen, ohne jeden Defekt, jedenfalls ohne Hasenscharte … Alexander erinnerte sich an das Entsetzen, das er empfunden hatte, als seine Frau ein Mädchen mit einem gähnenden dreieckigen Loch vom Mund bis zur Nase aus der Entbindungsklinik nach Hause brachte. Jetzt atmete er erleichtert auf.

»Ich fahre gleich in die Klinik«, sagte er zu Alissa.

Sie packten ein paar Lebensmittel für die junge Mutter zusammen: Kefir, Milch, Konfekt und ein Stück Käse. Alexander verließ das Haus, und im nächsten Blumenladen hatte er Glück, gerade waren wunderschöne Hyazinthen eingetroffen, Alissas Lieblingsblumen – er kaufte ein ganzes Bündel für seine Tochter und für die Krankenschwestern. Die Verkäuferin wickelte es in Geschenkpapier. Die Blumen und die Plastiktüte mit Lebensmitteln in der Hand, trat Alexander am frühen Nachmittag hinaus auf die leere, zu dieser Stunde wie ausgestorbene Straße. An der Bushaltestelle standen nur wenige Wartende. Er stellte sich ein Stück abseits, damit die schubsenden Menschen nicht seine wunderschönen Hyazinthen beschädigten, wenn der Bus kam.

In diesem Augenblick raste mitten auf der Straße ein schwarzes Auto mit Vollgas heran, stieß mit einem anderen, ebenso großen und schwarzen Auto zusammen und wurde auf den Bürgersteig geschleudert. Der Wagen prallte gegen einen Laternenpfahl und überfuhr drei Menschen, die an der Haltestelle warteten. Einer davon, ein Mann mit einem Blumenstrauß, starb.

Am Abend rief Alissa Prizger an. Der erklärte, mit Marina und dem Kind sei alles in Ordnung, aber Alexander sei nicht gekommen. Alissa telefonierte herum. Nach fünfzehn Minuten wurde ihr mitgeteilt, ihr Mann liege im Leichenschauhaus. Sie hätten den ganzen Tag versucht, seine Familie zu finden, doch an seiner Meldeadresse sei niemand ans Telefon gegangen.

Das war das Ende. »Ja, ja, so etwas in der Art habe ich erwartet.« Das Porzellandöschen in der Schublade …

Den nächsten Morgen begann Alissa mit einem Besuch in der Entbindungsklinik – sie brachte Marina Milch, Kefir und Käse. Dann fuhr sie ins Leichenschauhaus. Die Beerdigung verzögerte sich wegen der rechtsmedizinischen Untersuchung.

Marina erzählten sie erst nach drei Tagen vom Tod des Vaters. Die Mitteilung löste einen psychotischen Schub aus, und Alexanders anderer Freund, Professor Tobolski, brachte Marina in die Kaschtschenko-Psychiatrie. Das neugeborene Mädchen blieb vorerst in der Entbindungsklinik. Marinas ältere Schwester Anja wollte es zu sich nehmen, doch ihr Mann, der Marina nicht ausstehen konnte, war entschieden dagegen.

Nach zwei Wochen holte die Großmutter das Kind aus der Klinik. Alissa Fjodorowna. Dass ihr Glück mit Alexander nicht lange währen würde, hatte sie geahnt, ein Neugeborenes allerdings war ihr von der Vorahnung nicht prophezeit worden.

Das Kind lebte im Kinderwagen neben Alissas Bett. In die geräumigere Wohnung ihres Mannes wollte Alissa nicht umziehen. Dort gab es zu viel Schmutz und eine furchtbare

Badewanne mit abgeplatzter Emaille, ihre hier dagegen war nagelneu und strahlend weiß.

Erst nach einem halben Jahr wurde Marina aus der psychiatrischen Klinik entlassen. Aber wie sollte Alissa die kleine Alexandra dieser schlaffen, psychisch kranken und unordentlichen Frau überlassen?

Das Döschen mit dem Barbiturat lag in der Schreibtischschublade, doch Alissa konnte das Hochzeitsgeschenk ihres Mannes nicht benutzen. Das heißt, theoretisch konnte sie. Irgendwann … wenn die Umstände herangereift sein würden …

Die Ausländerin

Eine Frau mit birnenförmiger Figur und vorgereckter Brust musterte einen jungen Mann am anderen Ende der Parkbank, der in eine Zeitung vertieft war. Er gefiel ihr irgendwie. Wohl wegen der Zeitung. Sie mochte Männer, die Zeitung lasen. Ihr kurzzeitiger erster Ehemann, ein Ingenieur, der bei einem Unfall im Betrieb umgekommen war, hatte sich jeden Sonntag am Kiosk eine Zeitung geholt, und auch ihr jetziger, zweiter Mann las morgens Zeitung. Die brachte er immer von der Arbeit mit, jeweils die vom Vortag. Und auch der Mann hier auf der Parkbank las Zeitung.

Eine ausländische Zeitung! Aus den Augenwinkeln hatte sie die großen welligen Buchstaben der Schlagzeile erfasst. Na und! Umso interessanter!

Sie rückte näher zu dem Mann und tippte mit dem Finger auf die Zeitung.

»Was ist denn das für eine Sprache?«

Der Zeitungsmann zuckte leicht zusammen und drehte sich mit dem ganzen Oberkörper zu ihr um.

»Was fragen Sie mich?«

Genau, ein Ausländer, freute sich die Frau.

»Ich sage, interessante Buchstaben, was ist das für eine Sprache?«

»Arabisch«, antwortete der junge Mann freundlich. Und dachte: Bestimmt eine Prostituierte.

Die gefärbte Blondine über vierzig rückte noch näher an ihn heran. Die Tasche mit dem Metallverschluss, die sie an ihren beträchtlichen Bauch presste, zerstreute alle Zweifel: Eindeutig eine Prostituierte.

Er war siebenundzwanzig und lebte seit über einem Jahr in Moskau. Und zwar nicht irgendwo, sondern im Doktorandenwohnheim der Moskauer Universität, im Gebäude L. Er hatte schon lange vor, sich eine Frau anzuschaffen – alle seine Wohnheimnachbarn brachten irgendwelche Frauen mit, manche mit Anmeldung, manche heimlich, vorbei am Wohnheimchef und den Etagenaufsichten. Und ihnen geschah nichts. Er aber konnte sich nie recht entschließen.

»Oh, was für hübsche Buchstaben, direkt schöner als unsere!« Die Frau lächelte künstlich, doch er verstand nicht, was sie sagte. Er war Mathematiker, Doktorand bei einem berühmten Professor, mit dem er Englisch sprach, und was gibt es zwischen Mathematikern schon viel zu reden? Sie verstehen einander ohne Worte, auf dem höheren Niveau von Zeichen, die kein einfacher Sterblicher begreift. Natürlich lernte er Russisch, war aber damit noch nicht sehr weit gekommen. Die Falten auf seiner Stirn spiegelten sein angestrengtes Nachdenken – er wollte den simplen Satz formulieren: »Was kostet Ihre Leistung?« Dies war die Gelegenheit, auf die er schon lange gewartet hatte, doch plötzlich war er verlegen und bangte, dass es nicht klappen würde. Oder, noch schlimmer: Wenn es nun doch klappte … Er hatte noch nie eine Frau gehabt, noch nie. Nicht einmal die Hand eines Mädchens hatte er je gehalten. Kaum war ein Mädchen herangewachsen, wurde es in undurchdringliche Kleider und Tücher gehüllt, nur die Augen blitzten aus einem Schlitz, und es anzuschauen war unmöglich. Die einzigen weiblichen Berührungen, an die er sich erinnerte, waren die seiner Mutter, seiner Großmutter und seiner Tanten. Alles alte Frauen. Er hatte nicht einmal eine Schwester. Nur zwei Brüder.

Zum Lernen wurde er zum Onkel nach Bagdad geschickt, auf eine gute Schule, und das war zwar eine große Stadt, aber dort herrschten die gleichen Regeln. Außerdem hatte er sich entschieden: für die Mathematik. Es war nur eines von beiden in Frage gekommen: heiraten oder studieren. Und für Salih stand fest: Studieren.

»Na so was, Arabisch! Meine Tochter, die lernt Englisch. Auch eine schwere Sprache«, bemerkte die Frau, die noch immer auf die Zeitung schielte.

»Tochter?«, fragte er verständnislos.

»Ja, ich habe eine Tochter, Lilja, sie lernt Englisch. Alles mit Sehr gut!«

»Gut«, sagte der junge Mann und vertiefte sich wieder in seine Zeitung.

Eine merkwürdige Frau! Wenn sie eine Prostituierte ist, warum erzählt sie mir dann von ihrer Tochter? Er wollte schon fliehen, doch da hob sie den Arm, legte ihn auf die Banklehne, und ihn traf ein so zutiefst weiblicher Geruch, dass er keinen Zweifel mehr hegte: Es würde klappen, alles würde klappen. Er war erregt, bastelte im Kopf an einem Satz, der ihm jedoch nicht gelang, und sagte nur: »Äää… die Tochter … zu Hause?«

Die Frau lachte. »Ja, sie ist zu Hause, meine Tochter. Sie

wird bald achtzehn. Ein hübsches Mädchen. Und Sie, Verzeihung, sind Sie verheiratet?«

Er schüttelte den Kopf. Das Gespräch verlief in eine überraschende Richtung. Er wandte sich der Frau zu – sie musterte ihn gründlich, entdeckte, dass er auf einem Auge leicht schielte und insgesamt nicht besonders attraktiv war. Aber er trug einen guten Anzug, Krawatte und blitzsaubere Schuhe. Ein interessanter Mann, also.

»Wie heißen Sie?«, führte die Frau ihre Partie entschlossen weiter, und er freute sich, dass sie die Initiative übernahm.

»Salih.«

Sie streckte ihm die Hand hin – sie war sehr rau – und schüttelte energisch die seine, die schlaff war.

»Ich bin Vera Iwanna. Also nicht verheiratet? Und was machen Sie hier in Moskau?«

»Ich mache Dissertation.«

»Oh!«, freute sich die Frau. »Wissenschaftler?«

»Mathematiker«, bejahte er und verstand endgültig nichts mehr. Ihr süßer Achselhöhlengeruch umwehte sie noch immer wie Rauch einen Kebabspieß.

»Willst du heiraten?«

Nun war alles klar, nun verstand er – eine Heiratsvermittlerin! Die Frau war Heiratsvermittlerin! Keine Prostituierte!

»Ja!« Er lächelte. »Ich will heiraten.«

Lilja war nicht wie all die anderen Mädchen. Sie dachte nicht ans Heiraten, im Gegenteil, sie verachtete die Ehe, denn sie kannte sie bestens vom Hören: das morgendliche Quietschen des Bettes, das Schnaufen von Onkel Kolja, ihrem

Stiefvater, und das leise Kichern ihrer Mutter, gefolgt vom Klappern der Blechschüssel, die unterm Bett stand, und dem Plätschern von Wasser. Bei dieser Musik erwachte sie jeden Morgen um sechs, dann schlief sie noch eine Stunde, und wenn sie um sieben aufstand, war sie allein: Onkel Kolja und ihre Mutter waren weg, zur Arbeit.

Mit den Mädchen auf dem Hof, die früh mit diesen quietschenden Vergnügungen begonnen hatten, schloss Lilja keine Freundschaften, deshalb nannten die sie eine »Spinnerin«. Damit hatten sie recht: Lilja spann sich alles Mögliche zusammen, vor allem ihre Zukunft. Nicht konkret im Einzelnen, aber mit bestimmten präzisen Details: eine gute, einträgliche Arbeit, Buchhalterin oder Lehrerin, ein Beruf mit Diplom, ein richtiges eigenes Zimmer, kein durch einen Wandschirm abgeteilter Verschlag, und anständige Kleidung, keine Dorfklamotten, wie sie alle in der Nachbarschaft trugen, sondern Kostüm und Bluse, wie eine Lehrerin. Und Absatzschuhe. Weiße … Warum ausgerechnet weiße, wusste sie nicht, mit weißen Schuhen durch Matsch waten war ja irgendwie albern. Doch das kümmerte ihren Traum nicht. Weiße Schuhe!

Zu Liljas nächsten Plänen gehörten die Abschlussprüfungen der zehnten Klasse und die Immatrikulation an einer Hochschule. An welcher, hatte sie noch nicht entschieden. In der Nähe ihres Hauses gab es eine für Chemie, aber Chemie mochte sie nicht. Sie mochte Englisch, und sie hatte sich erkundigt, an welcher Hochschule man Fremdsprachen studieren konnte. Es waren sogar drei: Das Fremdspracheninstitut, die Pädagogische Hochschule und die Universität. Jetzt, gegen Ende der zehnten Klasse, schwankte sie, wo sie sich bewerben sollte, ob für ein Fremdsprachenstudium oder doch lieber an der Hochschule für Finanz- und Rechnungswesen, die gab es auch. Aus Unerfahrenheit hielt sie den Buchhalterberuf für einträglich. Kurz, im nächsten Fünfjahresplan ihres Lebens war keine Heirat vorgesehen. Ihr Plan war streng kalkuliert: Studium, danach, mit dreiundzwanzig, Heirat, mit vierundzwanzig ein Kind und so weiter … Jetzt büffelte sie für die Abschlussprüfungen in Mathematik.

Da kam Vera Iwanna nach Hause. Sie machte ein geheimnisvolles Gesicht. Das tat sie oft. Kam mit einem Päckchen von der Arbeit und schwenkte es mit geheimnisvoller Miene vor Liljas Nase. »Na, was hab ich mitgebracht?« Was schon – roten Kaviar in Pergamentpapier oder ein Stück halb zerlaufene Butter. Schönes Geheimnis! Sie arbeitete als Diätschwester im Krankenhaus, in der Küche, und ließ von dort ständig etwas mitgehen. Diesmal kuckte sie geheimnisvoll, hatte aber kein Päckchen in der Hand.

»Also, Lilja, da kommst du nie drauf, was ich für dich ergattert hab!«, sagte die Mutter, die Arme in die Seiten gestemmt.

Lilja wandte kaum den Kopf. Sie musste lernen, ihr stand der Sinn nicht nach Mamas Albernheiten.

Doch die Mutter gab keine Ruhe.

»Lilja, Lilja, hör doch mal zu!«

»Mama, ich schreib morgen eine Mathearbeit, lass mich in Ruhe!«

»Aber ich hab vielleicht ein Geschenk für dich, für das du mir dein Leben lang auf Knien danken wirst!«

Lilja fuhr auf. »Hast du mir etwa weiße Schuhe gekauft?«

»Dumme Pute!« Vera Iwanna war beleidigt.

Wegen der weißen Schuhe stritten sie seit einem Monat. Ein Abschlussfest, meinte Vera Iwanna, sei kein so großer Anlass, dass man dafür extra weiße Schuhe kaufte. Lilja nutzte Schuhe immer schnell ab, sie waren binnen kurzem schief getreten, und Absatzschuhe würde sie erst recht verschleißen, die würden keinesfalls bis zur Hochzeit halten.

»Weiße Schuhe sind nur für gut – wir kaufen lieber schwarze« – so der übliche Standpunkt der Mutter.

»Dumme Pute, sag ich! Ich rede von was ganz Großem, da sind weiße Schuhe drin, ein weißes Kleid und überhaupt!«

Lilja fuhr erneut auf. »Machst du Witze, Mama?«

»Von wegen Witze! Ich hab einen Bräutigam für dich gefunden! Einen Ausländer! So!«, verkündete Vera Iwanna.

»Was soll das, Mutter? Ich denke nicht im Traum daran! Was soll das? Vergiss es! Entweder du kaufst mir auch so weiße Schuhe, aber wenn ich dafür heiraten soll, dann eben nicht!«, entgegnete Lilja entschieden.

»Du bist wirklich dumm!« Vera Iwanna war wütend.

»Selber dumm«, erwiderte Lilja unfreundlich. So war es zwischen ihnen üblich – keine übertriebene Förmlichkeit, sondern gesunde Direktheit.

»Oh! Du bist ja so klug! Ganz der Papa!«

An ihren Papa hatte Lilja keine Erinnerung, sie war knapp zwei gewesen, als er starb. Selbst Vera Iwanna erinnerte sich nur vage an jenen ersten Ehemann. Trotzdem sagte sie oft zu ihrer Tochter: Du kommst ganz nach deinem Papa! Aus ganz unterschiedlichem Anlass, mal als Lob, weil Lilja gute Zensuren heimbrachte oder Schach spielte, mal gereizt, weil sie den Fußboden nicht gewischt oder einen anderen Auftrag der Mutter nicht erfüllt hatte.

Vera hatte vor dem Krieg viele Verehrer gehabt, doch als der Krieg ausbrach und alle jungen Männer, die etwas taugten, an die Front geschickt wurden, fürchtete sie, es werde niemand mehr übrig bleiben, und heiratete den Nächstbesten. Das war ein Werksingenieur, ein bebrillter Glatzkopf namens Schilz, zehn Jahre älter als Vera. Das Gute an ihm war sein eigenes Zimmer. Das wog die Glatze und sein wenig verführerisches Äußeres auf. Drei Jahre lebte Vera mit ihm, sie begegnete keinem Besseren. Und bekam eine Tochter. Doch dann starb Schilz bei einer Explosion im Betrieb. In seinem Zimmer lebte Vera noch immer, nun mit ihrer Tochter Lilja und ihrem zweiten Mann, Kolja. Lilja wusste von ihrem verstorbenen Vater nur, dass sie seinen merkwürdigen Familiennamen trug.

»Ein Mathematiker, ein Studierter, kein dahergelaufener Trottel! Ein Ausländer! Ich würd dir doch nichts Schlechtes raten!« Vera war beleidigt. »So einen findest du alleine nie!«

Lilja dachte nach. Die weißen Schuhe fielen auch ins Gewicht … Die Mutter sagte nichts einfach so dahin.

Die erste Begegnung von Braut und Bräutigam sollte an einem Sonntag stattfinden, am Eingang des Eremitage-Gartens. Eine Woche nach dem Abschlussfest – das hatte Lilja ihrer Mutter eingeschärft: Erst nach den Prüfungen! Lilja stöckelte zum ersten Rendezvous mit ihrem Bräutigam in weißen Pumps, die ihr die Mutter gekauft hatte. Alle dachten, für den Abschlussball, aber Lilja wusste: für die Hochzeit. Vera Iwanna war ein wenig nervös, obwohl sie Salih zweimal angerufen, alles mit ihm verabredet und er seine Absicht bestätigt hatte. Trotzdem befürchtete sie, der Fisch würde wieder vom Haken springen, doch der Bräutigam kam auf die Minute pünktlich, um sechs Uhr abends, an den Ort, wo sie ihn kennengelernt hatte.

Seit Tagen schweiften Salihs Gedanken ständig ab von der Arbeit, er hatte die letzten beiden Nächte schlecht geschlafen und war schon kurz davor, nicht zu dieser seltsamen Brautschau zu gehen. Doch als er aufwachte, stellte er fest, dass die Entscheidung gewissermaßen gegen seinen Willen gefallen war, und machte sich ausgehfertig. Er duschte gründlich, rasierte sich, wählte sorgfältig eine Krawatte. Ihm war bewusst, dass er sämtliche Regeln und Gesetze brach, doch er konnte nichts dagegen tun: Die Erregung wegen der bevorstehenden Heirat war übermächtig. Die Vernunft sagte ihm, dass er sich zu früh freute – womöglich taugte ja die Braut nichts, und wie seine Familie eine eigenmächtige, alle familiären Traditionen verletzende Heirat mit einer verdächtigen Russin aufnehmen würde, war ohnehin sonnenklar. Dabei fürchtete Salih weniger seinen Vater als seine Stiefmutter, die Hüterin der Lebensregeln. Sie führte ständig das Wort »Usul« im Munde – Ordnung.

In seiner Familie hatte Salih immer als etwas Besonderes gegolten. Allah habe ihn nicht für den Handel geschaffen, sondern für etwas Geistiges. In Salihs zweitem Schuljahr sagte der Lehrer der Dorfschule zum Vater, dem Jungen sei ein anderer Weg bestimmt als den übrigen Kindern, deshalb schickte ihn der Vater nach Bagdad, zu seinem jüngeren Bruder, einem Textilhändler. Dort absolvierte Salih eine englische Schule, dann die Universität, und begann mit der Arbeit an seiner Promotion. Da kann ich mir wohl endlich erlauben, wie ein Europäer zu leben, redete er sich selbst zu. Und ging zum Treffen mit der Braut. Beinahe wie ein Europäer.

Er war groß, seine rechte Schulter war ein wenig höher als die linke, den Kopf hielt er leicht zur Seite geneigt, ganz Aufmerksamkeit. Am besten gefiel Lilja an ihm die Brille, solche bekam man hierzulande nicht: dicke braune Fassung, die Gläser leicht angeschrägt. Lilja musste wegen ihrer Kurzsichtigkeit selbst mit einer Brille herumlaufen, aber deren Fassung war hässlich. Salih trug einen hellen Anzug, ein weißes Hemd und eine gelbe Krawatte. Auch seine Schuhe waren besonders, rotbraun mit einer lochverzierten Lederspange. Man sah gleich, dass er Ausländer war, vor allem an der Brille und den Schuhen. Einen solchen Mann hatte Lilja noch nie gesehen – sie konnte nicht sagen, dass er ihr gefiel, aber er weckte ihr respektvolles Interesse.

Dem Bräutigam gefiel die Braut schon von weitem: Neben der gefärbten Blondine, die er schon kannte, entdeckte er ein kleines junges Mädchen mit dünnen Beinen und großer Brust. Nicht ganz blond, aber auch nicht brünett. Beim Näherkommen sah er, dass sie eine Brille trug, und verspürte einen Anflug von spontaner Zärtlichkeit und Gemeinsamkeit. Eine Brille, das war für eine irakische Braut undenkbar; nur alte Frauen, die ihre weibliche Bestimmung bereits erfüllt hatten, konnten sich erlauben, ihre Sehschwäche zuzugeben. Für ihn war Liljas Brille ein Zeichen ihrer zweifelsfreien Aufrichtigkeit. Die Frauen in Russland waren schön, weckten in Salih jedoch Misstrauen: In jeder Schönen argwöhnte er gefährliche Verdorbenheit, wenn nicht Schlimmeres. Diese hier war keine Schönheit, wirkte aber grundanständig.

Das Mädchen reichte ihm als Erste die Hand, ohne dabei

zu lächeln, und auch das gefiel ihm: Sie war streng! Sie sagte: »Ich heiße Lilja.« Ein schöner Name!

Eine halbe Stunde später saßen sie in einem Café. Er bestellte Kaffee und Kuchen. Die Mutter der Braut aß ein Stück Kuchen, dann noch ein zweites – Lilja wollte keins. »Ja, darüber wundern sich alle, aber ich mag nichts Süßes.«

Nach weiteren zehn Minuten sah Vera Iwanna auf die Uhr, erklärte, sie müsse dringend noch etwas erledigen – und ging. Salih war mit seiner Braut allein, und das verblüffte ihn. Ein erstaunliches Volk! Einfach so, am ersten Tag der Bekanntschaft, ein Mädchen mit einem Mann allein zu lassen … Nein, sie hatten nicht zufällig den Krieg gewonnen! Ein verwegenes Volk!

»Do you speak English?«, stellte der Bräutigam eine prüfende Frage, nur so, auf gut Glück.

Lilja lächelte. »I am the best in my class!«

Da wusste Salih, dass sein Schicksal entschieden war.

Als sie allein waren, wollte die Braut als Erstes wissen, ob er wirklich Mathematiker sei. Sie stellte die Frage auf Englisch. Er bejahte. An der Moskauer Universität gebe es eine sehr gute mathematische Fakultät, darum sei er hergekommen.

»Ich hasse Mathematik«, gestand die Braut, doch der Bräutigam verstand nicht gleich. »Ich mag sie nicht«, erläuterte die Braut. »Ich habe in allen Fächern ein Sehr gut, nur in Mathematik eine Drei.«

»Das spielt keine Rolle. Wenn wir verheiratet sind, wirst du nichts mit Mathematik zu tun haben.«

»Natürlich nicht!« Die Braut lachte. »Das wäre ja noch schöner!«

Dann verließen sie das Café, und Lilja wollte rasch nach Hause. Salih schlug vor, ein Taxi zu nehmen. Die Braut widersprach. »Warum sinnlos Geld ausgeben? Es sind nur drei Haltestellen mit dem O-Bus, der hält direkt vor unserem Haus. Und kostet nur vier Kopeken!«

Diese haushälterische Erklärung zerstreute Salihs letzte Zweifel hinsichtlich der Heirat, sie schien ihm vom Schicksal bestimmt zu sein: Brust, Brille, Anstand, Englisch, Sparsamkeit. Also sagte er zu Lilja, sie sollten die Hochzeit beantragen.

Lilja lachte. Man beantragt nicht die Hochzeit, sondern die Eheschließung. Die Hochzeit kommt danach!

»Natürlich, danach«, stimmte ihr der Bräutigam zu.

Ein anständiges, ein sehr anständiges Mädchen. Er nahm ihren Arm. Sie hatte nichts dagegen. Ihr rosa Kleid war kurzärmlig, ihr Arm war nackt und glatt wie Papier. Und ganz weiß. Zum ersten Mal im Leben berührte Salih eine Frau.

Lilja verplapperte sich. Konnte nicht an sich halten. Erst erzählte sie Shenja, sie habe einen Bräutigam, einen Ausländer. Dann verriet sie Ljussja, ihr Bräutigam sei Mathematiker. Mehr musste sie keinem sagen, nun wussten alle, dass Lilja heiraten würde. Auch Vera Iwanna erfuhr die Neuigkeit auf dem Hof – sie kam von der Arbeit, als Shenja auf sie zu stürzte: »Tante Vera! Wann ist denn Liljas Hochzeit? Heiratet sie wirklich einen Ausländer?«

Dann ging es unglaublich schnell. Vera Iwanna hatte alles strategisch durchdacht: Sie lud den Bräutigam nie nach Hause ein. Ihr Zimmer war zwar in Ordnung, achtzehn Quadratmeter, aber es lag eben in einer Gemeinschaftswohnung.

Und war zudem recht karg eingerichtet, Vera Iwanna sparte seit über zwei Jahren auf eine Anrichte, und ohne Anrichte wirkte das Zimmer ärmlich. Trotz des schönen Teppichs an der Wand. Aber wer weiß, wie diese Ausländer tickten, womöglich waren sie alle an separate Wohnungen gewöhnt.

Braut und Bräutigam gingen zwei Mal ins Kino und oft im Eremitage-Garten und im Neskutschny-Park spazieren. Dann meldeten sie sich zur Eheschließung an, beim einzigen Standesamt, in dem Ausländer mit glücklichen russischen Mädchen verheiratet wurden. Die Wartefrist war länger als in normalen Standesämtern – drei Monate.

Das Leben verhieß Lilja große Veränderungen, aber ihren Generalplan änderte sie deshalb nicht – sie bewarb sich zum Studium an der Pädagogischen Hochschule, bestand die Aufnahmeprüfungen und wurde angenommen. Als sie das ihrer Mutter mitteilte, winkte die nur ab – mach, was du willst, du bist deine eigene Herrin, leg deinem Mann Rechenschaft ab.

»Wieso denn, Mama, entweder ich bin meine eigene Herrin, oder ich lege Rechenschaft ab, nicht? Leg du meinetwegen Onkel Kolja Rechenschaft ab, ich werde das meinem Mann gegenüber nicht tun.«

Also sagte sie ihrem künftigen Ehemann nicht, dass sie nun Studentin war.

Auf einen August, trist wie vorzeitiges Altern, folgte ein honigsüßer Altweibersommer, der trügerisch ein seliges Anhalten der üblichen Saisonfolge versprach. Diese letzten kostbaren, friedvollen Tage der von der Pflicht der Fruchtbarkeit befreiten Natur waren ideal für Hochzeiten, die neues Keimen und neue Früchte verhießen. Die Bewohner ihres

Viertels feierten sommerliche Hochzeiten gewöhnlich im Hof eines kleinen Durchgangs, der noch immer Kirchensackgasse hieß, obwohl er schon lange keine Sackgasse mehr war, denn wo einst zwei längst zu Staub zerfallene Holzbauten gestanden hatten, war eine Straße zum Burdenko-Institut für Neurochirurgie angelegt worden. Auf einem festgetretenen Platz neben dieser Straße, auf der einen Seite durch eine rote Ziegelmauer abgeschirmt, auf der anderen durch drei alte Linden, wurden Hochzeits- und Trauerfeiern abgehalten. Zwei Baracken begrenzten diese Bühne zu beiden Seiten. Normalerweise trugen die Bewohner der beiden Baracken kleine Fehden miteinander aus, doch anlässlich von Feiern und Begräbnissen zimmerten sie einträchtig einen langen Tisch für das gemeinsame Ereignis – zum Aufbahren des Sargs oder als Hochzeitstafel.

Nach der Beantragung der Eheschließung machte sich Vera Iwanna sofort darüber Gedanken, wie alles am besten zu organisieren sei – sie wollte nicht schlechter dastehen als andere. Aber auch nicht besser … Doch Lilja erklärte von Anfang an: Nein, Mama, ich will keine Dorfhochzeit, wir gehen in ein Restaurant. Vera Iwanna platzte fast vor Ärger: Überleg doch mal, was das kostet! Mit der ganzen Schar im Restaurant essen und trinken!

»Hör zu, Mutter, ich sag dir was – wir feiern die Hochzeit im Restaurant, und die Gäste bestimmen Salih und ich: Du und Onkel Kolja und meinetwegen auch Tante Raissa, sei's drum. Sie kann sich zwar nicht benehmen, aber ich werd sie vorher noch mal zurechtstutzen. Oder red du mit ihr, ist ja immerhin deine Schwester. Und sie soll allein kommen, ohne ihren Liebhaber. Und vielleicht noch die beiden Trauzeugen, von meiner Seite Ljussja, von Salihs Seite sein Freund aus der Botschaft. Mehr nicht!«

Vera Iwanna tobte. Sie griff sogar spontan zu der Wäscheleine, mit der sie die Tochter früher zur Vernunft gebracht hatte. Doch Lilja offenbarte Härte und sogar eine Art Weisheit.

»Leg die Leine weg! Du wolltest mich unbedingt verheiraten, und bitte, das hast du. Aber jetzt bestimme ich. Vergiss die Dorfhochzeit. Mein Mann ist Ausländer, ich werd mich vor ihm nicht blamieren. Sonst denkt er noch, er hätte einen Dorftrampel geheiratet. Ich will eine kultivierte Feier.«

»Und deine Patentante? Und meine Schwägerin? Und Rosa Petrowna Jarowaja? Und Onkel Genja Sjugoschin? Die Nachbarn, insgesamt an die vierzig, und die Verwandtschaft? Was sollen die Leute sagen? Lilja, so geht das nicht, das macht man nicht!«

»Mama, ich will es nicht so, wie die anderen es machen. Sie lassen sich volllaufen wie die Schweine, prügeln sich und fluchen ordinär. Das hab ich nicht nötig.«

»Wie der Vater! Ganz der Vater!« Vera Iwanna fing an zu weinen, als sie die feste Entschlossenheit in Lilljas Miene sah. »Wie willst du den Leuten hinterher in die Augen sehen?«

»Gar nicht! Ich werde ihnen nicht in die Augen sehen! Nach der Hochzeit fahren wir weg, auf Hochzeitsreise, klar?«

»Wirklich, ganz der Vater! Nichts, wie es sich gehört!«, fauchte Vera Iwanna, wusste aber, dass sie verloren hatte.

Genauso wurde es gemacht. Sie heirateten an einem Vormittag in der dritten Septemberwoche. Lilja zog die weißen Pumps an – sie waren noch fast wie neu, denn sie hatte sie nach dem Abschlussball im ganzen Sommer nur drei Mal getragen. Vera Iwanna hatte ihr ein weißes Kleid nähen lassen, aus festem Nylon – den Stoff hatte sie in einem geheimnisvollen Textillager in Podolsk beschafft, das für die Versorgung der Regierung bestimmt und normalen Sterblichen nicht zugänglich war.

Das Hochzeitsfoto zeigte Lilja in dem weißen Kleid, das ihre üppige Brust umspannte – die Schneiderin hatte ihre liebe Not damit, sie brauchte sechs Abnäher, das Oberteil saß wie ein Panzer, wie aus Eisen geschmiedet. Der Rock war weit, ganze zwei Bahnen zu einem Meter zwanzig, die Weltfestspielmode* für weite Röcke war noch nicht passé. Doch der Rock war auf dem Foto nicht zu sehen, das Paar war nur bis zur Hüfte abgelichtet, man sah nur, dass das Kleid hochgeschlossen war und lange Ärmel hatte. Der Bräutigam trug einen grauen Anzug und eine weiße Krawatte.

Salih bestellte von dem Foto zwölf Abzüge, einen davon besaß Vera Iwanna lange Zeit, sie hängte ihn abwechselnd an die Wand und wieder ab, je nach Mondphase, genauer gesagt, nach dem jeweiligen Stand der Beziehung zu ihrer Tochter und der politischen Entwicklungen.

Der Irak war als Staat noch schlimmer als der ihre – da sah überhaupt keiner durch, war das nun Osten oder Westen, waren sie Freunde oder Feinde? Von Salih war dazu nichts zu erfahren, außer seiner Mathematik kümmerte ihn gar nichts. Liljas Stiefvater, Onkel Kolja, interessierte sich für Politik und wollte verstehen, wer auf der richtigen Seite stand … Es blieb unklar.

* Die Rede ist von den Weltfestspielen der Jugend und Studenten, die 1957 in Moskau stattfanden.

Salih schickte die Hochzeitsfotos per Diplomatenpost an seine zahlreichen Verwandten im Irak und stiftete damit große Aufregung. Er hatte einfach geheiratet, eine Fremde, gegen alle Regeln. Fatma Chanum, Salihs Stiefmutter, die ihn als Säugling aus den Armen seiner Mutter übernommen hatte und ihn beinahe mehr liebte als die beiden Söhne, die sie selbst Salihs verwitwetem Vater geboren hatte, betrachtete das festliche Foto mit einer Mischung aus Empörung und Bewunderung. Ihr gefiel das Mädchen mit dem kurzgeschnittenen Haar, und ihr gefiel Salih, der alles im Leben anders machte, als es der Brauch verlangte. Schließlich wickelte sie das Foto in ein kleines Seidentuch und legte es in eine Schatulle.

Unter den vielen Menschen in Salihs Moskauer Umfeld waren nur zwei, zu denen er engeren Kontakt hielt – Hassan, ein junger Mitarbeiter der irakischen Botschaft, dem eine große Karriere winkte, und Jakow Chasin, ein russischer Mathematiker mittleren Alters, Salihs Doktorvater. Ersterer riet ihm, nach der Heirat eine Wohnung zu mieten, der Zweite sagte, er sei nie verheiratet gewesen und würde den Versuch nicht riskieren.

Dem ersten Rat folgte Salih unverzüglich, er mietete eine Einzimmerwohnung auf dem Leninprospekt, in einiger, aber immerhin fußläufiger Entfernung zur Universität. Sobald Salih die Schlüssel erhalten hatte, zog seine Frau zu ihm. Damit war das erste Problem gelöst: In dem von Schilz geerbten Zimmer zu wohnen, hatte das Ehepaar einhellig abgelehnt, zum großen Verdruss der gastfreundlichen Brautmutter.

»Dann hau doch ab!«, fauchte sie und entließ die Tochter ohne jegliche Mitgift.

Erst wunderte sich Salih darüber, dann war er empört, schließlich beruhigte er sich. Überall galten eigene Regeln. Schließlich hatte er auch keine Mahr, kein Brautgeld, gezahlt und Lilja nicht die drei üblichen Hochzeitsgaben überreicht, sondern nur zwei goldene Eheringe gekauft, dafür hatten die Brauteltern nicht die Hochzeit ausgerichtet – die Rechnung für das Essen im Restaurant hatte er selbst bezahlt, ohne dass die Schwiegereltern mit der Wimper gezuckt hätten.

Je näher der Heiratstermin rückte, desto besser gefiel Salih die Braut – besonders wegen ihrer Strenge: Küssen kam nicht in Frage, und ihre Brust, in einen Büstenhalter mit Schalen gepackt, die an Babymützchen erinnerten – wovon Salih keine Ahnung hatte – war verführerisch vorgereckt, lockte sein ganzes männliches Wesen und ließ ihn die Zeit herbeisehnen, da er endlich … doch Lilja blieb unberührbar und uneinnehmbar. Über der Lösung dieses Problems vergingen die ersten drei Monate ihrer Ehe. Liljas hartnäckige Jungfräulichkeit, die sich nicht ergeben wollte, lenkte Salih von der Arbeit an seiner Dissertation ab, denn alle Kraft seines überdurchschnittlichen Intellekts stockte, die übliche Anspannung war an eine Stelle gerutscht, die für geistige Arbeit wenig taugte.

Gleich nach der Hochzeit eröffnete Lilja ihrem Mann ihr bis dahin gehütetes Geheimnis: Sie sei jetzt Studentin und besuche seit dem ersten September die Pädagogische Hochschule, um Lehrerin zu werden. Salih staunte: Seine Frau war also eine moderne Person, sie strebte nach Bildung, und er quittierte die Nachricht mit Respekt. Sein Hauptproblem in den ersten Ehemonaten war nicht das Hochschulstudium seiner Frau, sondern ihre Defloration.

Am Ende des dritten Monats, nach gutem Zureden, Tränen, entschlossenem Handeln und heftigen Kämpfen, die – das muss man dem Ehemann lassen – nie in direkte Gewalt mündeten, gelangte Salih schließlich ans Ziel seiner Wünsche. Die Wonne lag in der Vollendung selbst, die beiden vollen Brüste ruhten in seinen Händen, in die sie nicht ganz hineinpassten, und sein gemarterter Stab durchstieß das so lange erfolglos bestürmte Hindernis. Beide weinten – Lilja gekränkt und vor Schmerz, Salih aus Feingefühl und Sensibilität.

Wie sich bald herausstellte, war die heilige Frucht der Ehe unverzüglich entstanden. Lilja war darüber keineswegs erfreut: Es gefiel ihr, einen ausländischen Ehemann zu haben, doch ein Kind hätte ihrem ursprünglichen Plan zufolge erst nach dem Studium zur Welt kommen sollen.

Die nächsten Monate verliefen unter dem Banner der beiderseitigen Niederlage. Allerdings blieb Liljas Niederlage für beide Seiten unbemerkt: Lilja, die von erotischen Vergnügungen noch nie gehört hatte – auf dem Hof ihrer Kindheit wurde Geschlechtliches als etwas Aufregendes, Unanständiges betrachtet, und das ausländische Wort »Sex« gehörte damals noch nicht zum alltäglichen Gebrauch –, betrachtete das eheliche Ritual lediglich als eine wöchentliche Pflicht, und als sich herausstellte, dass sie schwanger war, nutzte sie diesen Umstand regelmäßig, um die ehelichen Übungen unter dem Vorwand dieses naturgegebenen Hindernisses abzuwürgen. Der Ehemann seinerseits empfand eine gewisse

Enttäuschung: Die ehelichen Freuden waren ihm in den literarischen Beschreibungen reizvoller vorgekommen als die bescheidene Wirklichkeit. Andererseits wusste er von Kindesbeinen an um seine intellektuelle Überlegenheit gegenüber seinen Brüdern und Altersgefährten: Sein Kopf funktionierte weit besser, und deshalb hielt er das Entzücken, das sich junge Männer vom Kontakt mit irdischen Frauen in der Realität oder mit jungfräulichen Huris nach dem Tod versprachen, für eine der zahlreichen Täuschungen gering gebildeter Menschen.

In jeder anderen Hinsicht war Lilja eine wunderbare Ehefrau: Inzwischen bügelte sie perfekt seine weißen Hemden, kochte den Reis genau richtig, sorgte für Sauberkeit in der gemieteten Wohnung und reinigte stets gründlich den Teppich, den Salih gleich nach ihrem Einzug gekauft hatte. Das alles erledigte sie wie nebenbei, vormittags studierte sie an ihrer Hochschule. Auch das gefiel Salih an ihr.

Die Verständigung zwischen ihnen klappte immer besser: Liljas Englisch wurde sicherer und umfassender, wozu auch das Studium beitrug. Das war eine angenehme Überraschung für Salih – er selbst hatte mit dem Russischen große Mühe. Bald sprach Lilja fließend Englisch, und eine gewisse Steifheit verlor sich durch den Umgang mit ihrem Mann rasch.

Vera Iwanna, die ihre Tochter selten besuchte, konnte nicht recht entscheiden, ob der Bräutigam nun ein guter Fang war oder ein Reinfall. Er war zwar offenbar wohlhabend, aber ziemlich geizig. Onkel Kolja wollte sich bei ihm Geld leihen – ein Kollege im Fuhrpark des Innenministeriums verkaufte einen passenden Wagen, nicht sehr alt, durchaus passabel, und wenn er den Motor überholte, würde das Auto noch eine Weile laufen. Doch der Schwiegersohn wies ihn ohne Umschweife ab: Nein, ich studiere noch, ich bekomme nach wie vor Unterstützung von meinen Eltern. Wenn ich irgendwann selbst Geld verdiene, können wir darüber reden. Vielleicht hatte Salih das auch freundlicher gesagt, doch Lilja hatte es in der Übersetzung verstärkt, denn sie kannte die Manier ihrer Mutter und ihres Stiefvaters, alles zum eigenen Vorteil zu wenden. In diesem Punkt war sich das junge Paar vollkommen einig.

Inzwischen hatte Liljas Aussehen etwas gelitten, ihr ohnehin nur mäßig schönes Gesicht war nun fleckig, und der Bauch wölbte sich vor der Zeit – weil das Becken so eng ist, erklärte die Gynäkologin in der Schwangerenberatungsstelle in der Degtjarny-Gasse, in ihrem Meldebezirk. Die Ärztin, eine alte Jüdin mit flaumigem Oberlippenbärtchen und dem Namen Berman, war mehr als eine Bekannte, zu ihr waren die schwangeren Frauen ihres Hofs schon vor dem Krieg gegangen, sie hatte auch Vera Iwanna bei der Geburt von Lilja betreut. Diese Doktor Berman seufzte jedes Mal bedenklich, wenn Lilja zu ihr kam, und im siebten Schwangerschaftsmonat sagte sie, ein Kaiserschnitt sei unvermeidlich. Das heißt, er wäre zu vermeiden, aber sie sollten lieber nichts riskieren, denn bei einer Erstgebärenden mit Liljas Körperbau bestehe die große Gefahr, dass sie eine Spontangeburt nicht bewältigen werde.

Nichts davon erzählte Lilja ihrem Mann, sie ließ ihn ihren Bauch berühren, ihre Brust oder was er sonst noch wollte – aber mehr nicht. Die Zeit schritt voran und verhieß baldige Erlösung. Die Prüfungen an der Hochschule absolvierte Lilja trotz Schwangerschaft erfolgreich. Doch sie entschied, im kommenden Jahr auszusetzen, sich erst einmal um das Kind zu kümmern und im übernächsten Jahr weiterzustudieren.

Einige Tage vor dem Entbindungstermin wurde Lilja in die Krupskaja-Klinik eingewiesen, damit mögliche Komplikationen rechtzeitig erkannt bzw. verhindert werden konnten. Salih erschien nur ein einziges Mal draußen unterm Fenster – in die Patientenzimmer durfte niemand hinein – und rief etwas zu Lilja hinauf, das sie nicht verstand, aber er hatte ihr etwas mitgebracht: Äpfel, Kefir und einen Brief. In dem Brief stand, sein Vater in Sulaimaniyya sei gestorben und er müsse sofort zur Beerdigung fahren.

Am selben Abend brachte Lilja ein Mädchen zur Welt, genau ein Jahr nach der Hochzeit, Mitte September. Ganz ohne Kaiserschnitt, allein aus Empörung, dass ihr Mann sie kurz vor einem solchen Ereignis alleinließ. Das Mädchen hatte eine geradezu lächerliche Ähnlichkeit mit dem Vater, wenn man sich den ohne Brille und Schnurrbart dachte.

Das war's. Damit verschwand Liljas Ehemann. Aus der Entbindungsklinik wurde sie von ihrer Mutter und deren Mann abgeholt. Zuerst brachte Onkel Kolja sie mit einem Dienstwagen in die von Salih gemietete Wohnung. Dort entdeckten sie Spuren eines hastigen Aufbruchs: Überall waren Sachen verstreut, und auf dem Tisch lag neben schmutzigen Tellern und Tassen eine kleine Schachtel, die Vera Iwanna scharfäugig als Erste entdeckte. Sie enthielt einen Ring mit einem Brillanten. Der Stein war klein, aber funkelnd. Vera Iwanna schnappte ihn sich schnell, schob ihn in ihren BH und flüsterte: »Den werd ich besser aufbewahren als du.«

Lilja sagte nichts. Auch das Kind schwieg taktvoll. Es, das

heißt, sie, schwelgte von Geburt an im Überfluss: Die Milch aus der mütterlichen Brust floss in unablässigem Strom, das Baby musste kaum saugen. Alle Neugeborenen auf der Entbindungsstation, deren Mütter zu wenig Milch hatten, wurden von Liljas Überfülle genährt.

Vera Iwanna sah sich in dem überstürzt verlassenen Zimmer um und bestimmte, Lilja solle vorerst nach Hause kommen und erst wieder in die gemietete Wohnung ziehen, wenn Salih von der Beerdigung zurück sei. Aus Ratlosigkeit willigte Lilja stumm ein.

Sie fuhren nach Hause, in das Schilz-Zimmer. Sie verrückten die Möbel ein wenig – inzwischen hatten sie eine Anrichte gekauft, und die nahm nun den Platz ein, an dem ein Kinderbett hätte stehen können. Also wurde das arabische Mädchen in einen Korb gelegt und bekam den unpassenden Namen Viktoria. So lebten sie nun und warteten.

In den ersten Tagen schwiegen alle. Onkel Kolja, weil er meistens schwieg, Lilja, weil sie nichts zu sagen wusste, und Vera Iwanna hätte zwar etwas zu sagen gehabt, hielt aber mit aller Macht die in ihr brodelnde Wut zurück – auf Salih, der sich als Betrüger entpuppt hatte, wie alle Kerle … auch wenn er Ausländer war. Und auf Lilja, die dumme Pute, die ihren Mann nicht hatte halten können. Als ob sie den Vater nicht ohne ihn hätten begraben können!

Im Grunde aber ärgerte sie sich über sich selbst. Nach einer Woche gestand sie sich ein: Ich bin eine Idiotin. In ihr reifte die Erkenntnis: Sie war betrogen worden! Sie hatte gedacht, er sei ein anständiger Ausländer, aber er war Araber … Er würde nicht zurückkommen. Er hatte sie eine Weile benutzt, und tschüss.

Ja, so war es wohl. Tag um Tag verging, dann ein Monat, und Liljas Mann blieb weg.

Die arme Lilja! Sie hatte geglaubt, durch ihre Heirat dem Barackenhof entflohen und in höhere Kreise aufgestiegen zu sein, und diese Rückkehr nach Hause, noch dazu mit einem Kind, bedeutete eine furchtbare Niederlage.

Die Miete für die Wohnung war nur noch bis Monatsende bezahlt. Salih hatte vor seiner Abreise weder an sie noch an ihr gemeinsames Kind gedacht, und Lilja beschlich eine schreckliche Ahnung: Ihr Mann würde nie mehr wiederkommen. Von Woche zu Woche schmolz ihre Hoffnung auf seine Rückkehr. Zumal er ihr auch nicht schrieb.

Es war schon Mitte Oktober. Nun fühlte sich Lilja tatsächlich verletzt und betrogen; vor allem ärgerte sie sich darüber, dass sie so blöd gewesen war, ein Kind zu kriegen, weshalb ihr nun die Hände gebunden waren. Verständnislos betrachtete sie das kleine Mädchen und begriff nicht, warum sie es zur Welt gebracht hatte. Die Kleine verhielt sich wie ein Engel, sie verstand wohl, dass der Mutter der Sinn nicht nach ihr stand. Sie gab nie Laut, trank eifrig, schlief durch und lächelte vage und vor der Zeit.

Ende des Monats verlangte der Wohnungsinhaber, Lilja solle ihr Eigentum aus der Wohnung entfernen, und sie fuhr mit ihrer Mutter und Onkel Kolja hin und holte Sachen ab. Anfangs standen die beiden Pappkartons unter dem Bett ihrer Eltern, dann wurden sie in den Holzschuppen geschafft.

Lilja wartete auf Nachrichten von ihrem Mann, doch es kamen keine. Der Gedanke, dass sie Salih nicht wiedersehen würde, verfestigte sich mit jedem Tag. Nun musste sie sich um sich selbst kümmern.

Als Erstes wechselte sie aus familiären Gründen zur Abendfakultät. Aufgeben wollte sie das Studium nicht. Tagsüber blieb sie bei ihrer Tochter, dann pumpte sie Milch ab und übergab die Fläschchen und das Kind der Obhut ihrer Mutter. In der ersten Zeit sagte diese nichts, doch eines Tages, sie war leicht angetrunken, beschimpfte sie Lilja als dumme Pute, als Trantier – sie habe nicht einmal Salihs Adresse, aber sie müsse doch auf Alimente klagen, er solle wenigstens zahlen … Sie drang in Lilja, zur Universität zu gehen, zu Salihs Professor, um die Adresse ihres Mannes zu erfahren, »haargenau«. Sie selbst packte am Morgen Salihs Sachen in zwei Taschen und fragte sich, wozu er so viele Hemden besaß – elf Stück! Und drei Anzüge! Dann fuhr sie in den Secondhandladen in der Blagoweschtschenski-Gasse, wo sie Salihs gesamte Kleidung zu einem guten Preis verkaufte.

Lilja weigerte sich, zur Universität zu gehen, also fuhr Vera Iwanna selbst in die Leninberge. Mit der ihr eigenen Hartnäckigkeit überwand sie sämtliche Pförtner, fragte sich zur mechanisch-mathematischen Fakultät durch und erschien im Dekanat. Dort erfuhr sie nichts, sie bekam keine Adresse, und zu dem Professor, dessen Namen sie nicht kannte, wurde sie auch nicht vorgelassen. Doch sie gab keine Ruhe und unternahm hinter Liljas Rücken einen zweiten Versuch, den abgehauenen – da war sie nun sicher – Schwiegersohn aufzuspüren. Über die Auskunft erfragte sie die Adresse der irakischen Botschaft. Lange wurde sie dort nicht eingelassen, doch schließlich schaffte sie es. Die Botschaftsleute behandelten sie schroff, sie hatten anderes im Kopf: Im Irak war gerade eine Revolution oder ein Krieg ausgebrochen. Was kümmerte sie da Salih! Das überzeugte Vera Iwanna endgültig von ihrer strategischen Niederlage.

Sie gestand sich ihr Scheitern ein und beschloss, die Sache wiedergutzumachen. Also verwarf sie das verlockende, aber misslungene Projekt mit einem Ausländer, ließ die hochfliegenden Pläne sausen und schaute sich um. Jetzt war es schwieriger, das Mädchen unterzubringen – mit einem Kind. Ihr kam der Gedanke, die arabische Enkelin in ein Übergangsheim zu geben, in dem die Kinder fünf Jahre lang blieben, bis sie entweder zu ihren Eltern zurückkehren konnten oder in ein Kinderheim gebracht wurden. Sie unterbreitete den Vorschlag Lilja. Die zuckte die Achseln und sagte nur: »Mutter, jetzt bist du wohl völlig …«

Also lenkte die praktische Vera Iwanna ihre Gedanken in eine andere Richtung: Ihr Mann Kolja hatte einen Neffen, der war gerade vom Armeedienst zurück und wollte an die Polizeischule, hatte aber bislang die Aufnahmeprüfung nicht bestanden. Vielleicht sollte sie die beiden zusammenbringen? Vera Iwanna dachte nach.

Auch Lilja dachte nach. Die kleine Viktoria wuchs heran, und von Salih kam kein Lebenszeichen. Und es würde auch keines mehr kommen, begriff Lilja. Heiraten wollte sie nie mehr, sie widersetzte sich allen Bemühungen ihrer Mutter, sie unter die Haube zu bringen. Sie studierte weiter Englisch, die Mutter aber hasste diese Fremdsprache nun. Lilja hätte sich lieber eine Stelle als Kartenabreißerin im Eremitage-Garten suchen sollen oder in einer Kantinenküche – das wäre nützlicher gewesen.

Liljas Leben war schwierig: Die Kleine besuchte eine Wochenkrippe – eine Woche war sie dort, eine Woche krank, und Lilja fand keine passende Arbeit. Wer behielt sie schon, wenn sie die halbe Zeit krankgeschrieben war? Vera Iwanna schleppte unermüdlich jede Woche einen neuen jungen Mann an, doch Lilja reagierte nur wütend und bissig. So verging ein Jahr, und noch ein zweites.

Dann hatte Lilja einen sonderbaren Traum. Sie läuft in weißen Pumps an einen Fluss, zieht die Schuhe aus, stellt sie ordentlich nebeneinander und geht in den Fluss. Das Wasser ist weich und warm, und sie schwimmt. In Wirklichkeit konnte Lilja nicht schwimmen. Nun aber schwimmt sie so mühelos, so freudig, als schwebe sie durch das durchsichtige himmelblaue Wasser. Plötzlich wird das Wasser dunkel und brodelt, das Ufer ist nicht mehr zu sehen, und sie schwimmt und schwimmt, bewegt die Arme immer heftiger, springt wie ein Delphin einfach über die Wellen und ist sehr glücklich, statt Angst zu haben. Dieser Gedanke war am stärksten: Ich schwimme, und ich habe keine Angst! Damit erwachte Lilja.

Den gleichen Traum, mit kleinen Abweichungen, träumte Salih ein Jahr später. Er sitzt am Ufer eines Teichs, eines ruhigen Flusses oder Sees. Direkt am Wasser stehen ordentlich nebeneinander Liljas Schuhe. Lilja selbst ist nicht zu sehen. Auch er zieht die Schuhe aus, stellt seine alten Budapester, die er immer kaufte, wenn er die Wahl hatte, neben die weißen, leicht ausgetretenen Pumps. Er zieht die Socken aus, rollt sie zusammen, legt ohne Hast seine Kleidung ab, faltet die Hose zusammen, damit sie nicht knittert. Langsam geht er bis zur Schulter ins Wasser und schwimmt los, ohne nachzudenken. Eigentlich konnte er nicht schwimmen. Er schwimmt mühelos und freudig. Dann wird das Wasser dunkel, Wellen kommen auf, erst eine kleine, dann immer stärkere, er kämpft aus Leibeskräften gegen sie an, denn sie wollen ihn verschlingen und ertränken. Aber er schafft es ans andere Ufer. Dass es das andere Ufer ist, steht außer Zweifel. Jenes war steinig, als er zum Wasser ging, rutschte er barfuß über Kiesel. Dieses aber ist ein weicher Sandstrand. Erstaunlich nur, dass am Ufer seine Schuhe stehen, und daneben die von Lilja …

Salih war nicht auf die Beerdigung seines Vaters gelangt. Am Flughafen von Bagdad war er festgenommen und fortgebracht worden. Er begriff nicht gleich, wohin, und als er es begriffen hatte, nahm er innerlich Abschied vom Leben. Es war das Gefängnis Abu-Ghuraib, aus dem kaum jemand wieder freikam. Er wusste noch nicht, dass just in diesen Tagen der Angriff der Regierungstruppen gegen die aufständischen Kurden begonnen hatte. Der arme Salih, der immer geglaubt hatte, dank seiner hochintellektuellen mathematischen Profession über jeglichen politischen Auseinandersetzungen zu stehen, befand sich plötzlich mitten in einem nationalen Wirbelsturm. Seine Familie war eine der angesehensten und vornehmsten Familien von Sulaimaniyya.

Araber war Salih nur in den Augen seiner Moskauer Familie. Er war Kurde, hielt es aber für unsinnig, jemandem in Russland die prinzipiellen nationalen Unterschiede zu erklären, zumal er selbst ihnen keinerlei Bedeutung beimaß. Ob Araber, Kurde, Muslim oder Christ, das spielte für ihn keine Rolle. Er war Mathematiker, und in seiner Welt waren nicht nationale oder religiöse Merkmale wichtig, sondern nur ein einziger Parameter: ob sein Gegenüber Mathematiker war oder nicht.

In einem der schlimmsten Gefängnisse der Welt befand er sich in einer Ausnahmesituation: Er saß in einer Einzelzelle. Ihm wurden nur seine Dokumente abgenommen, alle übrigen Papiere durfte er behalten. Verglichen mit den übrigen Zellen war seine geradezu ein Fünfsternehotel. Er versuchte herauszufinden, warum er festgenommen worden war, doch der Wärter, der ihm einmal am Tag einen Napf Reis und einen Blechbecher Wasser brachte, sprach nicht mit ihm.

Ein anderer an seiner Stelle hätte den Verstand verloren, Salih aber griff zu seinem Notizbuch und trug dort seine mathematischen Konstrukte ein, Überlegungen zu einem Wechselverhältnis zwischen Räumen und Rauminhalten, das nicht real existierte, sondern nur in den Köpfen von Mathematikern.

Die anderthalb Jahre, die Salih in der Einzelzelle verbrachte, blieben ihm als Zeit fruchtbarster geistiger Arbeit in Erinnerung, und sein ganzes restliches Leben lang kehrte er immer wieder zu jener gedanklichen Weite und Freiheit zurück, die er im Abu-Ghuraib-Gefängnis kennengelernt hatte.

Er wurde nicht angeklagt, nicht zu Verhören geholt, er erlebte keine der berüchtigten Folterungen, doch schließlich ahnte er, warum man ihn so lange gefangen hielt, ohne ihn zu töten. Sein leiblicher Onkel war einer der Anführer des kurdischen Widerstands. Diese Vermutung erwies sich als richtig: Monatelang verhandelten Saddam Hussein und Salihs Familie über sein Leben. Welche Argumente von beiden Seiten ins Feld geführt wurden, blieb für Salih ein Geheimnis. Er war im Grunde eine Geisel, was ihm aber niemand sagte.

Einige Tage nach seinem Traum wurde er aus seiner Zelle geholt, in ein Auto gesteckt, zum Flughafen gefahren und in ein kleines Flugzeug ohne Hoheitszeichen gesetzt. Seinen Pass bekam er nicht zurück. Erst war er sicher, er würde nach Moskau gebracht, doch das war ein Irrtum. Sie landeten, wie ihm schien, in Prag oder einer anderen Stadt in Osteuropa. Dann startete das Flugzeug erneut und landete in Luton, vierzig Kilometer entfernt von London.

Salih erfuhr nie, dass die beiläufige Bemerkung eines entfernten Verwandten von Saddam Hussein, die er diesem gegenüber fallenließ, sein Schicksal entschied: Salih sei der einzige irakische Mathematiker, auf den der Irak womöglich eines Tages stolz sein würde.

Nach einem weiteren Jahr war die Familie wieder vereint. Lilja erhielt ein britisches Visum, das der sonst so schwerfällige Salih erkämpft hatte. Er holte seine Familie vom Flughafen Heathrow ab. Als er seine Tochter erblickte, die er als Neugeborene in Moskau zurückgelassen hatte, war er zutiefst ergriffen. Die pummligen Ärmchen, die Löckchen, die Falten am Hals – und sie sah ihm so ähnlich! Zum ersten Mal im Leben empfand er eine heftige Aufwallung unsäglicher Liebe und Zärtlichkeit, und die kleine Viktoria, von Lilja in strenger Zurückhaltung erzogen, antwortete dem Vater mit bedingungsloser Gegenliebe – fürs ganze Leben.

Salih hatte inzwischen den Doktortitel erworben, arbeitete im Nansen College und wohnte in einer kleinen Mietwohnung ganz in der Nähe. Das Verhältnis zwischen Salih und Lilja war besser als je zuvor. Er war ihr maßlos dankbar für das Wunder seines Lebens – seine Tochter Viktoria.

Ansonsten war alles wie früher: Nur dass Salih seine Hemden nun nicht mehr in die Wäscherei gab, sondern Lilja sie wusch und bügelte und überdies perfekt Reis kochte. Schon nach einer Woche fühlte sie sich in London so zu Hause, als wäre sie hier geboren. Allerdings besuchte sie nun keine Hochschule, sondern einen Buchhaltungslehrgang.

Nach neun Monaten hatte sie ihr Zertifikat »ausgetragen« und fand rasch Arbeit als Buchhaltungsgehilfin im selben College, in dem Salih unterrichtete.

Bald mietete die Familie eine größere Wohnung. Hier gab es keine engen Hinterhöfe, und Lilja hatte nun ein richtiges eigenes Zimmer, keinen Verschlag hinter einer Trennwand, und trug endlich Kostüm und Bluse und Absatzschuhe, wie sie es sich in ihrer Jugend vorgestellt hatte. Und sie besaß Schuhe, so viele sie wollte: weiße, schwarze, rotbraune … Sie redete auch anders, statt »Ach, hab ich das nötig?«, sagte sie nun »My God, why should I care?«

Lilja erfuhr nie, dass Vera Iwanna die Briefe, die Salih in ihrem letzten Jahr in Moskau aus London an ihre Adresse geschickt hatte, jeden Morgen, wenn sie zur Arbeit aufbrach, aus dem Briefkasten genommen und unter ihrer Matratze versteckt hatte. Sie fand es unerträglich, der Tochter Briefe zu übergeben, die sie selbst nicht lesen konnte. Und die Englischlehrerin, zu der sie mit dem allerersten Brief aus London gegangen war, hatte erklärt, sie werde keine fremden Briefe lesen.

Indessen war im Irak noch immer Krieg, und auch in Russland geschahen ungute Dinge, mit Ungarn oder der Tschechoslowakei. Nach Moskau fuhr Lilja nie mehr. »Why should I care?« Sie war nun eine Ausländerin.

Gesegnet seien, die …

Für Tanja Gorina

Die beiden nicht mehr jungen Schwestern Lidija und Nina reisten mit unterschiedlichen Flügen an, um zu dem nun leeren Haus in einem fremden italienischen Dorf zu fahren – die eine kam über Mailand, die andere aus Genua. Eingeladen hatte sie eine Italienerin namens Antonella, eine Schülerin von Alexandra Vikentjewna, der verstorbenen Mutter der Schwestern. Antonella lebte in Genua, wo sie am Slawistik-Lehrstuhl der Universität unterrichtete. Besagtes Haus auf dem Land hatte sie von einer kinderlosen Tante geerbt und kaum genutzt. Die letzten zehn Jahre hatte Alexandra Vikentjewna, eine berühmte Linguistin und Erforscherin alter Texte, viel Zeit darin verbracht. Antonella hatte die Schwestern dringend gebeten zu kommen, um die Hinterlassenschaften der Mutter zu sichten, denn sie selbst scheute sich aus Verehrung und Bewunderung für ihre verstorbene Lehrerin davor.

Antonella fuhr die Schwestern auf einen Berg, schloss die Gartenpforte auf, führte sie zum Haus, öffnete die Tür, sagte, sie werde gegen sieben wiederkommen und mit ihnen essen gehen, jetzt müsse sie dringend in die Universität, und verschwand. Sie sprach sehr gut Russisch, nur ihre Intonation klang ungewohnt, aber angenehm.

Nun waren die Schwestern allein. Zum letzten Mal hatten sie sich in einer ähnlichen Situation gesehen, vor einem halben Jahr, als sie nach der Beerdigung der Mutter deren mit Büchern und Papieren vollgestopfte Moskauer Wohnung betraten.

Sie saßen schweigend auf der Terrasse. Das Haus stand, was von der Straße aus nicht zu sehen war, auf einem Bergkamm, und von vorn war nicht zu erahnen, dass sich von der Terrasse auf der Rückseite aus eine so gewaltige, unermessliche Aussicht bot: eine tiefe Schlucht, auf deren Grund sich eine steinige Spur schlängelte, ein Hinweis auf einen zu dieser Jahreszeit ausgetrockneten Bach. Der Bach kam vom Berg Beuca auf einem Ausläufer der Apenninen, die sich rechter Hand erstreckten; links, etwas weiter unten, lag das Ligurische Meer, mit weißen Segeln gespickt und von silbrigen Motorboot-Streifen durchzogen, vom gesichtslos blauen Himmel durch eine scharfe dunkelblaue Horizontlinie getrennt. In dem begrenzten Raum zwischen Meer und Bergen verliefen zwei Straßen – eine tief unten, am Meer entlang, die andere, etwas weiter oben, ruhte auf mächtigen Stützpfeilern und verschwand in einem Tunnel. Gemächlich und lautlos glitten auf ihr Fuhrwerke, Lastwagen und PKW dahin.

Die Schwestern wussten nicht, dass beide Chausseen entlang einer alten Römerstraße verliefen, die nun ein Pilgerweg von Südfrankreich nach Rom war. Die Via Aurelia.

Sie saßen da, schauten sich um, überwältigt von der Größe und Schönheit des Anblicks und in lastendes Schweigen gehüllt, denn sie hatten nicht gelernt, etwas in Worte zu fassen, das komplexer war, als die alltäglichen Notwendigkeiten verlangten.

»Schön«, sagte die Ältere schließlich.

Die Jüngere nickte zustimmend. »Ja.«

Viele Jahre hatten sich die Schwestern immer nur am 1. September getroffen, dem Geburtstag ihrer Mutter. In deren enger Wohnung voller staubiger Bücher, Stapeln beschriebenen Papiers und Kakerlaken versammelten sich an diesem Tag stets eine Menge Leute – Kollegen, ehemalige Schüler und Studenten. Das ärgerte die Schwestern. Warum hingen diese Leute so an ihr? Sie war eine nüchterne Person, liebte nichts als die käferartigen Schriftzeichen orientalischer Sprachen und den Bücherkram, in dem sie ihr Leben verbrachte, fast ohne ihre beiden Töchter zu beachten. Die Mädchen wuchsen heran: die eine in der Obhut der Großmutter, die andere betreut von Kinderfrauen, die meist wechselten, bevor die Kleine sie liebgewinnen konnte.

Was war das schon für eine Familie! Ein einziger Trümmerhaufen. Nach dem Tod der Großmutter gab es niemanden mehr, der diese Frauenfamilie zusammenhielt – mit Selbstgebackenem, Sommern auf der Datscha oder der fürsorglichen Behandlung von Erkältungen und Anginen mit Kräutertee und Buchweizenhonig.

Selbst allgemeine Frauengespräche über Kuchenrezepte oder die kleinen Widrigkeiten des Lebens waren Alexandra Vikentjewna vollkommen fremd. Allerdings interessierten Männerthemen – Autos und Politik – die gelehrte Dame ebenso wenig.

Nachdem sie zwei Töchter geboren und damit der Natur Genüge getan hatte, verließ sie gewissermaßen endgültig die weibliche Arena. Sie war Wissenschaftlerin. Gern wiederholte sie den alten Scherz: Eine gelehrte Frau ist so etwas wie ein Meerschweinchen: kein Meerestier und kein Schweinchen. Sie war ein gelehrtes Geschöpf – sie schrieb Artikel und Bücher, hielt Vorträge in Universitäten und auf Konferenzen, sie war berühmt in der ganzen Wissenschaftswelt, jenem besonderen Teil der Menschheit, der ebenso verrückt war nach Buchstaben wie sie selbst. Sie war sogar Mitglied verschiedener ausländischer Akademien.

Normale Männer mit den für ihr Geschlecht typischen Eigenschaften wurden in ihrer Familie nie heimisch. Die Ehen der älteren Generation – von Großmutter Warwara und Alexandra Vikentjewna selbst – waren kurz gewesen, die Ehemänner in Kriegen gefallen. Alexandra Vikentjewna hatte gut ein Jahr mit ihrem Mann zusammengelebt, die Gefallenenmeldung kam Ende 1941. Sie war knapp über zwanzig und hatte gerade ihre Tochter Lidija geboren.

Sehr viel später erlebte sie eine zerstörerische Affäre. Die Affäre währte nicht lange, verlief stürmisch und endete stürmisch, und aus Unachtsamkeit kam als Andenken an diese nicht ganz glückliche Liebesgeschichte ihre Tochter Nina zur Welt. Die Geburt der kleinen Schwester war ein schlimmes Trauma für die ältere Lidija, die damals fast achtzehn war, und die Affäre der nicht mehr jungen, achtunddreißigjährigen Mutter mit einem ehemaligen Studenten, der vom Alter her eher zur Tochter gepasst hätte, war für sie unerträglich und beleidigend. Sie schaffte es nie, diesen Teil der mütterlichen Biografie zu vergessen oder zu verarbeiten.

Die Geburt des unehelichen Kindes empfand Lidija als ihre eigene Schande. Sie konnte die jüngere Schwester auch nie liebgewinnen, zumal sie selbst sehr früh und überstürzt heiratete und zu ihrem Mann zog.

In Ninas Kindheit spielte die ältere Schwester keine prägende Rolle. Auch die Großmutter hinterließ in ihrer Erinnerung keine Spuren – sie starb, bevor Nina ein Jahr alt wurde. Nina wuchs mit Haushälterinnen auf, die mit einer gewissen Regelmäßigkeit wechselten. Eine dieser Haushälterinnen bescherte ihr das schlimmste Erlebnis ihrer frühen Kindheit. Die Mutter war dienstlich nach Leningrad gefahren, zu einer Konferenz, und hatte die dreijährige Tochter für ein paar Tage mit der neuen Kinderfrau allein gelassen. Die neue Haushälterin und Kinderfrau, eine nüchtern und kultiviert wirkende Frau mit dem bedeutungsvollen Namen Anna Arkadjewna*, war ganz anders als die vorherigen Mädchen vom Land, die vom Kolchosleben in die Stadt geflohen waren. Allerdings erwies sie sich als Alkoholikerin, die mit aller Kraft versuchte, gegen ihre Sucht anzukämpfen. Der heldenhafte Widerstand besagter Anna Arkadjewna brach gleich am ersten Abend der Abwesenheit von Ninas Mutter zusammen – angesichts des Büfetts voller Alkoholika, die von Gästen mitgebracht und nicht ausgetrunken worden waren. Wie die folgenden drei Tage verliefen, ist unbekannt. Als Alexandra Vikentjewna am frühen Morgen des vierten Tages zurückkehrte, lag die kultivierte Kinderfrau besinnungslos betrunken in einer halb getrockneten Lache einer Flüssigkeit auf dem Boden, und die entkräftete und

* Wie Anna Achmatowa.

vom Schreien blau angelaufene Nina saß in besudelter Wäsche im Bett.

Diese drei Tage hinterließen in Nina für viele Jahre, vielleicht für ihr ganzes Leben, eine tiefe Spur: Sie vertraute niemandem, war argwöhnisch und sehr einsam.

Während die jüngere Schwester diesen dreitägigen Alptraum durchlitt, erlebte die Ältere, die inzwischen selbst eine Tochter hatte, eine schwere Trennung von ihrem Mann, der von angenehmen Trinkgelagen mit Freunden zur handfesten russischen Trunksucht übergegangen war.

Alexandra Vikentjewna ließ sich durch die Kleinigkeiten des Alltags möglichst wenig von der Arbeit ablenken: Freunde schickten eine neue Haushälterin, Nina wurde in einem Kindergarten angemeldet, und Lidija erhielt von der Mutter eine monatliche Unterstützung für ihr ins Wanken geratenes Leben.

Im Grunde kannten die Schwestern einander kaum, jede glaubte, die andere bekäme mehr mütterliche Aufmerksamkeit und Liebe. Ihre beiderseitige Abneigung nahm mit den Jahren nur zu, und an den Geburtstagen der Mutter setzten sie sich an verschiedene Enden der Tafel, weit weg vom Zentrum, also von Alexandra Vikentjewna, die von einer dichten Mauer aus Schülern und Verehrern umgeben war.

Sie waren schon immer sehr verschieden gewesen: die große, breitschultrige Lidija und die kleine Nina mit den dünnen Beinen und dem Spatzengesichtchen. Das Einzige, was sie gemeinsam hatten, war die Einsamkeit, wobei die Einsamkeit der Älteren dadurch verschlimmert wurde, dass ihre einzige Tochter, ihre heißgeliebte Emma, mit vierzehn

Jahren an Leukämie gestorben war, was Lidija ihr Leben lang in wütender Fassungslosigkeit verharren ließ.

Der Tod der neunzigjährigen Mutter hatte am Verhältnis der Schwestern nichts geändert. Doch zum ersten Mal im Leben trafen sie eine gemeinsame Entscheidung: Sie würden allein zurechtkommen, ohne die Einmischung der zahllosen Verehrer der Mutter, die sich sofort gierig deren sämtliche Papiere aneignen wollten.

Nach einem halben Jahr traten sie die Erbschaft an – die Wohnung, sämtlichen Besitz und ein Sparbuch mit einer überraschend hohen Summe. Hier schieden sich ihre Geister wieder: Lidija wollte die Wohnung der Mutter verkaufen, Nina dagegen meinte, sie sollten sie lieber vermieten und sich das Geld jeden Monat teilen. Ein halbes Jahr lang führten sie zähe Telefonate, kamen aber zu keinem Entschluss, was mit all dem Papierkram zu machen sei, mit dem die Wohnung der Mutter vollgestopft war. In dieser Ratlosigkeit fühlten sie sich zum ersten Mal miteinander verbunden.

Antonellas Einladung nach Italien lenkte sie von der schwierigen Wohnungsfrage ab. Doch nach einem Blick in das italienische Haus war ihnen klar, dass sie hier auf das gleiche Problem stießen wie in Moskau: ebensolche Berge von Papier, ebensolcher Staub. Ansonsten kein eigentlicher Besitz: alte Pantoffeln, ein Hauskittel, zwei Sommerkleider aus Seide. Das war ein Tick der Mutter gewesen: Sie trug nur Seide, alle anderen Stoffe reizten ihre Haut.

Sie saßen an einem großen Tisch voller italienischer Bücher. Auf einem Platzdeckchen aus Stroh standen eine Tasse mit für immer erkaltetem Kaffeesatz, eine trübe grüne Vase mit einer glasig gewordenen Blume, eine funktionsuntüchtige antike Lampe und eine kleine Schale mit Steinen, Muscheln, Zapfen fremdländischer Pflanzen, einigen venezianischen Glasperlen und einer Zweihundert-Lire-Münze, die seit langem nicht mehr in Umlauf war.

Das alles scheuten sie sich zu berühren.

Zum letzten Mal hatte ihre Mutter dieses Haus Ende August 2009 verlassen. Sie war nach Rom geflogen, hatte dort auf einem Kolloquium des Bibelinstituts einen alle Zuhörer beeindruckenden Vortrag gehalten, in dem sie die letzten Worte Jesu Christi, »Eli, Eli, lama sabachthani«, untersuchte, die er ihrer Überzeugung nach nicht auf Aramäisch gerufen habe, wie üblicherweise angenommen, sondern in einem galiläischen Dialekt, den damals nicht alle verstanden hätten und den bis heute kaum jemand verstehe … Denselben Vortrag hielt sie danach in der Moskauer Bibelgesellschaft, anschließend feierte sie ihren letzten, ihren neunzigsten Geburtstag, und zwei Tage darauf stürzte sie in ihrer Moskauer Wohnung unvermittelt und brach sich den Oberschenkelhalsknochen. Sie wurde ins Botkin-Krankenhaus gebracht, in dem sie eine Ärztin kannte, wo man sie jedoch nicht operieren wollte und nach zwei Wochen als bettlägerige Patientin entließ.

Die beiden Töchter, bereit, die Mutter zu pflegen, stellten fest, dass Alexandra Vikentjewnas Schüler und Verehrer bereits eine 24-Stunden-Pflegerin für sie engagiert hatten, außerdem eine Putzfrau, die von Alexandra Vikentjewna wüst beschimpft wurde, wenn sie den feuchten Lappen über dem Schreibtisch schwang; überdies kamen jeden Tag Kolleginnen von Alexandra Vikentjewna vorbei, setzten sich zu ihr, arbeiteten mit ihr sogar, so gut es ging, führten in der Wohnung hin und wieder Seminare durch, und Lidija und Nina zogen sich ein wenig beleidigt zurück. Sie riefen jeden zweiten Tag an und fragten die Mutter, ob sie etwas brauche, doch die lehnte ihre Hilfe höflich ab: Bei ihr sei alles in Ordnung. Wie immer. Alle Plätze an der Seite der Mutter waren besetzt, die Töchter waren überflüssig.

Nach neun Monaten, als das Leben von Alexandra Vikentjewna perfekt organisiert war, erlitt sie einen Schlaganfall und wurde erneut ins Botkin-Krankenhaus gebracht, wo sie einige Stunden darauf starb, ohne das Bewusstsein wiedererlangt zu haben.

Es war ein verspäteter Mai, der eher ausfiel wie ein April. Die wenigen traurigen Bäume am Eingang zur Leichenhalle hatten noch kaum Blätter. In dem großen Saal vor der verschlossenen Tür wartete eine riesige Menschenmenge, die von Alexandra Vikentjewna Abschied nehmen wollte. Darunter sogar einige Ausländer, ältere Damen und Herren, die wie Botschaftsangestellte aussahen, und ein offenkundiger Pastor. Alle scharten sich um einen untersetzten hässlichen Mann mit Brille, der seit Alexandra Vikentjewnas Pensionierung den Lehrstuhl leitete. Die Schwestern fühlten sich hier vollkommen fremd und hielten sich dicht beieinander.

Schließlich öffnete die Bestatterin die Tür zum Nebenraum. Dort war der offene Sarg aufgebahrt, daneben streifte ein alter Priester mit Samtkappe sich das Epitrachelion und die Epimanikien über. Zwei Messdiener in Schwarz halfen ihm, das goldene Geschirr anzulegen.

Die Schwestern sahen sich an: Sie war gläubig gewesen? Ihre Mutter war gläubig gewesen?

Die Menschen drängten sich um den Sarg, trotzdem passten nicht alle in den langgestreckten Raum. Die Bestatterin suchte die Schwestern und wies ihnen einen Platz am Kopfende des Sargs zu. Die Mutter sah sich überhaupt nicht ähnlich: Ihr Gesicht, das in den letzten Jahren aufgedunsen gewesen war, hatte sich gestrafft, die Nase war schmaler geworden, darauf trat nun ein Höcker hervor, und die Lippen waren wie zu einem spöttischen Lächeln verzogen. Der Kopf war fest mit einem schwarzen Seidentuch umwickelt, das so groß war, dass es den ganzen Körper bedeckte und nichts von der Kleidung sehen ließ, nur die gefalteten knorrigen Hände lagen auf dem schwarzen Stoff.

Nach der Totenmesse und der Abschiedszeremonie fuhr die Bestatterin mit dem Sarg weg, alle anderen gingen in ein Café in der Nähe der Krankenhaus-Leichenhalle – dort gab es ein bescheidenes Essen und erhabene und überschwängliche Gespräche über die Verstorbene. Das war alles.

Die Schwestern verschwanden. Sie setzten sich auf eine Bank in der dunklen schmalen Grünanlage in der Nähe der Metrostation Dynamo und sprachen zum ersten Mal im Leben über Dinge, die sie bisher für sich behalten hatten.

»Sie hat mich nie geliebt …«

»Mich auch nicht.«

»Sie war eine schreckliche Mutter.«

»Sie war überhaupt keine Mutter.«

»Sie hat niemanden geliebt, nur ihre Buchstaben.«

»Ich bin Buchhalterin geworden … Da gibt's vor allem Zahlen. Ihre Buchstaben, die habe ich gehasst.«

»Genau deshalb bin ich Programmiererin geworden. Ihre ganze Bildung, die habe ich mein Leben lang gehasst.«

»Nein, das kann ich nicht sagen. Ich war viele Jahre wütend auf sie, weil sie uns keine anständige Bildung mitgegeben hat. Aber sie hatte einfach keinen Nerv für uns. Als ich das begriff, war es zu spät.«

»Ja. Sie hat unser Leben ruiniert ...«

»Ruiniert? Ich weiß nicht ...«

Damit gingen sie auseinander.

Lidija zog die Schale mit den Steinen und Muscheln zu sich heran und wühlte darin.

»Komisch, dass sie diese Dinge gesammelt hat ...«

»Ja, sieht ihr nicht ähnlich ... irgendwie ...«

Der zweite Raum war ein kleines Schlafzimmer. Das Bett war nachlässig gemacht, als wollte die Hausherrin bald wiederkommen. Ein kleiner Schreibtisch, nicht mit einem Haufen Papier übersät, sondern fast leer, bis auf ein paar mit einer Büroklammer zusammengehaltene Seiten und eine Art Faltblatt auf Italienisch. Darauf stand: »Nostra Signora della Terza età«. Sah aus wie ein Gebet. Dann folgte ein Text auf Russisch, offenbar die Übersetzung.

»Meinst du, sie war doch gläubig?«, fragte Nina ihre Schwester und betrachtete die Seiten.

»Großmutter Warwara war es jedenfalls. Aber Mutter – ich weiß nicht. Sie war mal in der Partei ... Obwohl – die Totenmesse ... Bestimmt hat sie das so verfügt.«

Lidija setzte ihre Brille auf. Die Schrift war leserlich, nicht geneigt, fast wie gedruckt – große, gerade Buchstaben, keine krummen Linien, die Abstände zwischen den Wörtern und

Zeilen etwas vergrößert, genug Platz für Korrekturen. Aber hier gab es keine Korrekturen – der saubere Text wirkte endgültig, ja, irgendwie feierlich.

Sie begann zu lesen.

»Gesegnet seien, die mich mit Anteilnahme ansehen …

»Ich finde, alle diese, ihre … die haben sie einfach bewundernd angesehen«, bemerkte Nina.

»Nina, sie redet doch nicht von sich, das ist bloß ein Gebet«, erwiderte Lidija und las weiter.

»Gesegnet seien, die ihre Schritte den meinen anpassen, die müde sind und langsam.«

»Was für Schritte«, knurrte Nina, »sie hat doch schon fast ein Jahr im Bett gelegen.«

»Verstehst du denn nicht, das hat sie geschrieben, bevor sie bettlägerig wurde.«

»Gesegnet seien, die laut in meine ertaubten Ohren sprechen.«

Nina, die auf dem Tisch in den Steinen und Zapfen wühlte, hielt inne. Dann fragte sie leise: »Lida, spricht sie da etwa von sich? In den letzten Jahren hat sie wirklich schlecht gehört.«

Ohne den Kopf zu wenden, antwortete Lidija: »Natürlich nicht, das ist allgemein gemeint …« Dann fuhr sie langsamer fort.

»Gesegnet seien, die zärtlich meine zitternden Hände drücken …

Gesegnet seien, die mit Interesse zuhören, wenn ich von meiner längst vergangenen Jugend erzähle.«

Lidija unterbrach sich.

»Nina, erinnerst du dich an deine Kindheit? Überhaupt, woran erinnern wir uns eigentlich? Ich erinnere mich daran, wie Großmutter mit mir auf die Krim gefahren ist, als ich ein Kind war.«

»Das hat sie nur mit dir gemacht. Mit mir ist keiner auf die Krim gefahren. Ich wurde ins Pionierlager geschickt.«

»Ja, Mama hat überhaupt nie Urlaub genommen. Seit man ins Ausland fahren durfte, ist sie gereist … Nach Rom, nach Jerusalem … und hat mir nie davon erzählt.«

»Mir hat überhaupt nie jemand was erzählt, weder Mama noch du.« Nina zuckte die Achseln. »Was ist das alles? Was liest du da vor? Was soll das?«

»Warte, Nina. Ich weiß jetzt. Sie hat das nur übersetzt, geschrieben haben das irgendwelche Italiener, hier, siehst du, hier steht was auf Italienisch, auch zehn Punkte.«

Dann las sie immer langsamer weiter.

»Gesegnet seien, die meinen Drang nach Austausch verstehen.«

»Mein Gott, was für ein Drang nach Austausch?«, unterbrach Nina. »Sie hat mit all den Leuten nur über ihre Arbeit geredet, sie hat sich nur mit sich selbst beschäftigt, hat sich für keinen anderen interessiert …«

»Sei doch mal still, Nina, eigentlich wissen wir das gar nicht. Für uns hat sie sich nicht interessiert, wir waren für sie uninteressant, aber die anderen, mit denen sie geredet hat, die waren für sie vielleicht interessant … sie war ihr Leben lang umschwärmt …«

»Gesegnet seien, die mir ihre kostbare Zeit schenken.«

»Je mehr du vorliest, desto wütender werde ich – uns hat sie nie ihre kostbare Zeit geschenkt! Dir hat Großmutter vielleicht ihre geschenkt! Aber als Großmutter tot war, hat mir nur der Kindergarten … kostbare Zeit geschenkt.«

Lidija winkte ab.

»Hör auf zu meckern! Du verstehst das einfach nicht. Ich schon, jedenfalls ein bisschen, ich bin selber alt, ich werde bald siebzig!«

»*Gesegnet seien, die an meine Einsamkeit denken.*«

»Lida! Ich kann das nicht mehr hören! Das betrifft nun wirklich nicht sie, das betrifft uns beide. Wir sind einsam, ihretwegen!«

»Red keinen Unsinn, Nina. Ich bin mit knapp neunzehn von zu Hause weg, und du hast noch viele Jahre mit ihr zusammengelebt, bis das Haus in der Ostoshenka geräumt wurde. Unterbrich mich nicht!«

»Aber das macht mich wütend, Lida! Das macht mich einfach wütend!«

»Hör mal, das ist bloß ein fremdes Gebet, das hat nicht sie geschrieben. Es ist nur eine Übersetzung.«

»*Gesegnet seien, die in den Minuten meiner Leiden bei mir sind.*«

»Aber sie wollte uns doch nicht sehen!« Zu ihrer eigenen Überraschung weinte Nina plötzlich. »Sie selber wollte es nicht!«

»Wir waren nicht da … das ist wahr«, sagte Lidija leise. Dann las sie ganz langsam, beinahe silbenweise:

»*Gesegnet seien, die mir in den letzten Tagen meines Lebens Freude bereiten.*

Gesegnet sei, wer im Augenblick meines Dahinscheidens meine Hand hält.«

Lidija legte die Blätter ordentlich wieder dorthin, wo sie

gelegen hatten, und ließ das Gesicht in ihre offenen Hände sinken. Sie begann zu weinen.

»O mein Gott«, flüsterte Nina, »es geht doch um uns …«

Sie saßen an dem kleinen gezimmerten Holztisch und weinten.

»Wer ihre Hand gehalten hat, werden wir nie erfahren …«

»Aber du kennst sie ja, sie hat uns gar nicht gebraucht …«

»Da bin ich mir jetzt nicht mehr so sicher … warum hat sie das ins Russische übersetzt? Vielleicht für uns …«

»Das werden wir nie erfahren.«

Lidija legte ihre große schwere Hand auf Ninas schmächtige Schulter.

»Was haben wir angerichtet, Nina … Verzeih mir …«

»Verzeih du mir, Lidotschka.«

Sie nahmen die Notizbücher ihrer Mutter mit nach Moskau und die Übersetzung – es war ein Gebet alter Menschen, das hatte ihnen Antonella erzählt. Sie war bei Alexandra Vikentjewnas letztem Besuch mit ihr in der Kirche San Donato gewesen, in der eine Skulptur der Madonna der alten Menschen steht – Nostra Signora della Terza età. Und dort hänge dieses Gebet an der Wand …

Auch die Porzellanschale mit den Muscheln, Steinen und Glasperlen, die die Einsamkeit ihrer Mutter geteilt hatten, nahmen sie mit.

Im Flugzeug klappten sie die trennende Armelehne zwischen ihren Sitzen hoch, und Nina schmiegte sich mit ihrer schmächtigen Schulter und ihrem ganzen Spatzengesichtchen an die große weiche Brust ihrer Schwester. Sie schliefen beide ein. Die Einsamkeit war von ihnen gewichen.

Russische Frauen

Der Tisch war mit Arme-Leute-Luxus gedeckt: Was nicht eigenhändig zubereitet worden war, stammte aus dem teuren Delikatessengeschäft Zabar in der einundachtzigsten Straße, war von Vera durch ganz New York bis nach Queens geschleppt und rasch auf billige chinesische Schälchen verteilt worden. Zu essen war doppelt so viel da, wie drei aufs Abnehmen bedachte Frauen brauchten, und Alkohol genug für fünf trinkfeste Männer, die aber nicht vorhanden waren.

Der Überfluss an Hochprozentigem war Zufall: Die Gastgeberin Vera hatte eine Flasche stinknormalen Wodka auf den Tisch gestellt und hielt eine weitere im Schrank bereit, und beide Gäste hatten je eine Flasche mitgebracht, Margo holländischen Kirschlikör und Emma, Moskauerin auf Dienstreise, gefälschten Napoléon aus dem Lebensmittelladen auf der Smolensker Chaussee, gekauft für einen besonders feierlichen Anlass. Der war nun gekommen, dieser Anlass – nämlich diese irre Dienstreise, von der sie nicht zu träumen gewagt hätte.

Nun saßen Margo und Emma am gedeckten Tisch; Vera war mit Scharik Gassi, denn der Hund konnte wegen seines hohen Alters nicht lange einhalten, wagte aber aus Wohlerzogenheit nicht, sich in der Wohnung zu erleichtern, und dieser innere Konflikt bereitete ihm grausame Qualen. Sie saßen schweigend am gedeckten Tisch und warteten auf Vera, mit der Margo im amerikanischen Leben eng befreundet war. Vera und Emma kannten sich nur vom Hörensagen. Dank Margos Geschwätzigkeit wussten sie viel übereinander, doch persönlich sahen sie sich an diesem Abend zum ersten Mal. Am Abend zuvor war zwischen Margo und Emma ein alter Konflikt wieder aufgebrochen, und Emma versuchte sich nun zu erinnern, warum sie Margo in ihren Moskauer Zeiten zeitweise gemieden hatte und dann immer wieder zu ihr zurückgekehrt war wie zu einem alten Liebhaber.

Emma wohnte nicht im Hotel, sondern bei Margo, die sie genau zehn Jahre nicht gesehen hatte. Sie waren im selben Monat geboren, hatten im selben Moskauer Hof gelebt, waren in eine Klasse gegangen und bis zu ihrem dreißigsten Lebensjahr höchstens mal einige Tage getrennt gewesen, wonach sie einander jedes in dieser Zeit erlebte Abenteuer haarklein erzählten. Ihre im selben Jahr geborenen Kinder schmiedeten sie noch enger zusammen – wenn die Kinder ins Bett gebracht waren, trafen sich die Freundinnen in Emmas Küche, rauchten jede eine Schachtel Jawa, beichteten einander alle ihre Taten und Gedanken, ihre absichtlichen und unabsichtlichen Sünden, und gingen dann, gereinigt und gelabt durch das Gespräch, gegen drei auseinander, um noch knapp fünf Stunden zu schlafen.

Nun, nach zehnjähriger Trennung, saugten sie sich förmlich aneinander fest und empfanden eine so beglückende Übereinstimmung, wie sie Jazzmusiker bei einer guten Session erleben, bei der jeder jede Variation des Themas im Voraus spürt, als hätten sie dafür ein besonderes Organ, das anderen Menschen nicht gegeben ist. Über die äußeren Ereignisse ihres Lebens wussten sie gegenseitig Bescheid, sie schrieben sich zwar nicht häufig, aber regelmäßig. Doch es gab so vieles, was sich in einem Brief nicht beschreiben lässt, was nur durch die Stimme, ein Lächeln, einen Tonfall zu vermitteln ist. Margo hatte sich vor drei Jahren von ihrem Alkoholiker, dem Scheißkerl Wenik, wie sie ihn nannte, scheiden lassen und erlebte gerade die Ära des Aufbruchs aus der ägyptischen Finsternis. Die Wüste, in der sie sich nun befand, gewährte ihr unbegrenzte Freiheit, aber sie war nicht glücklich, denn der Platz, den früher Wenik eingenommen hatte, mit seinen leeren Flaschen in der Aktentasche, in der Garderobe und zwischen dem Spielzeug der Kinder; mit dem groben betrunkenen Sex, mit dem Diebstahl von Haushaltsgeld – das eigentlich für die Kinder bestimmt war, für die Miete oder wofür auch immer –, dieses verwaiste Terrain war nun überwuchert von heftigen Auseinandersetzungen mit dem sechzehnjährigen Grischka und der völligen Entfremdung des neunjährigen David. Das alles erzählte sie Emma, und Emma brummelte nur dazu, schüttelte den Kopf, seufzte und äußerte, ohne den geringsten praktischen Nutzen, so leidenschaftliches Mitgefühl, dass sich Margo irgendwie besser fühlte. Dann lobte Emma sie für ihre Erfolge im Emigrantendasein, für die Großtaten, auf die Margo wirklich stolz sein konnte: Sie hatte die Anerkennung ihres Diploms erreicht, ein bescheidenes Glückslos in Form einer Assistentenstelle in einer privaten Krebsklinik ergattert, mit guten Aussichten, eine eigene Praxis zu eröffnen, und so weiter. Eine lange Geschichte.

Die ersten drei Tage, genauer gesagt, Abende – tagsüber

gingen die Freundinnen ihren beruflichen Angelegenheiten nach – hatten sie hauptsächlich mit der Erörterung der Untaten vom Scheißkerl Wenik verbracht, und Emma konnte nur staunen, dass der Exmann für Margo ebenso präsent war wie vor der Trennung. Da hatte sie sich so viele Jahre mit diesem schlechten Menschen herumgequält, diesem Alkoholiker, war vor einer Scheidung zurückgeschreckt, wie es sich für eine Orientalin geziemt, hatte dann endlich den Mut dazu aufgebracht und die Scheidung durchgezogen – jetzt hätte sie doch endlich ruhig leben können. Aber nein, nun litt sie, weil sie so lange gelitten hatte. Und erzählte das alles ebenso ausführlich, in allen Einzelheiten. Doch dann kam der Abend, an dem Margo endlich Emma fragte: »Und wie geht es dir? Wie steht's denn mit deinem Helden?«

Es klang nach echtem Interesse.

»Vorbei.« Emma seufzte. »Ich hab mich von ihm getrennt. Endgültig. Ich fange ein neues Leben an.«

»Schon lange?« Margo, die ihr altes Leben bereits beendet, aber noch immer kein neues angefangen hatte, war ganz Ohr.

»Einen Tag vor meiner Abreise. Am Achtzehnten.«

Dann berichtete sie ausführlich, wie sie sich ein letztes Mal mit Goscha getroffen hatte. Wie sie in sein Atelier gekommen war, in dem lauter menschliche Figuren aus Eisendraht herumstanden. »So ganz tragische, verstehst du, als hätten sie sich im Material geirrt, als steckten sie nur zufällig in hartem Metall statt in einem menschlichen Körper und litten unter ihrer rostigen Unvollkommenheit – verstehst du?«

»Ungefähr. Und weiter? Ihr habt euch also getroffen …«

»Eine Sackgasse. Wir stecken fest, es gibt keinen Ausweg.

Seine bescheuerte Frau ist eine hilflose dumme Gans, die eine Tochter ist krank, die andere schlichtweg eine Psychopathin – er kann die drei einfach nicht verlassen, und ich mache alles nur noch schlimmer. Durch unser Verhältnis geht es allen nur schlechter. Deshalb trinkt er ja, wegen der Ausweglosigkeit.«

Margo musterte Emma mit ihrem armenisch-aserbaidshanischen Blick, ihr leichtes Erschrecken wandelte sich zu leisem Abscheu und brach sich in der schamlosen Frage Bahn: »Sag mal, Emma, schläfst du etwa mit ihm, wenn er betrunken ist?«

»Margoscha, ich hab ihn in den ganzen acht Jahren vielleicht zwei Mal nüchtern erlebt. Er ist nie nüchtern.«

»Du Ärmste.« Margo kniff die übergroßen Augen zusammen. »Ich verstehe dich.«

Emma schüttelte den Kopf. »Nein, du verstehst mich nicht, nein. Er ist umwerfend, egal, ob betrunken oder nüchtern. Er ist genau das, was jede Frau braucht. Durch und durch ein Mann. Er ist einfach in einer schrecklichen Lage. Und hat auch mich in diese schreckliche Lage gebracht. Das ist nicht seine Schuld. Die Umstände … Aber das ist jetzt vorbei, ich habe mich entschieden. Ich will da raus. Ich darf ihn nicht behindern, er ist Künstler, er ist etwas Besonderes. Ganz anders als diese Ingenieurtrampel. Er lebt in einer völlig anderen Welt. Natürlich werde ich nie wieder jemanden finden, der ihm auch nur annähernd ähnelt, das ist klar. Aber ich hatte ihn, das ist ein Teil meines Lebens, ganze acht Jahre, das kann mir niemand nehmen. Das gehört mir.«

»Und warum glaubst du, du hättest dich für immer von ihm getrennt? Du hast mir schon drei Mal geschrieben, dass du mit ihm Schluss gemacht hast. Und jedes Mal fing es wieder von vorn an. Ich habe noch alle deine Briefe«, erinnerte Margo sie herzlos.

»Weißt du, früher habe ich nur daran gedacht, was für ihn das Beste ist. Jetzt sehe ich es mal von der anderen Seite und denke an mich. Jetzt tue ich es für mein Leben. Ich bin schon vierzig …«

»Ich weiß, ich auch«, bemerkte Margo.

»Also, es ist Zeit, ein neues Leben anzufangen. Wir haben uns getrennt – auf meine Initiative, verstehst du? Ich habe Zeit und Ort bestimmt. Wir haben eine letzte Nacht zusammen verbracht. Die ich nie vergessen werde. Das geht weit über alles hinaus, was beim Sex normalerweise passiert. Ganz weit. Vor dem Angesicht des Himmels. Und seine Eisenmenschen, die waren unsere Zeugen. Du kannst dir nicht vorstellen, was es heißt, mit einem Künstler zusammenzuleben.«

»Nein, kann ich nicht. Wenka ist Programmierer. Allerdings ein sehr guter. Er hat keinen Sinn für Höheres, du kennst ihn ja. Er ist der allerletzte Egoist, und er braucht nur seinen Computer und seinen Wodka. Du, Emma, du warst schon immer etwas Besonderes, und auch deine Liebhaber waren etwas Besonderes. Der Ungar damals! Wie hieß er gleich, dieser schöne Mann?«

»Istvan.«

»Auch Sanjok, dein Mann, war so ein anständiger Kerl. Du findest schon wieder einen und wirst noch mal heiraten. Ich dagegen …« Margo steckte die Daumen unter ihren BH-Träger und hob ihren üppigen, wenngleich schon ein wenig schlaffen Vorbau an. »Trotz alldem hier …«, sie stand auf, drehte sich, wackelte mit den Hüften, um ihren ganzen prachtvollen Körper – die Brust, die schmale Taille, die geschmeidige Biegsamkeit ihres Unterleibs – zu demonstrieren, »will kein Aas was von mir wissen! Ich hab im ganzen Leben mit keinem anderen geschlafen als mit dem Scheißkerl Wenik. Seit ich achtzehn war. Erklär mir doch mal, wie das kommt, Emmotschka: Du bist klein, deine Titten haben nicht mal Größe B, deine Beine, entschuldige, aber die sind krumm – warum hast du immer jede Menge Liebhaber?«

Emma lachte gutmütig und sagte, nicht im Geringsten gekränkt: »Dafür liebe ich dich so, Margo, für deine Offenheit. Aber ich kann dir deine Frage beantworten, übrigens habe ich dir das vor langer Zeit schon mal gesagt. Es ist der armenisch-aserbaidshanische Konflikt in dir. Du musst dich entscheiden – bist du eine orientalische Frau oder eine westliche? Wenn du Orientalin bist, dann lass dich nicht scheiden, und wenn du eine westliche Frau bist, dann nimm dir einen Liebhaber und mach daraus kein Problem.«

Margo war plötzlich beleidigt.

»Hör mal, ich kenne doch deine ganze Familie, deine Mutter, deine Oma, alle – was ist denn an deinen Jüdinnen besser als an meiner armenischen Mama? Was ist denn an euch so westlich?«

»Eine westliche Frau hat Selbstwertgefühl. Erinnerst du dich an meine Großmutter?«

Natürlich erinnerte sich Margo. O ja, Cäcilia Solomonowna war eine majestätische Alte gewesen! Eine Königin. Übrigens hatte auch sie krumme Beine gehabt. Westlich – vielleicht war da wirklich was dran?

In dieser Verstimmung räumte Margo den Tisch ab, seufzte, als sie auf die Uhr sah, denn es war wie in Moskauer Zeiten bald drei, und sie musste um sieben aufstehen – dann gingen sie ins Bett. Margo im Schlafzimmer, Emma im Gästezimmer, in dem ein neues Schlafsofa stand, gekauft nach Weniks Auszug, als plötzlich so viel Geld im Haus war wie nach einem großen Lottogewinn.

Vera kam herein – rosig, das jugendliche Gesicht voller Falten, das Haar nachlässig gefärbt. Hinter ihr Scharik – greisenhaft watschelnd; er setzte sich links neben Veras Sessel und heuchelte absolute Gleichgültigkeit gegen den gedeckten Tisch.

Ein Pärchen, das sein Alter nicht versteckt, dachte Emma voller Sympathie.

Vera ließ sich in einen Korbsessel fallen, der leise quietschte. Sie streckte die Hand nach einer Flasche aus.

»Ist zwar kein rundes Datum, aber ich zähle noch die Monate, und heute sind es siebzehn Monate seit Mischas Tod.«

Ohne zu fragen, schenkte sie Wodka ein, und Emma registrierte, dass es russische Wodkagläser waren, aus Kristall, noch aus der Stalinzeit.

»Friede deiner Seele, Mischenka!«, rief Vera fröhlich und kippte den Wodka hinunter. Dann seufzte sie. »Anderthalb Jahre … Als wär's gestern gewesen.«

Sie nahm ein Stück geräuchertes Putenfleisch vom Teller und warf es dem Hund hin.

»Friss nur, Scharik, friss, ist das reine Gift für dich.«

Der Hund wusste die Geste seiner Herrin zu schätzen und war hin- und hergerissen zwischen zwei heftigen Bedürfnissen – ihr unverzüglich dankbar die Hand zu lecken oder ebenso unverzüglich den himmlisch schmeckenden gebräunten Happen zu verschlingen. Scharik hatte ein kompliziertes Gemüt.

»Jetzt besaufen wir uns«, sagte die Gastgeberin verträumt. »Kommt, gießt ein, Mädels! Ich glaube, seit Mischa tot ist, habe ich kein einziges Mal zu Hause Essen gemacht. Nur von Fastfood aus Imbissbuden gelebt. Margo! Na, was ist?«

Ob sie nun wirklich hungrig waren oder ob es daran lag, dass der Hund so hingebungsvoll über seinem Putenknochen stöhnte – jedenfalls fielen sie regelrecht über das Essen her, ohne Rücksicht auf Anstandsregeln, ohne Gabeln oder Pausen. Die pure Fresssucht. Sie lobten das Essen nicht einmal, sie kauten stumm und eifrig, taten sich erneut auf, gossen ein, und Scharik unterm Tisch wurde munter – auch er bekam etwas ab. Alles schmeckte köstlich – der Lachs, die Salate, die Kuchen, die Pastete. Und überhaupt nicht amerikanisch. Was Margo laut aussprach. Vera lachte.

»Natürlich nicht! Es schmeckt jüdisch. Zabar ist ein jüdischer Laden. Mischa und ich haben ihn kurz nach unserer Ankunft entdeckt. Der war sauteuer. Wir hatten damals nie Geld, wir haben immer nur hundert Gramm gekauft – Herings-Vorschmack oder Pastete; und Schwarzbrot, das gab es damals in Amerika noch nirgends, nur dort. Hier in Amerika nennt man die Juden aus Russland Russen, dafür werden Russen wie ich hier ziemlich jüdisch«, sagte Vera lachend zu Emma, die die hiesigen Gegebenheiten nicht kannte. »Meine arme Oma ist kurz vor meiner Hochzeit gestorben, ich fürchte, aus Kummer, weil ihre Lieblingsenkelin einen Juden heiraten wollte. Aber meine Mutter hat immer gesagt: ›Ein Jude, na und, dann habe ich wenigstens einen Schwiegersohn, der nicht trinkt!‹«

Vera lachte fröhlich, die Falten in ihrem Gesicht bildeten auf ihren Wangen ganze Blütensträuße, wodurch sie erstaunlicherweise noch jünger wirkte.

»Hat er viel getrunken?«, fragte Emma. Diese Frage beschäftigte sie sehr.

»Klar, was sonst«, sagte Margo stirnrunzelnd.

»Oh, und wie er getrunken hat!« Vera wandte ihr lächelndes Gesicht dem großen Bild ihres verstorbenen Mannes an der Wand zu. Es war eine überdimensionale Vergrößerung eines alten Nachkriegsfotos. Nicht sehr scharf. Ein junger Soldat mit zur Seite gekämmtem lockigem Haarschopf unterm Käppi und einer Papirossa im Mundwinkel. »Ist er nicht schön? Alles an ihm war schön. Und getrunken hat er auch ganz schön. Er ist an Leberzirrhose gestorben, Emmotschka.«

Margo bettete ihre üppige Mähne auf ihren blaugeäderten marmorweißen Arm. Sie war eine Göttin, eine echte Göttin – mit einer römischen Nase, die direkt an der Stirn ansetzte, unfassbar riesigen Augen und großen, bogenförmig geschwungenen Lippen.

»Verotschka, dein Mischa war natürlich ein wunderbarer, charmanter Mann und überhaupt eine außergewöhnliche Persönlichkeit. Aber seine Trinkerei, die war doch eine Qual für dich. Das weiß ich! Was soll denn am Trinken schön sein? Ein Trinker verliert alle menschlichen Züge! Stimmt doch, oder?«

Vera räumte die unversehens geleerte Wodkaflasche ab, holte die zweite und sagte, noch immer lächelnd: »Unsinn!

Trinken macht frei. Wenn ein Mensch gut ist, dann wird er betrunken nur noch besser, und ist einer scheiße, dann wird er noch schlimmer. Glaub mir, da kenn ich mich aus! Halt! Es fehlt noch was!« Vera sprang auf, kramte auf einem Regal herum, griff nach einer Kassette und schaltete den Rekorder ein. Die sanfte, eindringliche Stimme eines in der Emigration gestorbenen russischen Barden schwärmte in einer Art Sprechgesang wehmütig: »… eine Flasche Selbstgebrannten, Walnuss-Halwa, Bier aus Riga, Heringe aus Kertsch …«*

»Mischa hat ihn sehr gemocht. Sie waren Zechbrüder, Freunde.«

Doch niemand hörte der armen Gitarre zu, die Stimme aus der Vergangenheit hing in der Luft – die drei Frauen sprachen über ihre eigenen Angelegenheiten. Und tranken: Vera Wodka, Emma unechten Kognak und Margo von allem ein bisschen, alles durcheinander.

Und sonderbar – allmählich veränderten sie sich, jede in eine andere Richtung: Vera wurde immer fröhlicher, kam in Stimmung, Margo wurde immer finsterer, schien gereizt und verärgert, weil Vera so vergnügt war, und Emma sah ihnen zu und meinte jeden Moment etwas Wichtiges zu erfahren, das ihr helfen würde, ein neues Leben anzufangen. Sie sperrte beide Ohren auf und blieb meist still. Zumal der Alkohol bei ihr heute kaum wirkte.

»Ach, sag, was du willst!« Vera machte eine ausholende Handbewegung, als gäbe sie den Auftakt zu einem russi-

* Zitat aus einem Lied von Alexander Galitsch über einen Besuch bei seinem Bruder, der aus politischen Gründen in einer psychiatrischen Anstalt eingesperrt war.

schen Volkstanz. »In Russland haben die Begabtesten, die Besten seit eh und je getrunken! Peter der Erste! Puschkin! Dostojewski! Mussorgski! Andrej Platonow! Wenetschka Jerofejew! Gagarin! Mein Mischa!«

Margo prustete los.

»Wieso dein Mischa, Vera? Gagarin, meinetwegen, hol ihn der Teufel! Aber Mischa, ausgerechnet Mischa?«

Vera wurde plötzlich traurig und ernst. Sie sagte leise: »Er war auch einer der Besten aus Russland. Er war anständig.«

Aber Margo war nun in Fahrt und nicht mehr zu halten: »Und wieso Peter der Erste? Der war verrückt! Ein Syphilitiker! Na schön, er war immerhin Zar! Aber dein Mischa, der war überhaupt Jude! Und was war an ihm so anständig? Was denn? Wie viel Scheiße hast du seinetwegen fressen müssen? Anständig!«

Margo wandte sich nun nicht mehr an Vera, sondern an Emma: »Anständig war er! Wenn ich das schon höre! Wie oft hat sie abgetrieben wegen ihm, dem Anständigen? Wie viele Weiber hat er gehabt, während du abtreiben warst? Von keiner deiner Freundinnen hat er die Finger lassen können! Pfui Teufel!«

»An dich hat er sich doch wohl nicht rangemacht, oder?«, fauchte Vera.

»Wie kommst du darauf? Meinst du, ausgerechnet mich hat er ausgelassen? Bei mir ist er bloß nicht gelandet!«, konterte Margo stolz.

»Schön blöd von dir! Hättest mal mit Mischa schlafen sollen, vielleicht hätt's dann auch mit Wenik besser funktioniert.«

»Hör auf. Mein Wenik ist ein Scheißkerl, aber dein Mischa war auch nicht viel besser. Ein alter Weiberheld!«

Scharik stand mühsam auf, ging zu Margo und bellte matt. Vera lachte.

»Meine Lieben! Margoscha! Emmotschka! In Schariks Beisein darf keiner auf Mischa schimpfen. Der geht jedem an die Kehle!«

Scharik begriff, dass er gelobt wurde, ging zu seinem Frauchen und riss in Erwartung einer Belohnung sein schwarzes, innen himbeerrotes Maul auf. Vera warf ihm ein Stück französischen Käse hin.

Margo, die ihren Zorn gezügelt hatte, trank ein Glas Kognak.

»Das ärgert mich, Vera, er hat gemacht, was er wollte, er hat dich nach Strich und Faden betrogen, und du, du hast ihn geliebt, hast ihm alles verziehen. Ich hätte ihn umgebracht! Wenn ich einen Mann habe, den ich liebe, und er betrügt mich, dann bring ich den verdammten Kerl um!«

Findet diese Unterhaltung tatsächlich in Amerika statt, in einer anderen Welt, in der Stadt New York, im Jahr neunzehnhundertneunzig, dieses alberne Küchengespräch unter Weibern, das gleich in eine Prügelei ausartet, dachte Emma erstaunt und betrachtete ihre alte Freundin, die sich kaum verändert hatte. Margo war noch ganz die Alte, die Armenierin mit dem aserbaidshanischen Familiennamen, den ihre armenische Sippe ihr ein Leben lang krummnahm. Dabei war ihr Vater, Sarik Husseinow, in den Bergen verunglückt, als Margo gerade mal sechs Monate alt war. Ja, dagegen kam man nicht an! Sie hatte zwar einen amerikanischen Pass, aber im Kopf war sie nach wie vor Kaukasierin: Sie bewirtete jeden, gab das Letzte her, aber wehe, man dachte einmal nicht an ihren Geburtstag, dann brach sie einen Krach vom Zaun, den man bis zum nächsten Jahr nicht vergaß. Ich bring dich um!

»Margo, du hast ja keine Ahnung. Es liegt nur an dir! Du kannst einfach nicht lieben! Wenn man nämlich liebt, dann verzeiht man alles. Alles, alles.«

»Aber doch nicht so viel!«, kreischte Margo und schüttelte ihre symmetrischen Locken, »nicht so viel!«

Vera goss ein Wasserglas halb voll Wodka. Nachdenklich hielt sie es in der Hand, betrachtete das Foto an der Wand, und der junge Mischa mit dem Nachkriegsschopf schien sie anzusehen. So hatte sie ihn nicht gekannt, sie hatte ihn erst später kennengelernt, ihn seiner zweiten Frau ausgespannt, seiner Nachkriegsfrau, um ihn, wie sie dachte, ganz für sich zu haben. Ach, das war ein Irrtum gewesen, und was für einer! Mischa hatte weiterhin regelmäßig seine Kriegsfrau Sina besucht, das wusste sie damals schon, außerdem seine Nachkriegsfrau Schura und noch eine dritte … Mit leuchtenden Augen sah Vera das Foto an, dann Margo.

»Du hast keine Ahnung. Hör zu. Ich habe Mischa mit ganzer Kraft geliebt, mit dem Körper und mit der Seele. Und er mich auch. Du kannst dir gar nicht vorstellen, wie wir uns geliebt haben. Nüchtern und betrunken. Besonders betrunken. Er war ein großartiger Liebhaber. Er hat mich nicht betrogen, er hat nur mit anderen Frauen geschlafen. Und ich war überhaupt nicht eifersüchtig. Na ja, nur ein bisschen«, korrigierte sie sich. »Als ich noch jung war, als ich noch nichts verstand … Er hatte eine Begabung für die Liebe. Und als ihn diese Zirrhose erwischte, da haben wir uns geliebt wie die Irren, weil wir nur noch wenig Zeit hatten. Das wussten wir beide. Im Krankenhaus hatte er ein Mädchen, eine Krankenschwester, die hat sich zum Schluss noch in ihn verliebt. Ach, das weiß ich doch alles, er hat es gar nicht verheimlicht. Er hat mit ihr geschlafen. Und dann hat er gesagt, nein, ich will keine andere mehr. Ich hab nur noch wenig Zeit, hol mich raus, ich will zu Hause sterben. Bei dir. Und wir haben gevögelt, bis uns die Tränen kamen. Er hat immer gesagt: Ich bin ein richtiger Glückspilz. Gleich dreiundvierzig musste ich an die Front, mit siebzehn, und ich hab überlebt. Ich war den ganzen Krieg Soldat, aber ich habe keinen einzigen Menschen getötet, ich war in einer Reparatureinheit und hab Panzer repariert. Die Frauen haben mich immer geliebt. Neunundvierzig wurde ich verhaftet, direkt im Institut, und bin lebend wieder rausgekommen. Und wieder haben mich die Frauen geliebt. Auch du, meine Freude – so hat er gesagt, meine Freude! Auch du, meine Freude, hast dich in mich verliebt. Du warst noch so jung, noch ein Mädchen, und hast mich nicht mehr losgelassen, du kluges Kind. Komm, sagt er, lass mich schnell deine Paradiesäpfelchen berühren. Und diese süßen Knie, und die süßen Schultern – ich weiß gar nicht, wo ich zuerst hinfassen soll. Zwei Tage vor seinem Tod hat er das gesagt. Da war ich schon über fünfzig! Von wegen süße Schultern, süße Knie, das war lange vorbei. Du bist dumm, Margo, so dumm, du hast alles verpasst, hast nichts erlebt. Du kannst nicht lieben, das ist dein ganzes Unglück. Dein Wenik kann nichts dafür! Was bist du schon für eine Frau – eine taube Nuss …«

Margo weinte, erschüttert von dieser betrunkenen Wahrheit. Vielleicht – ja, vielleicht hatte es wirklich an ihr gelegen? Vielleicht hätte Wenik gar nicht getrunken, wenn sie ihn so geliebt hätte wie Vera ihren Mischa? Oder vielleicht hätte er zwar getrunken, aber sie, Margo, wahnsinnig geliebt? Dann wäre alles anders gewesen: Keine beschämenden, schändlichen Vereinigungen, bei denen sie hasserfüllt dalag und neunzig Kilo Lebendgewicht auf ihr herumzuckten, sie trocken aufrissen, ein Gefühl, als würde sie gepfählt, und anschließend war die ganze Brust voller blauer Flecke, als wäre sie geschlagen worden; die braunen Spuren davon brauchten ein ganzes Jahr zum Verheilen. Und dieser Schnapsgestank und der Geruch nach Unterleib, von dem ihr ganz schlecht wurde, speiübel wie auf einem schwankenden Schiff, so dass sie nur so schnell wie möglich zum Klo wollte, um alles in sein gähnendes schneeweißes Inneres zu kotzen. Was? Nicht genug? Noch mal? Nimm ihn weg, deinen nimmersatten Knüppel! Wohin? Du spinnst wohl!

Auch Emma weinte – was hatte sie getan? Goschenka! Ich liebe dich, wie ich noch keinen geliebt habe! Wie noch nie jemand geliebt hat. Nein, nein, ich will kein neues Leben. Nein, ich will dieses behalten, mit dem ewig betrunkenen Goscha, mit der täglichen Verzweiflung und Sorge, der nächtlichen Hin- und Herfahrerei, wie die Feuerwehr, mit dem rettenden morgendlichen Viertelliter, dem Hemdenwaschen und den in Zeitung eingewickelten heißen Piroggen. Und mit dem verächtlichen Blick der Tochter: Rennst also wieder hin? Und das alles ohne Hoffnung auf ein normales Leben; ohne jede Belohnung – keine Liebeserklärungen, kein Dankeschön; einfach nur geben, und gut!

»Einfach nur geben, und gut! Ohne daran zu denken, was du dafür bekommst!«, deklamierte Vera, erleuchtet von trunkenem Strahlen und elementarer weiblicher Weisheit. Sie goss Wodka ein, nicht in die kristallenen Schnapsstamper, sondern in Wassergläser. Sie rauchte eine nach der anderen und stieß die Zigaretten halb aufgeraucht in den riesigen Aschenbecher, der eher für eine öffentliche Raucherecke geeignet schien als für den Hausgebrauch einer einsamen Witwe. Schließlich drückte sie eine Zigarette aus, erhob sich zu voller Größe, schwankte, griff nach der Tischkante, der Tisch geriet ins Wanken, fiel aber nicht um. Sie hielt Balance. Über den Boden gleitend wie über eine Eisbahn und sich an der Wand abstützend, ging sie laut lachend zur Toilette.

»Vera ist betrunken«, kommentierte Margo, und sogleich ertönten im Bad Scheppern und lautes Schimpfen: Etliche Gegenstände waren zu Boden gefallen, einer davon ziemlich groß. Margo und Emma sprangen auf, um Vera zu Hilfe zu eilen, konnten aber nicht richtig laufen. Sie stießen zusammen, unterdrückten den unangebrachten Versuch zu rennen und wankten ins Bad. Dort lag Vera auf dem Boden, rieb sich das vielgerühmte Knie und murmelte: »Dauernd liegen Klamotten auf dem Boden rum, und dann fällt man drüber … Margoscha, du Trampeltier, also wirklich, du hast meine ganzen Flakons zerbrochen.«

Auf dem Boden lagen tatsächlich nasse Glassplitter herum, und es roch nach Parfüm, das die Wucht einer Panzergranate hatte.

Sie halfen Vera auf. Sie krakeelte ein bisschen, aber fröhlich, und verlangte noch mehr zu trinken, einen kleinen Schluck. Doch sämtliche Flaschen waren leer – die beiden

Wodkaflaschen, der Kognak, der Likör und die plötzlich aufgetauchte Flasche französischen Weißweins, die sie getrunken hatten, ohne das exklusive Etikett zu beachten.

»Wir machen eine Haussuchung! Mischa hatte immer was versteckt. In Moskau hat das KGB vor unserer Ausreise eine Haussuchung gemacht, und dabei haben sie mehr versteckte Flaschen gefunden als Bücher.«

Vera öffnete alle Schreibtischschubladen.

»Ich hab hier zwar schon alles durchsucht, mehr als einmal. Aber irgendwo ist bestimmt noch was! Mischenka! Huhu!«, wandte sie sich an das Foto ihres Mannes, die langen, oben schon etwas schlaffen Arme hochgereckt.

Dann kniete sie nieder, aber nicht vor dem Bild, sondern vorm Bücherschrank, schob die Glastür auf und zerrte zusammenrutschende Bücherstapel aus dem untersten Fach. Sie räumte das ganze Fach leer – nichts.

Emma und Margo lehnten aneinander wie zwei Bäume, ein dicker und ein dünner. Margo hatte einen Schluckauf.

»Du musst was trinken«, riet Emma.

»Ich such ja schon. Irgendwo muss doch noch was sein.« Vera lag rücklings auf dem Boden und warf mit den Füßen Bücher aus dem zweituntersten Fach. Ein Buch fiel mit einem Klirren in der Mitte auseinander. Der Einband war nur Tarnung; darin stand eine Flasche, eine angebrochene Wodkaflasche.

Vera packte sie und presste sie an die Brust: »Mischenka! Mein treuer Freund! Die hast du vor mir versteckt! Vor mir musst du nichts verstecken! Siehst du, hier bin ich!«

Sie teilten diesen letzten Wodka auf, den Gruß von Mischenka, und mehr konnten sie nicht trinken. Keinen Tropfen. Sie waren randvoll mit Alkohol, bis zur Obergrenze der weiblichen Möglichkeiten. Bevor Vera umkippte, verlangte sie, in Mischas Arbeitszimmer gebracht zu werden, und während die Freundinnen sie führten, äußerte sie ein letztes Bekenntnis, das vielleicht auch kein Bekenntnis war, sondern nur Träumerei: »Legt mich auf die Liege, in Mischas Zimmer. Ich hab mir einen Verehrer angeschafft, einen jungen Puertoricaner. Richtig knackig. Den lege ich immer auf dieser Liege flach. Hier riecht's nach Mischa. Und Mischa sieht zu, wie er mich … Fünfunddreißig ist er, noch ganz jung. Wie der über mich herfällt! Und Mischa freut sich. Hab deine Freude, sagt er, freu dich, meine Freude, freu dich! Ja, das sagt er …«

Später überlegte Margo lange, ob Vera wirklich von einem puertoricanischen Liebhaber gesprochen hatte oder ob das nur eine Suff-Vision gewesen war.

Sie kippten Vera auf die Liege. Scharik, der längst hier schnarchte, rückte widerwillig ein Stück, und Margo und Emma gingen ins Schlafzimmer, wo für sie schon vor Beginn ihrer Feier das Ehebett gemacht worden war, so unermesslich groß wie Veras russische Seele und genauso weich.

Margo, die letzte anständige Frau auf dem Kontinent, trug noch ein Spitzenunterhemd; sie zog keusch ihren BH darunter hervor und ließ sich auf die nostalgische Daunenauflage fallen, die zusammen mit Vera hierher emigriert war, und zwar aus dem Moskauer Vorort Tomilino, wo Veras Mama und ihre beiden älteren Schwestern noch auf ebensolchen Daunenauflagen schliefen. Emma zog sich ganz aus, schlüpfte nackt zwischen die Laken, und augenblicklich drehte sich alles, kippte abwechselnd nach links und nach rechts.

»Oh, mir ist so schlecht«, stöhnte sie.

»Wem nicht?«, erwiderte Margo. »Hauptsache, du schläfst nicht ein, bevor das aufhört. Armer Wenik, war ihm etwa jeden Tag so schlecht?«

»Noch schlimmer«, flüsterte Emma. »Morgens ist es immer noch schlimmer als abends. Armer Goscha …«

Margo überkam plötzlich eine unerklärliche Zärtlichkeit, womöglich gar zu dem Scheißkerl Wenik; sie schniefte, weil ihr die Tränen kamen, und umarmte Emmas schmalen Rücken. Sie war so schmal wie ein Fisch und ebenso glatt, nur nicht nass, sondern im Gegenteil trocken wie ein Laib Brot, und die Hand glitt mühelos darüber. Margo streichelte sie, erst den Rücken, dann die Schultern, und plötzlich überkam sie eine heftige heiße Woge und trieb sie in eine unerforschte Richtung. Emma stöhnte, machte nur »oh, oh«, lag aber still, rührte sich nicht, und Margo richtete sich ein Stück auf, streichelte Emmas kleine Brust und staunte, wie wundervoll es war, sie zu berühren, als wäre dieser jugendliche Körper nur zum Streicheln gemacht. Sie berührte mit den Lippen Emmas Hals, und ihre Haut roch nicht nach Veras explosivem Parfüm, nach dem es in der ganzen Wohnung stank wie nach verbrannter Milch, sondern nach etwas, das Margo den Atem raubte und ihr das Herz stocken ließ. Ja, ihr stockte das Herz. Und sie spürte, wie in ihrem Bauch eine Blume aufblühte und zu Emma strebte; sie verging vor Lust und berührte Emmas Brust, erst mit den Lippen, dann mit den Fingern, ganz sanft, dicht neben dem Nippel …

Emma stöhnte, schwebte in fernen Gefilden, und separat drehte sich ihr Magen, sie musste sich übergeben, doch dafür hätte sie etwas unternehmen müssen, sich regen, aber die Übelkeit war so heftig, so unaufhaltsam … Dass sie gestreichelt wurde, spürte sie gar nicht, alle Empfindungen waren im Magen konzentriert und ein wenig in der Kehle.

Margos Blume aber wuchs und wuchs und musste sich jeden Augenblick entfalten; sie presste ihren Bauch an Emmas Seite, und ihre Finger genossen die Berührung von Emmas straffer Brust. Die Milchdrüse war ganz fest, der untere Bereich deutlich zu ertasten, auch der Strang hoch zur Brustwarze, und links, der zweite – da, eine Verdickung, noch eine … Geradezu klassisch … Ein Karzinom! Ganz eindeutig, auch ohne Biopsie, das musste sofort in den OP! Margo richtete sich ruckartig auf.

»Emma!«, schrie sie. »Emma, steh auf! Steh sofort auf!«

Die Trunkenheit war im Nu verflogen. Alles war verflogen. Margo stand neben dem Bett, in ihrem gelben Spitzenunterhemd, mit ihren schlaffen, kerngesunden Brüsten – als zivilisierte Frau machte sie alle zwei Jahre eine Mammographie –, packte Emma unter den Armen, stellte sie auf die watteweichen Beine, schüttelte sie und schrie weiter: »Nun bleib doch stehen, du verdammte Stoffpuppe! Steh gerade! Die Arme auseinander! Ich brauche deine Achselhöhlen, nicht deine Ellbogen! Nimm die Schultern hoch!«

Mit kräftigen Fingern fuhr sie tief in die trockene Achselhöhle – links war der Lymphknoten hart und angeschwollen, aber nur leicht. Rechts war alles in Ordnung. Sie drückte auf die linke Brustwarze.

»Au!«, reagierte Emma.

»Tut das weh?«

»Was denkst du denn«, knurrte Emma und ließ sich aufs Bett fallen.

Margos Finger wurden feucht.

»Hör mal, hast du diese Flüssigkeitsabsonderungen aus der Brust schon lange?«

»Lass mich in Ruhe, mir ist sowieso schon übel. Gib mir was zu trinken.«

Margo schleifte sie ins Bad. Emma übergab sich. Dann pinkelte sie. Anschließend stellte Margo sie unter die kalte Dusche. Heute hatte Morton in der Klinik Dienst, der beste von den Ärzten. Alt, erfahren und nett. Ein Glück.

Margo zog Emma unter der Dusche hervor. Ihr Blick war völlig klar.

»Mach dich schnell fertig, wir fahren in meine Klinik.«

»Bist du verrückt, Margoscha? Ich fahre nirgendwohin. Ich hab heute frei.«

»Ich auch. Mach dich schnell fertig. Du hast was in der Milchdrüse. Das muss dringend untersucht werden.«

Emma begriff sofort. Sie riss ein Handtuch vom Haken und trocknete sich ab. Sie berührte ihre linke Brust.

»Da?«

Margo nickte.

»Setz Teewasser auf und mach keine Panik. Was meinst du, wenn ich Moskau anrufe, ist das sehr teuer?«

»Ruf ruhig an. Die Vorwahl weißt du?«

Margo brachte Emma den Hörer. Emma wählte. Goscha ging lange nicht ran.

»Wie spät ist es dort jetzt?«, fiel Emma ein.

»Hier ist es halb sechs, plus acht. Halb zwei«, rechnete Margo.

»Goscha! Goschenka!«, schrie Emma. »Ich bin's! Emma! Ja, aus New York! Ich nehme alles zurück! Ich nehme unsere Trennung zurück! Das war dumm von mir. Verzeih mir! Ich liebe dich! Was ist, bist du total betrunken? Ich auch! Ja, ich auch! Ich bin bald wieder da! Hauptsache, du liebst mich, Goscha! Und trink nicht. Ich meine, trink nicht so viel!«

»Ich brauche eine halbe Stunde. Nein, eine Dreiviertelstunde. Ich bestelle ein Taxi zu sechs Uhr fünfzehn.« Mit diesen Worten nahm Margo Emma den Hörer aus der Hand.

»Hör mal, wieso solche Hektik? Ist es wirklich so dringend?«

»Dringender geht's nicht.«

An der Tür stand Scharik, den seine Greisenblase heftig drückte. Er wartete, die Zunge rührend herausgestreckt. Bevor das Taxi kam, musste Margo noch mit dem alten Schwachkopf runter.

Züü-rich

Drei volle Arbeitstage saß Lidija mit einem aufgeschlagenen Deutschlehrbuch auf der Bank. Offenbar hatte sie richtig kalkuliert und ihren Urlaub nicht umsonst geopfert. Am Ende des dritten Tages kam ein braungebrannter beleibter Mann, der von einem feinen Leuchten umgeben war, aus dem Ausstellungspavillon und setzte sich neben sie. Natürlich leuchtete nicht er selbst, sondern sein schillerndes graublaues Jackett. Er roch nach belebender Kiefer und trug modische Lochmusterschuhe in unmännlichem Hellgrau. Lidija erfasste das ganze Bild einschließlich des Lochmusters auf den ersten gierigen Blick, bemerkte sogar die leicht gewölbte rachitische Stirn und das rote Äderchen im linken Auge. Sie vertiefte sich in das aufgeschlagene Lehrbuch, das sie seitlich hielt, damit er den Umschlag sah.

Der Mann öffnete den Mund wie ein Fisch und schluckte den Köder sofort.

»Oh, Sie lernen Deutsch!«

Er lächelte. Langsam kam ein Gespräch in Fluss, ein dünnes, aber stetes Rinnsal. Der Herr erklärte, er sei Schweizer, aus Zürich, vertrete eine Firma, die Farben herstelle, besitze ein Haus in einem Vorort und liebe Tiere. Lidija ihrerseits erzählte von sich – diesen Bericht hatte sie vor langer Zeit präpariert, auswendig gelernt und geprobt: Sie sei Pädagogin, arbeite mit Kindern, und Deutsch lerne sie in einem Abendkurs, montags, mittwochs und freitags, nur so, aus Spaß.

»An der deutschen Sprache gefällt mir vor allem die Ordnung, alles hat seinen Platz, besonders die Verben.«

Der Schweizer schmolz dahin – oh, er habe ebenfalls Fremdsprachen gelernt und finde auch, Deutsch sei am rationalsten.

Die Sicherheitsleute, die das Außengelände überwachten, hatten alle Hände voll zu tun: Es war eine internationale Messe, aus der ganzen Stadt kamen illegale Devisenhändler hierher und vollbusige Mädchen, Aktivistinnen des internationalen Business, die ihre frische Ware in rosa Slips mit grobem Gummi verpackt hatten. Lidija konnte ganz beruhigt sein – niemand wäre auf die Idee gekommen, dass auch sie hier auf der Jagd war.

Tatsächlich hatte sie mit den herbeigeflatterten Mädchen nicht das Geringste gemein. Sie war über dreißig, keineswegs schön, im Gegenteil, ihre Unterlippe war stets zu einer »Schippe« vorgewölbt, die Nase hing ein wenig herab; in europäischen Adelskreisen hätte ihre Lippe als habsburgisch gegolten, aber da sie aus dem Dorf Saloslowo stammte, trug sie seit ihrer Kindheit den Spitznamen Gänse-Lidka. Ihre beiden bemerkenswerten Vorzüge waren neben der deutschen Sprache ihr dichtes, zu einem hellen, mehrschichtigen Knoten gelegtes Haar und ihre gertenschlanke Taille, die obendrein mit einem derben Lackgürtel so zusammengeschnürt war, dass Lidija fast aussah wie durchgesägt.

Die Unterhaltung floss gemächlich und in der richtigen Richtung dahin, doch dann blickte der Schweizer auf seine

Schweizer Uhr, und Lidija fürchtete erschrocken, er würde nach einem freundlichen »auf Wiedersehen« einfach aufstehen und gehen. Doch er sagte nicht »auf Wiedersehen«, im Gegenteil, er lud sie ein, seinen Messestand zu besichtigen und anschließend mit ihm eine Tasse Kaffee zu trinken.

Lidija lächelte bescheiden, wobei in der Tiefe ihres schmallippigen Mundes zwei Goldzähne aufblitzten, packte das Deutschbuch ein und überlegte kurz: In ihrer Tasche lagen Handschuhe, weiß, aus Nylon, mit haargenau der gleichen Zierborte wie an ihrer Bluse – sollte sie die jetzt anziehen? Handschuhe, das war natürlich schick, aber vielleicht ein bisschen übertrieben? Sie zog sie also nicht an, nahm sie jedoch immerhin aus der Tasche und presste sie in der Hand.

»Sie ist mein Gast.« Der Schweizer nickte dem Wachmann zu, und Lidija, mit den Handschuhen spielend, folgte ihm.

Er führte sie in einen Verschlag seines Messestands. Lidija bekam Herzklopfen vor Entzücken, so fröhlich anzusehen waren die Muster der Malerfarben, mit denen der dicke Schweizer handelte.

»Wie schön!«, rief sie, und ihre Aufrichtigkeit war echt. Wenngleich Aufrichtigkeit im Gegensatz zu Naivität eigentlich nicht zu ihren zahlreichen Vorzügen gehörte. Sie war eher ein wenig verschlagen. Ja, genau, naiv und verschlagen. Aber mit Blick auf ihre Lebensstrategie wollte sie in diesem Fall auch verschlagen sein, schummeln, ja, sogar lügen. Doch nichts davon war nötig – der Herr gefiel ihr ungemein.

Nicht zu sehr entspannen, nur nicht zu sehr entspannen, befahl sich Lidija.

Er bot ihr einen Platz an, setzte sich ebenfalls, leicht gekrümmt, in einen luxuriösen roten Plastiksessel und lächelte unbestimmt. Warum hatte er diese Unbekannte nur in den Ausstellungspavillon eingeladen? Sie war keine Kundin, war nicht hübsch …

»Sie brauchen eine Massage. Sie haben eine Osteochondrose!«, sagte sie entschieden, und noch ehe er sich besinnen konnte, hatte sie seinen Nacken gepackt und glitt mit flinken, kräftigen Händen über seinen dicken Hals. Er war starr vor Schreck. Saß mit weit aufgerissenen Augen da und schnappte nach Luft.

Lidija mangelte es katastrophal an deutschen Wörtern. Sie wusste nicht, was »entspannen« hieß, aber ihr war klar, dass sie die Initiative in der Hand behalten, dass sie reden musste und nicht schweigen durfte. Also redete sie. Zuerst betete sie einen Lehrbuchtext über die Geschichte Moskaus herunter, dann einen über Puschkin. Zwischendurch zog sie dem Schweizer das schillernde Jackett aus und lobte den Stoff. Er versuchte zu protestieren, gab aber unter ihrem Druck schnell nach und entspannte sich schließlich doch.

»Ich habe ein Diplom als Masseurin, Sportmassagen, Heilmassagen, sogar chinesische Massage habe ich gelernt«, erklärte sie. Und das stimmte offenbar: Ihre Bewegungen waren sicher und kraftvoll.

Er bekam auch in der Schweiz hin und wieder Massagen – eine kostspielige Angelegenheit. Und mit der Osteochondrose hatte sie völlig recht – die hatte er wirklich.

Eine Viertelstunde bearbeitete sie ihn mit den Fingern, und das war sehr angenehm, doch die Tür war offen, und er fürchtete, dass womöglich ein Fremder sie sehen könnte.

Aber niemand schaute herein, und als sie fertig war, nachdem sie zum Schluss noch durch das Hemd hindurch angenehm auf seinem Rücken herumgeklopft hatte, blieb ihm nichts weiter übrig, als sich zu bedanken. Eine höchst sonderbare Dame – aber nett, entschied er.

Es war Zeit für den Kaffee. Er drehte den erwärmten Hals und beschloss, ihr außer Kaffee auch Schokolade anzubieten. Er besaß einen Vorrat an Schokoladentafeln und Pralinen für gute Kunden.

Hauptsache, nicht die Initiative verlieren, sagte sich Lidija konzentriert, und während der Schweizer Kaffee kochte, formulierte sie im Kopf eine Einladung.

»Ich würde mich freuen, Sie zum Essen zu mir einzuladen. Ich habe ein Kochdiplom«, verkündete Lidija. »Europäische Küche, Küche der Völker der UdSSR, Schonkost. Ich habe eine Lizenz als Restaurantkoch.«

Das war ein Volltreffer. Der Schweizer träumte seit langem davon, ein eigenes Restaurant zu eröffnen, doch seine Lebensumstände hatten das bislang verhindert.

»Bist du nun Masseurin oder Köchin?«, fragte der Schweizer interessiert.

»Beides. Aber derzeit unterrichte ich – die Geschichte unserer Stadt«, sagte sie mit bescheidenem Stolz. »Ich bin Pädagogin.«

Das alles entsprach vollkommen den Tatsachen. Lidija leitete seit über einem Jahr einen Heimatkundezirkel am Kreispionierhaus. Das Gehalt war miserabel, dafür blieb viel Zeit für ihre zahlreichen anderen Beschäftigungen; Geld verdiente sie mit Nähen, Stricken oder indem sie dies und das verkaufte. Außerdem, was bedeutete schon Geld, was hatte man denn davon! Lidija lebte von klein auf für ihre Interessen. Und ihr Hauptinteresse im Leben war das Lernen.

»Oh, ich komme gern zu Ihnen zum Essen«, willigte der Schweizer strahlend ein und holte eine andere Pralinenschachtel heraus als ursprünglich vorgesehen, eine größere. Lidija hatte sein Interesse geweckt.

Lidija begann mit den Vorhängen. Zu Hause angekommen, riss sie als Erstes sämtliche Vorhänge herunter und warf sie in die Waschschüssel. Wäschewaschen war Lidijas liebste Hausarbeit. Sie fand es beruhigend, und wenn sie Ärger hatte oder einfach nur schlechte Laune, machte sie sich ans Wäschewaschen. Doch jetzt war sie allerbester Stimmung, kämpferisch wie vor einer wichtigen Prüfung. Und etwas sagte ihr, dass sie auch diese, wenngleich keineswegs simple Prüfung bestehen würde, genau wie alle anderen zuvor – und sie hatte bereits Hunderte davon abgelegt. Wenn der Schweizer nur kam …

Noch auf dem Heimweg war ihr klar geworden, dass sie einen Fehler gemacht hatte: Sie hätten vereinbaren sollen, dass sie ihn abholen würde. Denn wer weiß, womöglich vergaß er ihre Verabredung oder unternahm etwas anderes, ging ins Bolschoi-Theater oder ins Restaurant National. Was Ausländer eben taten in Moskau. Oder in die Tretjakow-Galerie.

Während Lidija die Vorhänge wusch, ging sie in Gedanken ihr ganzes Programm gründlich durch. Natürlich würde sie nicht umhinkommen, sich für den Empfang einiges von Emilia Karlowna auszuleihen. Das Essen: nicht zu viele Vorspeisen, Kaviar natürlich, zweihundert Gramm geräucherten Stör, aber ansonsten – eine echt russische Tafel: Fischsuppe,

Piroggen, vielleicht mit Hühnerfleisch … Bœuf Stroganoff wäre nicht schlecht … aber auch nicht übertreiben. Eine knifflige Aufgabe. Und was sollte sie anziehen? Ein weiterer wesentlicher Punkt: Die Hauptsache nicht aus den Augen verlieren.

Zwei Tage lang gönnte sich Lidija keine Ruhe. Sie schaffte alles: Fuhr ins Restaurant Praha, auf den Zentralmarkt und zu Emilia wegen des Tafelsilbers. Emilia hob die Braue: Wozu brauchst du das, verstehe ich nicht – doch sie wies Lidija nicht ab, sondern nahm aus der Anrichte zwei Silberbestecke, zwei Servierlöffel, zwei Gabeln und eine zweistufige Servier-Etagere mit einer Spitze. Lidija wusste, wie man sie richtig dekorierte: Oben eine Traube Wein, die man etwas überhängen lässt. Unten zwei Pfirsiche, eine Birne und ein paar Pflaumen, höchstens fünf Stück. Keine Äpfel. Wenn Winter wäre, dann Antonow-Äpfel, aber nicht auf der Etagere, sondern eingelegt, mit Kohl und Moosbeeren. Auch die Kaviarschüssel aus Emaille erbat sie von Emilia – er würde Augen machen!

Woher Lidija das alles wusste, all die Feinheiten über das Tischdecken, Wäschewaschen, Bleichen und Stärken und wie man ein Männerhemd richtig zusammenlegt, wie man Sachen für den Winter einmottet, wie man einem Kind eine Tablette zerdrückt und sie ihm mit einem Löffel Brei verabreicht und vieles andere? Teils von Emilia, die ihr das alles beigebracht hatte, teils aus Kursen und den Rest einfach so, ganz von allein, denn Lidija war zwar nicht schön, dafür aber sehr klug. Das wusste sie selbst seit langem. Von allen Menschen, die sie kannte, war nur Emilia klüger als sie, ansonsten – bisweilen dachte sie über eine andere: Oh, was für eine kluge Frau, doch dann stellte sich heraus, sie war nicht klüger als sie, Lidija. Allerdings: Mit Männern hatte sich Lidija ein paar Dummheiten geleistet, mit Kolka und mit Gennadi. Doch das war lange her. Inzwischen war ihr aufgegangen, dass sie ihr Leben lang in die falsche Richtung geblickt hatte. Na, besser spät als nie.

Martin verspätete sich bereits um eine halbe Stunde, und Lidija, in ihrer blitzsauberen Wohnung, in schneeweißer Bluse, vor dem gedeckten Tisch, rannte dauernd zwischen Tür und Fenster hin und her und verfluchte sich für ihre Dummheit: Sie hätte wissen müssen, dass es so kommen würde, sie hätte ihn lieber in Sokolniki abholen sollen, direkt von der Messe, und eigenhändig herschleppen.

Obgleich Lidija lange aus dem Fenster schaute, ihren Gast verpasste sie trotzdem, denn er kam von der anderen Seite. Er war von der Metrostation Baumanskaja in die falsche Richtung gegangen, der Dummkopf, und in der Hitze vierzig Minuten hin und zurück gelaufen, bis zwei Schulmädchen ihn zur richtigen Adresse führten.

Er klingelte an der Tür und hatte Blumen dabei, Rosen. Nicht drei, fünf oder sieben, wie hier üblich, sondern zwölf. Klitschnass stand er vor der Tür, Schweiß strömte ihm von der Stirn, und er keuchte mit offenem Mund. Das Herz, dachte Lidija sofort besorgt. Darin war ihr Auge geschult, sie hatte auch eine medizinische Grundausbildung absolviert, denn ohne die durfte man damals nicht Masseurin werden, und das wollte sie unbedingt.

»Ich warte Ihnen so lang«, sagt Lidija, und er entschuldigt sich wortreich. Dabei schweift sein Blick neugierig umher …

Wenn Sie gestatten, sagt er, ziehe ich das Jackett aus.

Auch dieses Jackett ist grau, aber ein anderes, ohne Schillern. Er zieht es aus. Lidija nimmt es ihm ab, es ist weich wie Seide. Vielleicht ist es wirklich Seide? Die Schweiz ist das reichste Land der Welt. Emilia hat schon vor langer Zeit gesagt, dort gebe es mehr Banken als bei uns Bierbuden. Martins hellblaues Hemd ist unter den Armen und auf dem Rücken dunkelblau, er ist völlig durchgeschwitzt, der Arme. Ja, leider hat sie kein Bad. Es ist ein Proletenhaus, sie kann von Glück sagen, dass sie wenigstens eine eigene Toilette besitzt.

Da folgt Lidija einer plötzlichen Eingebung. Setzen Sie sich, einen Augenblick. Er setzt sich in den Sessel, auf den sie deutet, und betrachtet den Tisch wie eine Museumsvitrine, den Mund wieder leicht geöffnet, offenbar eine Angewohnheit von ihm.

Lidija läuft in die Küche, füllt eine Schüssel bis zur Hälfte mit Wasser, trägt sie mit ausgestreckten Armen vor sich her und stellt sie auf den Boden, direkt vor seine Füße. Dann hockt sie sich hin – erlauben Sie, entschuldigen Sie – und zieht ihm die grauen Schuhe und die ebenfalls grauen Socken aus.

Der Schweizer reißt die Augen auf und schmatzt mit den Lippen: Was? Was? Nichts was, sagt Lidija, das ist bei uns so üblich: Bei Hitze ist ein kaltes Fußbad äußerst nützlich. Und eine kühle Kompresse auf die Stirn. Das weiß ich als medizinische Fachkraft, sagt sie. Auf Deutsch, mehr schlecht als recht, aber er versteht alles, nickt mit seinem kahlen Kopf: Ja-a, ja-a.

Seine Füße – was für Füße, was für Zehen! Macht er etwa Pediküre? Sie muss an Kolkas Quanten denken, seinen ewigen, unausrottbaren Nagelpilz – von den Stiefeln, hat er immer gesagt. Von den Stiefeln kam der ganze Gestank, da half kein Waschen. Egal, ob Kunstleder oder Chromleder, wenn ein Mann Stiefel trägt, stinkt er eben.

Lidija sieht seine Zehen und weiß sofort: Jetzt entscheidet sich ihr Leben.

Sie lächelt sanft. Wenn sie lächelt, hängt ihr die Nase fast bis zur Lippe. Nicht gerade schön. Aber sie ist klug und weiß das – sie lächelt, senkt den Kopf und dreht ihn etwas zur Seite. Wir leben hier, sagt sie, im Orient, bei uns in Russland ist das so üblich.

Er erwidert etwas, spricht aber zu kompliziert, wahrscheinlich etwas Anerkennendes, doch sie versteht die Worte nicht. Macht nichts, halb so schlimm, ich werde alle Wörter lernen, kein Problem. Da auf dem Regal steht das Wörterbuch, Kleinigkeit.

Den Fuß aufs Handtuch, abgetrocknet, die Socke an, glattgezogen, den anderen Fuß. Der Schuh ist weich und glatt, woraus machen die das, solches Leder könnte man auf der nackten Haut tragen. Und was er für ein Gesicht macht – pures Staunen und Verwirrung. Ich habe ihn schön verblüfft.

Die Serviette steckt in einem silbernen Ring, auf der Gabel steht ein deutsches Monogramm. Oh! Sütterlinschrift, K. R.

Ja. Kristina Runge, meine Großmutter aus Riga. Kristina Runge ist Emilias Großmutter. Egal. Der Schweizer hebt eine Braue: Eine hochinteressante Frau, allerdings.

Guten Appetit! Bitte, die Vorspeisen – in reinstem Deutsch. Das Tischvokabular kennt Lidija auswendig, seit ihrem ersten Jahr als Haushaltshilfe bei Emilia. Emilia betreute damals fünf Kinder, eine Art Privatkindergarten. An die ersten damals kann sie sich noch gut erinnern, alles jüdische Kinder, wie eigens ausgesucht: zwei Schwestern, Mascha und Anja, Schurik, Grischa und Milotschka. Früh um neun wurden sie gebracht, jedes mit einem kleinen Topf in der Hand, nur Milotschka kam erst um halb zehn, begleitet von ihrem Urgroßvater, der war alt wie der Wald. Emilia ging mit ihnen in den Park, und um halb zwölf kamen sie zurück. Lidija zog die Kinder aus, ging mit ihnen Händewaschen und brachte sie ins Zimmer. In der halben Stunde bis zum Mittag, während Lidija das Essen in ihren Töpfchen aufwärmte, spielten sie ein deutsches Lottospiel und sprachen dabei nur Deutsch. »Ich habe Nummer einundzwanzig.« Auch das Mittagessen lief auf Deutsch. »Geben Sie mir bitte … Danke … Entschuldigen Sie … Das hat gut geschmeckt …«

Dann wusch Lidija das Geschirr ab, und die Kinder hielten Mittagsruhe, die Mädchen zu dritt auf dem großen Bett, Schurik auf der Liege, Grischa auf der Chaiselongue. Ob sie schliefen oder nicht, war egal. Hauptsache – kein Wort, Mittagsruhe. Disziplin. Dann Aufstehen, Waschen, Teetrinken. Zum Tee gab es Gebäck, das buk Emilia selbst. Das Rezept beherrschte Lidija mit geschlossenen Augen: Zwei Eigelb mit einem halben Glas Zucker schaumig rühren, dazu hundert Gramm Schokoladenbutter …

Oh, Kaviar! Ja, bitte. Kaviar kommt aus Astrachan und vom Kaspischen Meer. Der hier ist aus Astrachan, den mag ich lieber. Er ist nicht schwarz, sondern grau und etwas feiner. Sehr zart. Bitte, bitte. Nehmen Sie Butter. Butter aus Wologda. Probieren Sie – spüren Sie den nussigen Geschmack? Die beste Butter in Russland. Ich weiß, Schweizer Milchprodukte sind sehr gut. Aber diese russische Butter ist großartig. *Per-*

fekt. Sehr perfekt.* Ein Kalatsch – ein besonderes russisches Brot. *Eine russische Brotchen.* Ein kleines Glas Wodka. Ein kleines. Auf Ihr Wohl! Prosit!

Er nimmt von allem ein bisschen, kostet, presst es gegen den Gaumen, prüfender Gesichtsausdruck – haargenau wie Emilia. Vielleicht stammt er auch aus Lettland? Er nickt zufrieden, nimmt die Hand vom Tisch.

Aal. Das erste Wort in jedem deutschen Wörterbuch. *Aal.* Lebt in der Ostsee. In der Schweiz gibt es keine Aale, nicht wahr?

Tomaten, mit Schafskäse gefüllt. Ein bulgarisches Rezept. Das habe ich bei einem Kochkurs gelernt, Küche der Völker der Welt. Was ist das beliebteste Schweizer Gericht? Fondue? Lasagne?

Nein, das ist in der französischen Schweiz. Wir leben in der deutschen Schweiz, in meiner Region mag man Kartoffelauflauf. Das muss ich im Wörterbuch nachschlagen …

Eine außerordentliche Frau. Was für schönes Haar. Ein wahrer Schatz, wenn sie es löst, reicht es ihr bestimmt bis zur Hüfte.

Und wie er isst! Bedächtig, akkurat, eine Serviette auf den Knien, kein Geklapper mit Messer und Gabel. Als hätte ihn Emilia erzogen. Nicht einfach zum Stillen des Hungers, sondern wie etwas Schönes, wie Klavierspielen oder Tanzen. So isst bei uns keiner, und wenn du sie totschlägst. Aber Lidija kann es, hat sie alles bei Emilia gelernt.

Sie trägt die Vorspeisenteller in die Küche. Biegt unter-

* Hier und im Folgenden sind die kursiven Passagen in dieser Erzählung im Original deutsch.

wegs ab zur Flurgarderobe, riecht an seinem Jackett, saugt den Geruch ein – davon wird ihr ganz heiß im Unterleib.

Während sie in der Küche die Fischsuppe aus dem Topf in die Terrine umfüllt, kommt Martin aus dem Grübeln nicht heraus: Eine unglaubliche Bewirtung, Kaviar hat er noch nie im Leben probiert, das ist ihm nie in den Sinn gekommen, das Geschirr ist königlich, direkt museal, die Wohnung dagegen ärmlich, primitiv. Eine geheimnisvolle Frau. Und die Füße! Wie sie ihm die Füße gewaschen hat! Sie steckt voller Überraschungen. Er ist acht Jahre lang zu einer Polin gegangen, bevor er Elisa heiratete, und hat ihr zweihundert Franken gezahlt, aber sie hat nie auch nur eine Flasche Mineralwasser gekauft, er brachte immer alles selbst mit – Wasser, Kaffee, Gebäck. Ja, ist wohl was dran an der »geheimnisvollen russischen Seele«.

Später stellt sich heraus, dass er nicht mehr ganz so jung ist, zwar noch frisch, ein properes Dickerchen, aber schon achtundvierzig. Doch das Gesicht ist noch glatt, ohne Falten, gleichmäßig braungebrannt. Nur der Scheitel ist kahl. Ansonsten ein sehr, sehr angenehmer Mann. Dort in der Schweiz, das wird Lidija später entdecken, sind alle so – angenehm, sauber, ordentlich. Im Moment weiß sie nur eines: Solche Männer gibt es hier nicht, da kannst du hundert Jahre suchen, so einen kriegst du hier nie. Vielleicht haben Schauspielerinnen und Sängerinnen ja solche Männer, aber sie persönlich hat solche noch nie gesehen, nicht bei Emilia, nicht in der Poliklinik, nicht an der pädagogischen Fachschule oder an der Universität für Marxismus-Leninismus. Nirgendwo.

Fischgerichte, ja, Fisch. Mit Fleisch kann man keinen

Schweizer beeindrucken! Sterletsuppe mit Pastete. Aber nicht zu viel. Zucchini – ein leichtes Gemüsegericht. Béchamelsoße.

Mit einem Partner wie Lidija könnte man gleich morgen ein Restaurant eröffnen. Natürlich nicht im Zentrum von Zürich, aber irgendwo, wo es schön ist, vielleicht in Zollikon oder Kilchberg. Lidija – ein angenehmer Name. Elegant. Auch ihre Figur ist elegant. Die Taille … Kleine Frauen haben doch ihren Reiz. Elisa, so groß und breit, wie sie ist, wirkt nie elegant. Er verzieht das Gesicht.

Lidija zuckt zusammen: Mögen Sie kein Gemüse? Doch, sehr. Besonders Kartoffeln. Wissen Sie, ich bin auf dem Land aufgewachsen, im Krieg. Sie müssen nicht denken, weil die Schweiz neutral war, wäre es uns allen gut gegangen. Während des Krieges ging es uns schlecht. Zu essen gab es nur Kartoffeln und Milch. Gesunde Nahrung. Aber bäuerlich, einfach. Und karg. Sie kochen wunderbar. Haben Sie mal in einem Restaurant gearbeitet? Sie könnten Chefköchin sein.

Nein, ich koche nur für Freunde. Ich bewirte gern Freunde. Jawohl, du kleiner Deutscher! In Russland besuchen die Leute einander, oft sogar, kochen für ihre Gäste und backen Kuchen.

Haben Sie viele Freunde? Nicht sehr viele. Ich lege in allem Wert auf das Beste, darum habe ich nicht sehr viele Freunde. O ja, Qualität ist sehr wichtig. Das ist die Grundlage für alles – Qualität. Die Firma, die ich vertrete, existiert seit sechzig Jahren, weil sie Farben von bester Qualität herstellt.

Die Firma gehörte Elisa, und das war die Wurzel allen Übels. Wenn sie einem Fremden gehört hätte, irgendwem …

Oder ihm selbst, Martin … So aber hatte seine Lackfarben-Gattin ihn fest im Griff, und manchmal erwachte er von einem furchtbaren Traum: Er steht in Farbe und kann seine Beine nicht herausziehen, sosehr er sich auch anstrengt und strampelt, und dann bemerkt er, es sind gar nicht seine Beine, es sind Mäusebeine.

Erlauben Sie? Ihre kühle Hand berührt seinen Arm, als sie den Teller abräumt. Kaffee? Tee?

Schon vor seiner Reise hatte er fest geplant, sich in Moskau eine russische Prostituierte zu nehmen. Doch dann stellte sich heraus, dass es hier gar keine speziellen Etablissements gab, wie zum Beispiel in Amsterdam, wo er einmal eine sehr hübsche Chinesin gehabt hatte, und eine Frau von der Straße mitzunehmen, fand er zu riskant. Dabei liefen eine Menge davon herum, auf dem Messegelände und auch vor dem Hotel Moskwa, in dem er wohnte. Allerdings wirkten sie alle zu jung, er argwöhnte, dass er mit ihnen in eine heikle Geschichte geraten könnte. Davor hatte man ihn schon in Zürich gewarnt. Lidija aber war eindeutig eine anständige Frau, mit Kaviar und Tafelsilber. Trotzdem – als sie mit ihrer nackten Hand seinen nackten Arm berührte, ahnte er, dass vielleicht … Allein der Gedanke erregt ihn. Er fragt nach der Toilette. Lidija führt ihn hin. Alles ist sehr sauber, wenngleich furchtbar primitiv. Aber dafür Kaviar … Er muss einen Moment warten, bevor er pinkeln kann. Jedenfalls, diese Frau interessierte ihn. Zweifellos.

Das Waschbecken war in der Küche. Er ging hinein. Lidija stand mit dem Rücken zu ihm, den langen Hals über den Herd gebeugt, wo sie Kaffee kochte. Zwei kleine Löckchen ringelten sich auf ihrem Hals. Und ihre Beine waren einfach toll, schlanke Fesseln, die Füße einer Tänzerin. Hohe Absätze. Er wartete, bis sie das Gas ausgeschaltet und den Kaffee heruntergenommen hatte, dann legte er den linken Arm um ihre Taille und zog sie mit dem rechten an sich. Sie neigte ihr Gesicht auf seine Schulter, und er wusste, dass alles funktionieren würde, sogar bestens, denn auch mit Elisa funktionierte alles, wenngleich mehr schlecht als recht, hier aber war er so inspiriert …

Bis zum späten Abend bearbeitete er Lidija, erfüllte seine ganze Monatsnorm. Er hatte sich nie als Gigant gefühlt, doch an diesem Tag war in ihm etwas Gigantisches aufgebrochen, dank dieser Frau mit der schmalen Taille, dieser ungewöhnlichen, geheimnisvollen Frau, die schwarzen Kaviar besaß, aber kein Bad, nicht einmal eine Dusche, Silberbesteck und unrasierte Achselhöhlen, und die dabei so gebildet war – an den Wänden hingen lauter gerahmte Diplome, mindestens acht Stück – und die eine Großmutter hatte mit den Initialen K. R., noch dazu in Sütterlinschrift. Aber kein simples Telefon …

Ja, ja, die Schweizer Frauen waren einfach Kühe, Polinnen waren geizig, Chinesinnen käuflich. Diese russische Lidija dagegen war ein wahres Wunder, eben eine geheimnisvolle russische Seele. Woher hatte er das nur, wer hatte das gesagt? Vielleicht ihr großer Schriftsteller Leo Tolstoi oder sein Lehrer in Niederdorf.

Dann, spät in der Nacht, aßen sie wieder schwarzen Kaviar mit Weißbrot und Butter und tranken Sekt – durchaus akzeptablen Sekt. Wenn sie Lehrerin ist, wie kommt sie dann zu Sekt? Und morgen, nein heute schon, reist er ab, er kann ihr nicht einmal ein schönes Geschenk machen. Allem Anschein nach stammt sie aus einer höchst ehrbaren Familie, vielleicht aus dem Adel, hier ist nicht die Schweiz, hier gibt es Grafen, Fürsten, Barone … Aber vielleicht ist sie im Gegenteil KGB-Agentin? Mit dem Auftrag, ihn auszuspionieren? Bei dem Gedanken wird ihm kalt bis in die Eier. Nein, das kann nicht sein.

Am nächsten Tag begleitete ihn Lidija furchtlos nach Scheremetjewo. Der Flughafen hatte etwas Feierliches und roch intensiv nach Ausland. Natürlich tauschten sie ihre Adressen aus, doch das war Schall und Rauch, der Rauch eines Traums, ohne jede Bedeutung. Von Bedeutung war nur, dass Lidija glücklich gewesen war, so glücklich wie noch nie im Leben, aber sie wusste, dass nun die letzten Sekunden ihres Glücks verstrichen und sie diesen Martin nie wiedersehen würde, diesen Mann, der so außergewöhnlich war, solche Männer gab es überhaupt nicht – selbst sein Schweiß war geruchlos, wie bei einem Engel.

Im Flugzeug schlief Martin sofort ein und wachte erst in Zürich wieder auf. Lidija fuhr mit dem Bus in die Stadt zurück und weinte die ganze Fahrt über, auch in der Metro und auf dem Weg durch die Straßen bis zu ihrer Haustür.

Zu Hause wusch sich Lidija, denn sie war eigentlich nicht weinerlich, verzehrte den restlichen Kaviar – viel war nicht mehr übrig –, spülte das Geschirr, putzte das Besteck, sammelte Emilias Porzellan und Tafelsilber zusammen, wickelte jedes Stück einzeln in Zeitungspapier und polsterte es zusätzlich mit zusammengedrehten Papierstreifen, damit nichts kaputtging. Sie packte alles in eine Tasche, die sie am nächsten Tag vor dem Unterricht zu Emilia bringen wollte.

Nach Martins Abreise hatte Lidija viel zu tun: Zwei neue Massagepatienten waren dazugekommen, die Leiterin des Pionierhauses bestellte bei ihr ein Strickkleid aus Mohairwolle, und nachdem Lidija den ganzen Sommer in ihrem Kabinett für außerschulische Arbeit gesessen und Däumchen gedreht hatte, kehrten gegen Ende der Ferien die Schüler allmählich zurück, jeden Tag schaute jemand vorbei. Doch das Wichtigste waren nun die deutsche Sprache und die Postkarten. Das hatte Lidija beschlossen: Erstens neue Deutschkurse, zweitens Postkarten, Reproduktionen von russischen Gemälden oder Landschaftsansichten.

Sie schickte jede Woche eine Postkarte: Steckte sie in einen Umschlag, klebte eine hübsche Marke drauf, und auf der Karte standen ein paar Sätze, etwa: »*Hier eine der schönsten Landschaften unserer nördlichen Natur. Ich wünsche Ihnen Glück, Gesundheit und Erfolg im Beruf. Lidija.*« Oder: »*Das Gemälde des berühmten russischen Malers Surikow ›Der Morgen der Strelitzenhinrichtung‹. Einem historischen Ereignis gewidmet, als der junge Zar Peter I. die Verschwörung seiner Schwester Sofja zerschlug. Ich wünsche Ihnen Glück, Gesundheit und Erfolg im Beruf. Lidija.*« Einerseits kulturvoll, andererseits unaufdringlich. Aber sie brachte sich in Erinnerung.

Die Karten gingen nicht an seine Adresse, sondern an ein Postfach. Dank der sonderbaren Launen der Post erreichten sie ihren Empfänger nach zwei Wochen, sie dagegen bekam den ersten Brief von ihm erst nach fast zwei Monaten. Sie hatte zwar fest damit gerechnet, nahm es aber dennoch als Wunder. Oder so: Sie war sicher gewesen, dass ein Wunder geschehen und sie einen Brief von Martik bekommen würde. So nannte sie ihn im Stillen vom ersten Tag an.

Lidija erinnerte sich genau, in allen Einzelheiten, an diesen Tag, an den Morgen, als sie im Briefkasten diesen Umschlag fand, der schneeweiß war wie eine Ohnmacht und auf dem eine Briefmarke mit einer Gebirgslandschaft prangte und ihre Adresse in zierlicher schwarzer Schrift – es war wie im Film. Sie zog einen Lederhandschuh aus und nahm den Umschlag in die bloße Hand, und obwohl sie eigentlich sofort losmusste, um nicht zu spät zur Arbeit zu kommen, ging sie noch einmal nach oben, zog Mantel und Schuhe aus und setzte sich an den Tisch, um den Brief zu lesen. Doch das Erste, was sie aus dem Umschlag nahm, war ein Foto: Martin in knielangen weißen Shorts und weißem T-Shirt vor einem Zaun, einen Tennisschläger in der Hand. Ihr stockte regelrecht das Herz.

Und dann der Brief! Was für ein Brief! Die Anrede exakt in der Mitte »*Meine liebe Lydia!*«, akkurate Ränder, wie von einer unsichtbaren Linie begrenzt. Und jeder Satz begann auf einer neuen Zeile. Doch seltsamerweise konnte sie, obwohl alles sehr deutlich geschrieben war, kein Wort entziffern. Die Buchstaben sahen bei ihm alle irgendwie anders aus.

Jedenfalls faltete sie den Brief zusammen, steckte ihn in einen großen Umschlag und lief zur Arbeit, denn an diesem Tag betreute sie Sechstklässler auf einem heimatkundlichen Ausflug in die Schokoladenfabrik »Roter Oktober«.

Am Abend drehte Emilia Karlowna den Brief lange hin und her, betrachtete ihn von allen Seiten und sah Lidija mit neuem Interesse an: Dieses Mädchen war sozusagen ihr Produkt. Emilia hatte damals ein Sommerhaus bei Moskau gemietet, um neunzehnhundertachtundfünfzig, Iwan Saweljewitsch lebte noch, ja, genau, achtundfünfzig war das gewesen, und die Nichte der Vermieterin, das Waisenmädchen Lidija aus Weißrussland, half im Haushalt. Ein stilles Mädchen, scheu und ohne besondere Fähigkeiten – so schien es Emilia Karlowna anfangs. Am letzten Tag vor der Abreise beschloss sie dennoch, sie mitzunehmen. Sie fragte die Vermieterin, wie hieß sie noch, nein, sie kam nicht drauf – doch, Nastja hieß sie, und die ließ das Mädchen gern gehen. Lidija war damals noch keine sechzehn. Einen Ausweis bekam sie dann in Moskau; das regelte Iwan Saweljewitsch, Oberst im Ruhestand, über seine Kaderabteilung. Polizeilich gemeldet wurde Lidija in einem Arbeiterwohnheim, doch sie wohnte bei ihnen, in der Kammer neben der Küche.

Nun hielt Emilia respektvoll den Brief in der Hand und sah Lidija mit ganz neuen Augen: Alle Achtung, Mädchen, alle Achtung! Aus miserablen Bedingungen, im Grunde aus dem Nichts, hatte sie allerhand gemacht: Studium, eine eigene Wohnung, sogar ihr unvorteilhaftes Äußeres hatte sie veredelt, sie besaß tatsächlich Stil. Offen gesagt, Emilias Tochter Lora hatte weniger erreicht, relativ gesehen. Emilia Karlowna hätte Lidija gern erzählt, dass sie vor dem Krieg mehrmals in Zürich gewesen war, mit ihrer Großmutter, auch in Genf und in Paris, aber die Gewohnheit, nie jemandem von sich zu erzählen, war zu stark. Seit fünfundvierzig, seit sie Iwan Saweljewitsch begegnet war, wusste sie: Im gegenwärtigen Leben kam es vor allem darauf an, zu schweigen. Iwan hing sehr an ihr, sehr, doch auch ihm, dem NKWD-Hauptmann, hatte Emilia nicht das Geringste von sich erzählt. Nur, dass sie aus einer armen lettischen Familie stammte und ihr Vater ein hochqualifizierter Arbeiter war. Oh, bei uns in Lettland wurden Fachleute immer geschätzt.

Er war Werkzeugmacher, ein erstklassiger Spezialist! Iwan, selbst aus Arbeiterkreisen, gab sich damit zufrieden. Doch dass ihr Vater von Partisanen getötet worden war, weil er als Chef eines Sonderkommandos während der deutschen Besatzung das »Judenfrei«-Programm mit großem Eifer umgesetzt hatte, das erzählte sie ihm nicht.

Auch Lidija war verschwiegen. Sie wusste Bescheid, redete aber nicht darüber. Auch sie wahrte ein Geheimnis. Ihr Vater war nach der Befreiung Weißrusslands durch die Rote Armee verhaftet und vierundvierzig wegen irgendwelcher Vergehen gegen die Sowjetmacht erschossen worden. Weswegen genau, hatte Lidija vergessen oder nie gewusst. Er hinterließ elf Kinder und eine ausgebrannte Kate. Von den elf überlebten drei. Sie wollten einander nicht mehr sehen, gingen auseinander, zogen in alle vier Winde. Der älteste Bruder war wohl zum Militär gegangen, die Schwester lebte in Naltschik oder Pjatigorsk. Das alles war für immer vergessen. Für Emilia und auch für Lidija.

Emilia war beinahe eine Schönheit gewesen: Groß, vollbusig, über der Stirn eine Tolle aus gefärbtem Haar und ein Hintern wie eine pralle Birne, wie zwei pralle Birnen. Iwan Saweljewitsch war in ihrer Wohnung einquartiert, bis er eine eigene Dienstwohnung bekam. Die Dienstwohnung bezog er bereits mit Emilia. Auch Lora, Emilias Tochter, nahm er auf, gab ihr später sogar seinen Familiennamen.

Alle alten Papiere – Fotos, diverse Bescheinigungen, Diplome, Briefe – waren verbrannt, in großen und kleinen Feuern, zufälligen und absichtlichen, nur das Tafelsilber und das gute Geschirr waren von den alten Zeiten übrig – dagegen hatte Iwan Saweljewitsch nichts einzuwenden. Er gewöhnte sich rasch daran; von der Aluminiumschüssel zum Silbergeschirr wechselt man schnell, umgekehrt ist es schwerer. Aber das musste er nicht. Emilia verwöhnte ihn bis zu seinem Tod, nicht, weil sie ihn so sehr liebte, sondern aus Anstand. Dazu erzog sie auch Lidija. Bei Lora dagegen gelang ihr das nicht ganz.

Der Brief kam von einem anständigen Menschen, das war offenkundig. Er dankte Lidija für die wunderbare Aufnahme, bekannte, noch nie eine so kultivierte Frau kennengelernt zu haben, spielte sogar auf ihre unvergleichlichen weiblichen Qualitäten an, und dann erklärte er, er habe ihr gegenüber nicht gleich bekennen können, dass er verheiratet sei, denn anfangs sei ihm das vollkommen belanglos erschienen, und dann habe er sie nicht mehr zu enttäuschen gewagt. Er habe nicht ahnen können, dass er nach seiner Rückkehr in die Schweiz ständig an sie denken würde, sie beschäftige seine Gedanken so sehr, dass die Beziehung zu seiner Frau völlig zerrüttet sei. Nun denke er über seine Zukunft nach, er müsse neue Entscheidungen treffen, und das sei so schwer, dass ihm der Kopf schwirre …

Nachdem Emilia den Brief vorgelesen hatte, konnte auch Lidija ihn entziffern. Er schrieb die Buchstaben »r«, »n« und »k« eigenwillig, das »i« sah aus wie ein »t«, aber wenn man sich daran gewöhnt hatte, konnte man es durchaus lesen. Zum Schluss zog Lidija ihre Trumpfkarte – das Foto. Emilia betrachtete es lange, dann äußerte sie ihre Diagnose.

»Hör zu, Lidija: Das ist etwas Ernstes. Du musst daran arbeiten, aber ohne große Hoffnung auf Erfolg. Eine seeehr komplizierte Geschichte.«

Ach, meine Lora ist dumm, so dumm, dachte Emilia gereizt. Bei ihren Voraussetzungen – und dann dieser jämmerliche Jude Shenja. Sie sagte: »Schreib die Antwort auf Russisch, ich übersetze sie dir, damit sie anständig wird.«

Lidija schrieb drei Tage daran. Der Brief verblüffte Emilia: Anständig war gar kein Ausdruck, er war elegant!

Noch mehr aber verblüffte der Brief Martins Frau Elisa, die im Schreibtischfach ihres Mannes auf der Suche nach der Kopie einer vermissten Quittung ein Päckchen aus zwölf Kunstpostkarten und ebendiesen eleganten Brief fand, aus dem hervorging, dass sich Martin in Russland eine Frau angeschafft hatte, was Elisa anhand einiger anderer Anzeichen ohnehin geahnt hatte. Nun kam es zu einem Ehekrach – post festum. Martin hätte sein Liebesabenteuer möglicherweise überwunden, es wäre ganz von selbst zu einer Episode seiner insgesamt recht bescheidenen sexuellen Biographie geworden, und Lidija hätte sich eingereiht neben die Polin und die einmalige Chinesin, als einmalige Russin, doch Elisa brach einen Ehekrach vom Zaun und warf Martin unsanft männliches und generelles Versagen vor, während er doch jetzt genau wusste, dass er zu Großem fähig war, wenn eine Dame ihn bewunderte und seine müden Füße in eine Schüssel mit kaltem Wasser stellte. Und da, erstarrend ob seiner unbegreiflichen, scheinbar von einem anderen geborgten Kühnheit, sagte er mit stillem Stolz zu Elisa, ja, er liebe die russische Frau, sei aber bereit gewesen, dieses Gefühl zu unterdrücken, doch wenn sie, Elisa, die Scheidung wolle, dann habe er, Martin, auch nichts dagegen.

Elisa zog den Stapel Postkarten mit den verräterischen russischen Motiven und das Kuvert mit Lidijas elegantem Brief halb aus ihrer scheußlichen Krokodilledertasche, hob vielsagend eine Braue und sagte etwas von einem Anwalt. Martin wusste auch ohne Anwalt nur zu gut, dass man ihn um die zwölf Jahre Arbeit im Farbengeschäft betrügen würde. Dass er die Firma wieder auf die Beine gebracht und alle Schulden getilgt hatte, die nach der Auszahlung des Erbteils an Elisas Bruder geblieben waren, dafür würde ihm kein Heller angerechnet werden, seine ganze Arbeit war für die Katz. Vielleicht blieb ihm ja wenigstens ein Anteil am Haus, aber wer weiß, wie Elisa den Brief verwenden würde … An diesem Abend schrieb Martin einen außerplanmäßigen Brief an Lidija, in dem er ihr mitteilte, er werde Weihnachten nach Russland kommen, und einen zweiten Brief an seinen Anwalt, mit der Bitte um einen Termin.

Der Scheidungsprozess samt Güterteilung dauerte über ein Jahr, endete aber für Martin überraschend vorteilhaft. Er war nicht Teilhaber der Firma, hatte jedoch von Elisa kein Gehalt bezogen, und nun wurde sie verpflichtet, ihm eine Entschädigung zu zahlen, und zwar eine recht erhebliche, für seine gesamte zwölfjährige Arbeit.

In den zweieinhalb Jahren bis zur erneuten Heirat sah Martin Lidija ganze sechs Tage, bei zwei Besuchen. Er überzeugte sich davon, dass Lidija ein wahrer Schatz war: Massagen, Fürsorge, Essen, Sex – alles war erstklassig.

Lidija und er hatten gemeinsam beschlossen, ihre Begegnungen im Namen ihres großen Vorhabens einzuschränken. Martin sparte verbissen: Nach der Scheidung hatte ihm Elisa überraschend angeboten, als Angestellter in der Firma zu bleiben, und nach gründlichem Überlegen hatte er eingewilligt. Nun bezog er ein sehr anständiges Gehalt. Wenn er auf die Entschädigung noch einmal dieselbe Summe drauflegte, würde er nach der Hochzeit ein kleines Restaurant eröffnen können.

Auch Lidija bereitete sich zielstrebig auf ihr neues Leben vor: Mit geheimnisvollem Lächeln kündigte sie und wechselte von der Kultur zur Gastronomie – sie fand eine Stelle als Hilfsköchin im Restaurant des Hotels Zentralnaja. Dort pflegte man die russische Küche. Allerdings, wie Lidija sehr bald feststellte, eine ziemlich primitive. Was bestellten Ausländer schon? Plinsen mit Kaviar, Borschtsch, Wodka – ohne große Raffinessen. Vielleicht waren Raffinessen ja auch gar nicht nötig? Außerdem bekam Lidija Einblick in diverse organisatorische Einzelheiten. Nach rund drei Monaten hatte ihr das Hotelrestaurant nichts mehr zu bieten, alles, was man dort lernen konnte, beherrschte sie inzwischen. Sie stand vor einer neuen Aufgabe: möglichst viel Geld zu verdienen für ihre Aussteuer, um nicht als armes Aschenputtel nach Zürich zu kommen, sondern als echte russische Dame.

Sie brauchte einen grauen Persianermantel, wie Emilia einen hatte, einen Diamantring und Ohrringe. Außerdem wollte Lidija für das künftige Restaurant bemaltes Holzgeschirr kaufen, rot und golden, das machte etwas her. War nur die Frage der Ausfuhr zu klären … Nun schickte sie Martin statt Ansichten von nördlichen Landschaften einen Satz Postkarten mit bemalten Löffeln und Schüsseln – er billigte ihren Geschmack.

Nun, das Märchen ist schnell erzählt – eines Tages war es so weit: Lidija hatte zwei Koffer gepackt mit den besten Sachen, die sie auch in der Schweiz ohne Scham glaubte tragen zu können (ein Irrtum, nur die Sachen, die ihr Martin mitgebracht hatte, waren zu gebrauchen, ihre eigenen wurden alle zu Putzlappen), und eine Zugfahrkarte gekauft. Aus Sparsamkeit. Vom Belorussischen Bahnhof brach Lidija auf zu ihrer Reise in die Stadt mit dem flötenden und fauchenden Namen »Züü-rich«, wo es Keller voll Gold gab und wo Lenin gelebt hatte, wo er am Ufer der Limmat im Café Odeon Strudel gegessen und süße Krümel auf einem Band Marx verstreut hatte. Das Wort »Züü-rich« schmeckte süß.

Im Eisenbahnabteil saß Lidija kerzengerade, den Kopf in den Nacken gelegt, wo ihr schwerer Haarknoten ruhte, und griff sich bisweilen mechanisch mit einem Finger an die Nasenspitze – wenn sie aß, machte sie beim Abbeißen den Mund meist weit auf, und dabei entstand auf ihrer Nasenspitze eine Lippenstiftspur, darum kontrollierte sie das hin und wieder. Draußen glitt die heimische russische Landschaft vorbei, und Lidija, die in den letzten zweieinhalb Jahren nur von dem Augenblick geträumt hatte, da der Zug endlich abfuhr, wurde plötzlich sentimental, musste an weiße Birken denken – aus dem Fenster sah man ausschließlich wild wuchernde Büsche und die für den Stadtrand typischen Müllkippen – und bekam eine Art Heimweh, obwohl – wonach eigentlich, genau das hier war sie doch, die Heimat: Millionen Koljas in Kunstlederstiefeln, Millionen Tanten wie ihre Tante Nastja, die sich kein einziges Mal erkundigt hatte, wie es ihrer Nichte in der Stadt ging, ob sie noch lebte oder schon tot war. Die Einzige, die ihr nahestand, war Emilia Karlowna. Sie allein verstand Lidija. Selbstverständlich. *Selbstverständlich.*

Zwei ältere polnische Händlerinnen, die mit ihr im Abteil saßen, sprachen sie in einem allgemeinslawischen Slang an, doch in Lidija herrschte ein derartiges Durcheinander, dass sie zu ihrer eigenen Überraschung antwortete: *Entschuldigen Sie bitte, ich verstehe nicht.* Die Polinnen begriffen sofort, dass sie sich geirrt und eine Deutsche für eine Russin gehalten hatten, dabei sah man doch gleich, dass sie Deutsche war, mit dem Jerseykostüm von gediegener bürgerlicher Qualität und den Ringen an den Fingern.

Ach, Martik, Martik! Er war eine wahre Belohnung für alles, besonders nach dem zweimaligen Umsteigen! Er holte sie in Zürich vom Bahnhof ab, in einem dunkelgrünen haarigen Mantel, auf dem Kopf einen ebenso haarigen Hut mit schmaler Krempe, hinten hochgebogen und mit einer bunten Feder an der Seite. Einfach wundervoll. Er duftete nach Eau de Cologne, und er nahm die Koffer nicht selbst, wie ein russischer Mann, sondern winkte einen Gepäckträger heran, er küsste Lidija und hakte sie unter. Und ringsum war alles so ausländisch, wie man es nicht einmal im Kino zu sehen kriegte. Lidija erinnerte sich gut an einen Film über Rom, da gab es lauter Schmutz, eine Müllkippe, Ruinen, nicht viel anders als zu Hause, und auch das Essen war genauso ärmlich, die ewig gleichen Makkaroni, und so was zeigten sie im Kino. Klar, warum sie das echte Ausland nicht zeigten – Lidija hatte nicht umsonst zwei Jahre lang die Universität für Marxismus-Leninismus besucht, wo sie allen das Hirn vernebelten.

Das erste Jahr in Zürich war das glücklichste. Ihr Kapital reichte noch nicht ganz, um einen geeigneten Raum für ein Restaurant zu pachten, darum lebten sie sehr sparsam, mieteten ein Studio, keine Wohnung, eine winzige Unterkunft, aber die kostete … Lidija hatte nicht erwartet, dass in der reichen Schweiz alles so teuer war; sie war zwar sehr flexibel, konnte sich gut anpassen, trotzdem war es schwer. Martin kontrollierte alle Ausgaben selbst, er verstand etwas von Buchhaltung. Lidija wollte sofort arbeiten gehen, anfangs war er dagegen, doch dann willigte er ein. Lidija ließ alle ihre Zeugnisse ins Deutsche übersetzen und fand eine Stelle als Maniküre. Martin staunte sogar, wie gut es bei ihr lief. Ende des Jahres pachtete er endlich ein Lokal, bestens geeignet für ein Restaurant, eine ehemalige Kantine, das war gut, denn wenn die Leute einmal daran gewöhnt waren, dass es an einem Ort etwas zu essen gab, gingen sie aus alter Gewohnheit weiter dorthin.

Martin holte seine Cousine vom Lande, eine einfache Frau, faktisch eine Landpomeranze, obgleich sie sich städtisch kleidete. Allerdings nicht besonders gut. Lidija kannte sich inzwischen ein bisschen aus, vielleicht sogar besser als Emilia Karlowna, in welchen Läden die ärmeren Leute einkauften und in welchen die wohlhabenderen. Auch Martin kannte sich bestens aus, denn seine Frau Elisa gehörte zu den Reichen und hatte es ihm beigebracht. Lidija wusste nun, dass nicht alles Ausländische gleich gut war. Manche Feinheiten blieben natürlich rätselhaft, zum Beispiel, warum ein englisches Geschäft noch teurer war als ein Schweizer Laden; die Qualität war absolut nicht zu unterscheiden, beim besten Willen nicht. Oder französische Waren – sehr schön, aber riskant, keine besonders gute Qualität. Ganz zu schweigen von italienischen Sachen.

Vor der Eröffnung des Restaurants schaltete Martin eine Anzeige, schickte Einladungen an seine Bekannten und hängte in der ganzen Gegend Werbezettel aus: Das Restaurant »Russisches Haus« bittet zu einem russischen Abendessen. Sie stellten einen russischen Kellner ein, er war ein bisschen wunderlich und auch kein richtiger Russe, eine displaced person, aber das Wort »Borschtsch« beherrschte er perfekt. Einen zweiten, einen Schweizer, engagierten sie nur für dieses eine Mal.

Der erste Abend im Restaurant war ein Erfolg. Es war der letzte glückliche Tag in Lidijas Leben. Am nächsten Morgen war alles vorbei. Um sechs, zur üblichen Aufstehzeit, wachte Martin nicht auf. Er schlief und schlief. Erst wollte Lidija ihn nicht wecken – er war erschöpft, sollte er ruhig ausschlafen. Um zehn versuchte sie ihn zu wecken, doch er wurde nicht wach. Er lag auf der Seite, einen Arm irgendwie unbequem abgewinkelt. Lidija berührte ihn – er war ganz kalt. Martin atmete zwar noch, kam aber nicht zu sich, und er war sehr schwer. Lidija rief einen Arzt, und Martin wurde sofort ins Krankenhaus gebracht. Schlaganfall. Das war's. Lidija rechnete sofort nach: Ihr glückliches Leben hatte ein Jahr und einundzwanzig Tage gedauert. Von ihrer Ankunft bis zum Schlaganfall. Was nun kam, war ein Alptraum.

Ein Glück, dass hier alle Krankenhäuser so waren wie zu Hause nur das Kremlkrankenhaus. Die Schwestern machten alles, Windeln wechseln und füttern. Nicht einmal für den Nachtdienst musste man zahlen. Als Iwan Saweljewitsch damals im Krankenhaus lag – Krebs –, da hatten sie, Emilia und Lora sich alle drei die Hacken abgerannt. Lidija begriff, was für ein Glück sie mit dieser Schweiz hatte. Martin wurde eine Weile künstlich ernährt, dann fütterten ihn die Schwestern. Drei Monate keine Veränderung, Lidija wusste nicht einmal, ob er sie erkannte. Manchmal sah es so aus, dann wieder nicht. Laufen konnte er nicht. Aber er saß jetzt im Rollstuhl. Lidija besuchte ihn immer vormittags, ein weiter

Weg, zwei Buslinien, dreieinhalb Stunden. Dabei lief das Restaurant ja weiter. Wann sollte sie einkaufen und kochen? Sie meldete sich bei einer Fahrschule an. Lidija hatte zwar ein Auto, aber keinen Führerschein. Dumme Pute, blöde Gans, beschimpfte sie sich, hast so viel Überflüssiges gelernt, aber nicht Autofahren. Die Fahrschule dauerte drei Monate, dreimal die Woche vier Stunden. Eine einzige Schinderei. An guten Tagen schlief sie fünf Stunden, an schlechten kam sie kaum auf drei. Martin tat ihr leid, doch für Mitleid war keine Zeit. Er war wie ein kleines Kind, am Kopf klebte feiner Haarflaum. Nachdem Lidija ihn aus dem Krankenhaus geholt hatte, brachte sie ihn auf Vordermann, jeden Tag eine Stunde lang Massage. Die Ärzte sagten, er komme nicht wieder auf die Beine, aber das linke Bein, das gelähmt war, wurde allmählich kräftiger. Nach drei weiteren Monaten stand er schon wieder, er hielt sich an der Lehne seines Rollstuhls fest und stand.

Das Restaurant lief indessen gut, Lidija gab es nicht auf. Natürlich musste sie Zugeständnisse machen, zum Beispiel Tagesgerichte. Doch das Leben in der Schweiz erwies sich als furchtbar schwierig. Für alles musste man zahlen. Strom, Wasser, Benzin, Müllabfuhr, und erst die Steuern – das war ein Kapitel für sich. Wieder musste Lidija Lehrgänge besuchen, umsonst klärte einen niemand auf. Anfangs hatten die Schweizer Lidija gefallen, wegen ihrer Höflichkeit und Sauberkeit. Aber sie waren auch sehr gewitzt. Früher, zu Hause, war sich Lidija selbst sehr schlau vorgekommen. Doch hier waren alle ebenso schlau, sie berechneten alles im Voraus.

Das russische Restaurant kam bei den Schweizern gut an, denn sie stellten schnell fest, dass sie dort für wenig Geld sehr anständiges Essen bekamen. Wäre Lidija nicht allein gewesen, hätte sie schon nach einem Jahr den Gastraum erweitern, die Sommerveranda ausbauen können. Sie hätte sich auch nicht gescheut, ein größeres Lokal zu pachten. Wäre Martin ein gesunder Mann gewesen und kein Invalide.

Doch zum Klagen oder Nachdenken war keine Zeit, Lidija hatte alle Hände voll zu tun: Morgens Martin waschen, dann eine kleine Massage, danach auf den Topf, anschließend füttern. Alle zwei Tage fuhr sie zu Frau Temke, Gemüse vom Bauernhof holen, alle zwei Tage zu verschiedenen Fleischern. Fisch wurde geliefert, Gewürze, Mehl und Teigwaren kaufte sie selbst im Großhandel, aber nur alle zwei Wochen. Das Kochen übernahm sie allein. Alles war gut durchorganisiert, sie musste eine große Kühltruhe anschaffen und fror vieles ein, auch wenn sie das nie zugegeben hätte. Eigentlich war das in der Schweiz nicht üblich. Doch die Fleischfüllung für die Blintschiki bereitete sie einmal in der Woche zu und packte sie dann in die Gefriertruhe. Fisch natürlich nicht, der verlor zu sehr an Geschmack. Aber im Grunde verstanden die Schweizer nicht viel von gutem Essen. Sie schätzten vor allem die großen Portionen.

Lidija zitterte das ganze Jahr vor Angst, dass sie nicht über die Runden kommen würde, doch am Jahresende stellte sich heraus, dass sie nicht nur über die Runden gekommen war, sondern sogar einen kleinen Überschuss erwirtschaftet hatte. Den brachte sie zur Bank, auf ein eigenes Konto. Und da begriff sie den Sinn des Schweizer Lebens. Wäre Martin gesund geblieben, hätte sie diesen Sinn im Nebel des ehelichen Glücks vielleicht nie erkannt. Aber da das vorbei war, entdeckte Lidija, dass das Glück hier in Zahlen ausgedrückt wurde. Je größer die Zahl, desto größer das Glück. Doch es ging nicht nur um bloße Zahlen, es war raffinierter: Andere mussten deinen Erfolg würdigen, deinen Verstand und dein Talent an unauffälligen Zeichen ablesen können. Lidija ließ zweimal im Jahr den Zaun streichen. Pflanzte auf der Terrasse neue Blumen. Hängte englische Vorhänge auf. Kenner nahmen das wahr … Schuhe von Bali, ein echter Lodenmantel. Schade, dass Emilia Karlowna das nicht sehen konnte.

Lidija warf Martiks Cousine raus, die war nur im Wege – obwohl sie eine echte Schweizerin war, hatte sie keine Ahnung vom Leben. An ihrer Stelle engagierte Lidija andere Helferinnen. Eine tüchtige Jugoslawin, ebenfalls mit einem Schweizer verheiratet, und eine sehr hässliche Frau, die humpelte, aber sehr rührig und verständig war. Ihr überließ Lidija sogar das eine oder andere Unkomplizierte am Herd. Später stellte sich heraus, dass sie Jüdin war. Ein weiterer Kellner war Italiener. Italiener sind bekanntlich die geborenen Kellner: freundlich, immer ein Lächeln und einen Scherz auf den Lippen. Allerdings nicht immer redlich. Doch bei Lidija stahl keiner, da passte sie auf. Ein guter Ruf war kein Klacks, den bekam man für kein Geld der Welt. Er war wie ein Samenkorn – einmal gepflanzt, musste er ständig gegossen, gehegt und gepflegt werden, damit er wuchs und gedieh. Ein Jahr, zwei Jahre, drei. Ein Jahr, zwei Jahre, drei …

Martik war abgemagert, verfallen, ein Greis. Dafür galt Lidija, in Russland fast als hässlich angesehen, hier als attraktiv, wurde mitunter sogar für eine Französin gehalten. Sie brachte ihrem Mann wieder das Laufen bei, er humpelte jetzt am Stock durchs Haus und ging im Garten spazieren.

Lidija kaufte ihm einen Rassehund, einen grauen Zwergpudel, den sie Milok nannte. Miloks Unterhalt kostete ein Vermögen – Impfungen, Tierarzt usw. Doch auch in diesem Fall hatte Lidija richtig kalkuliert. Die Schweizer waren tierlieb; wenn Familien zum Essen kamen, spielten die Kinder mit Milok, und später lagen sie ihren Eltern in den Ohren, sie wollten wieder mit dem russischen Hund spielen. Eine gute Klientel. Die Kinder nannten Martik »Hunde-Opa«.

Als das Leben mit dem russischen Restaurant und dem behinderten Ehemann wie am Schnürchen lief, besuchte Lidija aus alter Gewohnheit wieder Lehrgänge. Zwei Jahre lang lernte sie Französisch, das sie anschließend perfekt beherrschte. Sie dachte an Englischkurse. Sie hätte gern Skilaufen gelernt, doch das Restaurant, Martik und Milok mehrere Tage allein zu lassen war undenkbar. Auch wenn sie nun nicht mehr am Herd stand, dafür hatte sie zwei Köche angelernt. Zweimal in der Woche ging sie ins Schwimmbad und manchmal in einen Frauenklub, zu Treffen mit anderen Geschäftsfrauen. Nach ein, zwei derartigen Treffen erkannte sie, dass es ihr im Leben an Anerkennung fehlte. Diese Frauen trugen ebenfalls Bali-Schuhe, Nerze und Orient-Uhren, und es kränkte Lidija ein wenig, dass das für diese Frauen ganz alltäglich war – sie konnte ihnen schließlich nicht erklären, dass sie alle dumme Haushühner waren gegen sie, Lidija; sie waren in der Schweiz geboren, in Rahm und Butter, sie dagegen war in einer Hütte mit nacktem Erdboden und Strohdach zur Welt gekommen, war bis zum fünfzehnten Lebensjahr nur barfuß oder in Filzstiefeln rumgelaufen, und einen Schlüpfer hatte sie zum ersten Mal in Moskau getragen, als sie das große Glück hatte, dass eine gute Frau sie als Hausmädchen zu sich nahm, bis dahin war sie, wie alle weißrussischen Bäuerinnen, ohne Unterhosen ausgekommen. Sie empfand einen dumpfen Ärger. Ein alter, unterdrückter und nie zu Ende gedachter Traum, der wie ein Krankheitskeim in ihr saß, lebte wieder auf, wuchs und gewann konkrete Konturen: In den hinteren Teil ihres Terminkalenders, der für Persönliches gedacht war und wo Geschäftsfrauen die Termine ihrer Rendezvous mit Geliebten, Frauenärzten oder Schönheitschirurgen eintrugen, schrieb Lidija nun eine Liste, in der sie festhielt, was und wie viel sie für einen Besuch in Moskau kaufen musste. Dort lebte der einzige Mensch, der ihren enormen Aufstieg richtig würdigen konnte.

Wie bei allen ihren Unternehmungen durchdachte Lidija erst einmal alles gründlich. Sie hatte keine Verbindungen mehr nach Moskau: Emilia Karlowna hatte beim Abschied gesagt, sie wünsche ihr alles Gute, bitte sie aber, von Briefen und Anrufen abzusehen. Damals bekam Lora gerade erste Probleme, weil ihr Mann Shenja ständig irgendwelche Aufrufe unterschrieb, wahllos herumschwatzte und die Familie damit in unvermeidliche Schwierigkeiten brachte. Lora hing verzückt an seinem Mund, sie hatte keinen eigenen Kopf und hörte nicht auf den Rat ihrer Mutter. Emilia Karlowna hasste die Sowjetmacht, verbarg jedoch ihre Gefühle auf dem Grund ihrer starken Seele und verachtete von ganzem Herzen den Schwachkopf Shenja, der schwatzhaft war wie ein dummer Papagei. Lidijas Bekannte aus dem Pionierpalast und von anderen Stellen, wo sie gelernt und gearbeitet hatte, waren nicht einmal die Ausgabe für die Briefmarken wert. Lidija hatte nur eine einzige vertraute Freundin, ihre Nachbarin Warja, zu der hatte sie anfangs eine lose Verbindung aufrechterhalten, diese aber nach dem Unglück mit Martik abgebrochen. Was hätte sie auch schreiben sollen?

Nun schrieb Lidija an Warja, bat sie, Emilia anzurufen und sich zu erkundigen, wie es ihr ging. Warja erfüllte ihre Bitte und teilte ihr mit, Emilia wohne noch am gewohnten Ort.

Lidija kaufte sich eine solide Reisetasche – bislang war sie nicht verreist und hatte keine besessen. Dann begann sie, ihrer Liste entsprechend Geschenke für Emilia zu kaufen. Sie wollte sie von Kopf bis Fuß einkleiden. Von allem das Beste. Eine komplette Ausstattung, wie für ein Neugeborenes. Nun verbrachte Lidija ihre Freizeit in Geschäften. Nach Weihnachten, als die großen Sonderverkäufe begannen, vollendete sie ihren Einkaufsfeldzug, für den sie fast ein halbes Jahr gebraucht hatte. Der karierte Bauch der Tasche schluckte erstklassige Waren im Wert von knapp dreitausend Schweizer Franken. Unterwäsche, Strümpfe, Strumpfhosen. Sandaletten, Schuhe, Stiefel. Ein Kostüm aus Wolljersey, eins aus Seide, Blazer, Hut, Schal. Tasche, Handschuhe. Alles Ton in Ton. Denn Lidija hatte Geschmack. Emilias Schule.

In der Handtasche lag überdies eine goldene Uhr Marke Orient in einem Etui, das für sich allein schon ein Meisterwerk Schweizer Handwerkskunst war.

Dann buchte Lidija eine dreitägige Individualreise in die Hauptstadt ihrer Heimat Moskau mit Unterbringung im Hotel Moskwa.

Über zehn Jahre waren vergangen, seit Lidija Martin das erste Mal zum Flug nach Zürich gebracht hatte, nach dem denkwürdigen, schicksalsträchtigen Essen mit Fußwaschung und schwarzem Kaviar. Scheremetjewo hatte sich nicht verändert. Gänse-Lidka war kein schöner Schwan geworden, doch es war auch nichts mehr von ihrem früheren Ich geblieben. Sie war nun Bürgerin der Schweiz, Frau Gropius im bescheiden aussehenden Stoffmantel mit weichem Futter aus Kängurufell. Ein Gepäckträger trug ihren kleinen Koffer und ihre Reisetasche, abgeholt wurde sie von einer Dolmetscherin des Intourist-Büros im Rang eines KGB-Leutnants mit Dienstlächeln und einem Blatt Papier, auf dem Lidijas Name stand. Ein Taxi brachte sie zum Manegeplatz. Während der Fahrt wurde Lidija übel – vor Aufregung. Die Dolmetscherin sprach mit ihr in schlechtem Deutsch, Lidija offenbarte ihr Russisch nicht. Wozu? Sie aß im Restaurant im ersten Stock. Fleischsalat und Sülze. Sie kostete und legte die Gabel beiseite. Ihr war übel.

Am nächsten Tag machte die Dolmetscherin mit ihr eine Stadtrundfahrt, zeigte ihr das Panoramagemälde der Schlacht bei Borodino und die Universität auf den Leninbergen. Mittag aß sie im Restaurant Zentralny. Russische Küche. Der Empfangschef war noch derselbe. Natürlich erkannte er Lidija nicht. Am Abend Bolschoi-Theater, »Schwanensee«. Sie saß in der dritten Reihe, in einem violetten Seidenkostüm, mit einer pfeilförmigen Brillantbrosche. Neben ihr saßen Amerikaner. Eine Amerikanerin trug Lockenwickler und ein Nylonnetz darüber. Sie wollten nach dem Ballett ins Restaurant. Die Locken brauchte sie offenbar für das Abendessen. Das Ballett war großartig. In Zürich gingen Martik und sie nicht oft ins Theater. Hier in Moskau hatte sie sich damals oft Karten besorgt, fürs Taganka-Theater, für das Theater in der Bronnaja …

Am Tag darauf, am Sonntag, sagte sie zur Dolmetscherin,

sie habe Kopfschmerzen und lasse das Programm heute ausfallen. Die Dolmetscherin erbot sich, einen Arzt zu schicken, doch Lidija lehnte ab. Obwohl sie wirklich Kopfschmerzen hatte und ihr erneut übel war. Um zwei Uhr nachmittags verließ sie mit der Reisetasche das Hotel. Mit dem Taxi brauchte sie fünf Minuten – Emilia wohnte am Majakowskiplatz. Vor dem grauen Ziegelhaus in der Zweiten Twerskaja Jamskaja stieg Lidija aus. Das Haus, nach dem Krieg für die Mitarbeiter der wichtigsten Behörde des Landes gebaut, stand im spitzen Winkel zur Straße. Hier hatte Iwan Saweljewitsch kurz vor seiner Pensionierung eine Zweizimmerwohnung bekommen. Sie stieg hinauf in den dritten Stock. Dachte daran, wie sie vor rund dreißig Jahren zum ersten Mal diese Gemächer betreten hatte. Gas. Strom. Heißwasserboiler. Bad und Toilette – das alles sah sie damals zum ersten Mal.

Die Klingel war noch dieselbe, ein weißer Knopf in einem schwarzen Holzbett. Sie drückte darauf. Auch der Klang war noch derselbe. Jemand öffnete, ohne nach ihrem Namen zu fragen. Lora. Zu wem möchten Sie? Zu Ihnen. Zu Emilia Karlowna. Ich bin Lidija. Erkennst du mich denn nicht, Lora?

»Lida! Lidotschka! Dich schickt der Himmel!«, freute sich Lora.

In jenen Jahren war jeder Ausländer eine große Kostbarkeit: eine Möglichkeit, Briefe oder Dokumente ins Ausland zu schicken. Die gesamte offizielle Post wurde durchleuchtet. Lidija registrierte gereizt: Sieh mal an, mit einer Tasche aus Zürich bin ich Lidotschka. Früher hat sie mich schief angeguckt. Darum enthielt die Tasche auch nichts für Lora.

Dann atmete Lidija den vertrauten Geruch der alten Wohnung ein und zog die Schuhe aus. Zum Verrücktwerden: Im

Schuhregal standen Schuhe, die Lidija in- und auswendig kannte. Braune Hausschuhe »für Gäste« und zwei Paar Kinderhausschuhe – Spuren von Emilias Berufstätigkeit.

»Kommen noch immer Kinder?«, fragte Lidija lächelnd.

Lora winkte ab.

»Nein, wie denn …«

Lidija ging ins große Zimmer, wo sich einst der private Kindergarten versammelt hatte: ein langer Tisch, sechs Stühle, das Klavier, an dem Emilia Karlowna unsicher Polka und Walzer gespielt hatte, zu denen die Kinder tanzten, und vor dem großen Sofa mit dem handgewebten Teppichüberwurf ein kleiner Tisch. Im Erker, mit dem Rücken zur Tür, stand ein Rollstuhl, ein klobiges Krankenhausungetüm aus weißgestrichenem Metall; über der Lehne thronte ein prächtiger Madame-Pompadour-Kopf. Lora ging in den Erker, drehte den Rollstuhl um und rollte Emilia Karlowna ans Licht.

Sie war Martin so ähnlich, als wäre sie seine Schwester, Mutter oder Großmutter. Schneeweiße schlaffe Haut, ein kleines Kinn, unter dem wie ein Jabot ein zweites hervortrat, dünn und fast durchsichtig, blassblaue Augen, umrahmt von faltiger, zarter Haut, und ein entschuldigendes Lächeln, das auf einer Seite wegrutschte. Nur die Nase war bei Martin kurz, mit nach außen gewölbten Nasenlöchern, die von Emilia Karlowna dagegen war lang und spitz und hatte einen Höcker.

»Mama, sieh doch, wer da ist! Lidija! Erinnerst du dich an Lidija?«

In der rechten Hand hielt Emilia Karlowna ein Kartendeck, das sie mit einer Hand durchblätterte oder nur betastete. Lidija hatte vergessen, ganz vergessen, dass ihre alte

Arbeitgeberin nichts so sehr liebte wie Patiencen. Karten hätte sie ihr mitbringen müssen! Wie konnte ich das vergessen, dachte Lidija flüchtig.

»Emilia Karlowna, ich bin's, Lidija. Erkennen Sie mich?«

Emilia lächelte Martiks schüchternes Lächeln, und ein runder Speicheltropfen sammelte sich im Mundwinkel.

»Schon lange?«, fragte Lidija.

»Fast ein Jahr«, antwortete Lora leise. »Ein Alptraum. Wir haben für uns alle die Ausreise beantragt, aber wie wir sie transportieren sollen – keine Ahnung. Als du vor der Tür standest, hab ich gleich gedacht, dass du uns vielleicht helfen kannst. Wir fliegen ja über Wien, das ist nicht weit von euch. Und wer weiß, wie lange wir da warten müssen. Wenn du uns abholen könntest! Oder wenigstens einen Brief an die Sochnut* mitnehmen, damit sie uns mit einem Rollstuhl abholen. Ich bin sicher, die Ausreisegenehmigung kommt bald. Alles spricht dafür. Verstehst du, Shenja, mein Mann, der will um keinen Preis nach Amerika, nur nach Israel. Mir wäre ja Amerika lieber.«

Lidija schwieg, um die Situation zu verarbeiten. Lora aber schwatzte ununterbrochen und knetete und bog dabei ständig die Finger.

»Mama, Mama«, erinnerte sich Lora hin und wieder an den Zweck von Lidijas Besuch und rüttelte an Emilias Schulter. »Sieh doch, wer da ist, Mama. Lidija. Erkennst du Lidija? Weißt du, wir hätten ja schon viel früher die Ausreise beantragt, nur wollte Mama auf keinen Fall nach Israel, sie war strikt dagegen. Aber Shenja will eben unbedingt nach Israel.

* Jüdische Migrantenorganisation.

Viele Freunde von uns gehen lieber nach Amerika. Und Mama, das weißt du vielleicht nicht, Mama ist bei all ihren Vorzügen ein bisschen antisemitisch. Und Israel, dagegen hat sie sich gesträubt – nein und nochmals nein. Aber als sie dann krank wurde, da haben wir den Antrag gestellt. Ihr ist es doch jetzt egal, nicht? Oder? Wann fährst du denn wieder, Lida?«

Lora ging Tee kochen, und Lidija setzte sich neben Emilia und nahm ihre Hand.

»Emilia Karlowna, ich freue mich so, Sie wiederzusehen. Sie sind noch immer eine Schönheit. Geht es Ihnen gut? Mein Martik hatte auch einen Schlaganfall, schon vor sieben Jahren. Inzwischen geht es ihm besser, er kann schon wieder laufen. Erst saß er auch nur im Rollstuhl. Aber jetzt kann er laufen, ich habe ihm einen Hund gekauft.«

Emilia schien zuzuhören und zu verstehen. Dann kam Lora mit einem Tablett. Die Zuckerdose, das Milchkännchen, die rosa Tassen – alles war vertraut. Genau wie das Gebäck: Zwei Eigelb mit einem halben Glas Zucker schaumig rühren, hundert Gramm Schokoladenbutter ... Das hatte Lora inzwischen also gelernt. Früher konnte sie das nicht. Emilia bewegte die Finger und öffnete den Mund. Es klang wie »ejen.«

»Gleich, Mamotschka.« Lora legte ihr einen halben Keks in die bewegliche Rechte.

Emilia stopfte ihn in den Mund und kaute selig.

»So ist das, verstehst du, sie würde am liebsten den ganzen Tag essen. Wird böse, wenn ich ihr nichts gebe. Und dann hat sie Probleme mit der Verdauung. Seit einem Jahr konnte sie kein einziges Mal ohne Klistier ...«

Lidija öffnete ihre Handtasche und nahm eine Tafel Schokolade heraus, die für das Zimmermädchen gedacht war. Nach kurzem Zögern außerdem ein gerade erst angebrochenes Fläschchen Parfüm, Chanel N° 5. Ihr eigenes.

»Hier, Lora, für dich.«

Emilia aß einen Keks nach dem anderen, scherte sich nicht um die Regeln der diskreten Speiseaufnahme, die sie jahrelang ihren Schützlingen beigebracht hatte. Sie steckte sich den Keks tief in den Mund, schob ihn mit ihren abgebrochenen Fingernägeln hinein, dabei fielen Krümel auf ihren schmutzigen Kragen und die durchgescheuerte Vorderseite ihrer alten Strickjacke; Lidija hatte stechende Kopfschmerzen, und ihr war nun richtig übel. Sie wusste noch nicht, dass dies das erste Anzeichen für zu hohen Blutdruck war.

»Ich muss gehen, Lora. Ich rufe morgen früh an, wir sehen uns vor meiner Abreise auf jeden Fall noch einmal.«

»Bleib doch noch, Shenja kommt bald«, bat Lora aufrichtig, aber Lidija wollte dringend hier weg, schnell einschlafen und abreisen, für immer.

Sie zog ihre Schuhe an, schlüpfte in den Mantel mit dem vor fremden Blicken verborgenen australischen Tierfell und ergriff mit einem angestrengten Ruck die karierte Tasche.

»Ich muss noch woanders hin, das hier abgeben, Freunde haben mich darum gebeten.«

Die Quittungen hatte sie, Gewohnheit der Geschäftsfrau, allesamt für den Fall der Fälle zu Hause ins obere Schreibtischschubfach gelegt, in einem Extrakuvert. Sie konnte alles zurückbringen. Es war immer sinnvoll, in teuren Geschäften einzukaufen, da konnte man jederzeit etwas zurückgeben oder umtauschen, vor allem, wenn man dort bekannt war.

Sie ließ die Dolmetscherin das Taxi früher bestellen, als

nötig gewesen wäre. Der Dolmetscherin verschlug es die Sprache, als Lidija in reinstem Russisch zum Fahrer sagte: »Bevor wir nach Scheremetjewo fahren, muss ich noch in die Spartakowskaja-Straße, ich sage Ihnen, wo Sie abbiegen müssen.«

Sie bogen in die Spartakowskaja ein. Das Haus stand noch genauso da wie früher, ein majestätisches dreistöckiges Schiff unter lauter eingeschossigen Holzbaracken. Das reinste Elendsviertel. Sie lächelte bei dem Gedanken, was Martin empfunden haben musste, als er das erste Mal ihre armselige Wohnung betrat. Erst wollte sie hinaufgehen in den zweiten Stock, an der Tür klingeln und fragen, ob sie sich ansehen dürfe, wie ihre einstige Behausung jetzt aussah. Doch dann dachte sie: Wozu?

Sie ließ sich nach Scheremetjewo bringen. Gab an der Gepäckabfertigung den Koffer und die karierte Tasche auf. Den versprochenen Anruf bei Lora vergaß sie völlig.

Den ganzen Rückflug verging sie vor Ungeduld: Nur schnell nach Hause, Martik auf den verrutschten Mundwinkel küssen. Er war in einem besseren Zustand, viel besser als Emilia. Er konnte immerhin laufen, lächelte deutlicher und artikulierte eine Reihe von Wörtern durchaus klar und sinnvoll. Und überhaupt – wie war das Geschäft wohl drei Tage ohne sie gelaufen?

Sie hatte Kopfschmerzen, auch die Übelkeit ließ nicht nach. Sie flüsterte vor sich hin, ganz leise, aber doch hörbar: »Züü-rich … Züü-rich …« Dann schlief sie ein, mit dem Gedanken: Ich bin doch die Allerklügste.

Vom Körper der Seele

Keine einzige Lektion gelernt

Ende Oktober. Ein Boulevard. Eine Bank.
Im Osten, hinter den Bergen, der Hafen von Genua,
Im Westen, wenn du scharf hinschaust, die Côte d'Azur.
Du wälzt im ergrauten Kopf jedes Wort, jede Tat,
Die du nicht verstanden, nicht angenommen hast,
Wie es nötig wäre jetzt.
Alles verlogen, schief und verdreht.
Idiotin! Dummchen! I'm fucked!
Keine einzige Lektion gelernt.
Und doch so viel Glück, und es hält noch immer an.
Nicht verdient, einfach so …
Die Pause vorbei,
nun beginnt der dritte Akt.
Alles erlebt: das erste blaue Auge, den letzten Krebs,
Alles verflossen – der Honig der Waben, der Eiter der
    Wunden,
Evangelium, Bibel, Koran,
selbst das buddhistische Paradies.
Ich trete ein in die letzte Phase,
egal, ob sie sauer ist oder süß,
sie wird gegossen in den letzten Sinn.
Ich wünschte mir ein Fraktal, aber nein,

Es ist alles frontal, wie dieses Gedicht.
Kein Dichter mehr auf der Bühne. Der Saal ist verstummt.
Der Vorhang fällt. Totales Black.
Ist da jemand? Oder ist niemand da?

Wo sind ihre Seelen?

Man kann nicht sagen, dass Shenja der Mode nachjagte, eher witterte sie neue Trends, war aber dabei dem allgemeinen Geschmack stets etwas voraus. Während alle modebewussten Mädchen Schuhe mit Stilettoabsätzen zu ergattern suchten, erstand Shenja in einem Secondhandladen bequeme rotbraune Wildlederschuhe mit halb durchsichtigen Krepp-sohlen, derben Außennähten und ohne Schnürsenkel. Die Bezeichnung »Mokassins« war damals noch fremd, und welcher Wind dieses amerikanische Erzeugnis indianischer Herkunft in den Secondhandladen geweht hatte, ist unbekannt. Jedenfalls brauchte Shenja in diesem Jahr keine Stilettos, sondern bequeme Laufschuhe für die Arbeit. Seit Ende 1960 arbeitete sie, weil ihr bei den Aufnahmeprüfungen für die Universität ein Punkt gefehlt hatte, in einem Biologielabor – um Lebens- und Berufserfahrungen zu sammeln und sich damit zugleich bessere Chancen bei einer künftigen Bewerbung für das Biologiestudium zu verschaffen.

Im Labor gefiel es Shenja sehr, schon bald beherrschte sie die Arbeit mit dem Binokularmikroskop, dem Mikrotom und den blitzsauberen gläsernen Objektträgern. Das Labor beschäftigte sich mit Hormonen, und was Shenja da lernte, kam ihr vor wie ein Zaubermärchen: Die winzige Drüse, die ihre Chefin erforschte, produzierte tagsüber ein bestimmtes Hormon, nachts dagegen ein anderes, abhängig vom jeweiligen Licht, einfach vom Sonnenlicht, das morgens zum Fenster hereinscheint und dem Melatonin signalisiert »Stopp!«, dem Serotonin »Los!«. Und das Beeindruckendste daran – diese Moleküle ließen sich mit Formeln darstellen und synthetisieren. Kurz, die Biochemie war ein echtes Wunder.

An einem schmuddeligen Herbsttag schickte die Chefin Shenja ins Fleischkombinat, Material beschaffen – Zirbeldrüsen von Schweinen. Die Chefin skizzierte den Aufbau des Gehirns und markierte mit einem Pfeil, wie Shenja an die verborgene Drüse herankam: Sie musste den Hirnstamm entlangfahren, das Kleinhirn anheben, die Pinzette etwas höher schieben und die benötigte Drüse herauslösen, die ein unpaariges Organ und darum nicht zu verwechseln war. Shenja bekam ein Glas mit Formalin, Handschuhe, ein Skalpell und eine Pinzette sowie einen Passierschein für das Fleischkombinat, denn dort wurde niemand einfach so eingelassen. Sie zog ihre neuen rotbraunen Mokassins an und fuhr an den Stadtrand von Moskau, wofür sie zweimal die Metrolinie wechseln und dann in einen Bus umsteigen musste. Sie war stolz auf ihre verantwortungsvolle Aufgabe, aber auch ein bisschen besorgt, ob sie diese bewältigen würde.

Als sie aus dem Bus stieg, spürte sie einen leichten Gestank in der Luft, der stärker wurde, je näher sie dem eisernen Tor kam. Sie passierte den Eingang, die Pförtnerin winkte mit ihrem dicken Arm in Richtung der gesuchten Halle – da hinten!

Danach fragte niemand mehr nach dem Passierschein,

und Shenja betrat einen sehr hohen, riesigen, so gut wie menschenleeren Raum mit einem stillstehenden Fließband in der Mitte. Den widerlichen Geruch nahm sie kaum noch wahr, denn es liegt in der Natur des Menschen, dass er sich an alles rasch gewöhnt.

In der Nähe des Eingangs erhob sich eine merkwürdige Konstruktion: ein hohes Holzpodest, darauf stand ein Mann, nackt bis zur Hüfte und mit einem Tuch um den Kopf. Er langweilte sich. Sonst war niemand da, den Shenja nach der Zerlegungsabteilung fragen konnte. Während sie noch überlegte, wohin sie gehen sollte, quietschten irgendwelche Eisenteile, eine unsichtbare Maschine setzte sich in Gang, Shenja bemerkte, dass die Stange vor dem Mann in Bewegung geraten war, zugleich eilten mehrere Menschen ins Innere der Halle. Shenja hatte noch nicht begriffen, was das für ein seltsamer Mechanismus war, als auf der Stange ein an den Hinterbeinen aufgehängtes Schwein hereingefahren kam, dahinter im Abstand von rund fünf Metern ein zweites, ein drittes … Das erste erreichte den Mann, er reckte sich in Kämpferpose, und nun entdeckte Shenja, dass er ein riesiges Messer in der Hand hielt. Sie ahnte, was gleich geschehen würde. Und es geschah. Mit einer schnellen, sparsamen Bewegung schnitt er dem Schwein die Kehle durch, und sofort floss ein breiter Strahl Blut heraus. Zunächst schwallartig, dann gleichmäßig und immer schwächer.

Shenja atmete die übelriechende Luft tief ein – und wurde von einer seltsamen Starre erfasst. Sie konnte nicht mehr ausatmen, das Leben stand plötzlich still. Ihr ganzes Wesen weigerte sich, dieses Grauen zu akzeptieren. Das bebende Schwein fuhr weiter. Seine Vorderbeine zuckten krampfartig.

Shenja atmete aus. Senkte den Blick. Und sah eine Rinne im Boden, durch die das Blut abfloss. Inzwischen war das zweite Schwein am Holzpodest, und der Mann schnitt ihm ebenso rasch die Kehle durch …

Der Anblick war erschütternd – weil der Vorgang so gezielt, ja beinahe sportlich ausgeführt wurde und weil die Schweine keinerlei herzzerreißende Schreie ausstießen. Es gab nur ihr Todeszucken und das Quietschen der schlecht geölten Mechanik.

Shenja musste hier weg, doch sie konnte sich noch immer nicht rühren. Ja, ja, die Zirbeldrüsen … Sie ging an der Rohrbahn entlang, an der noch immer Schweine vorbeifuhren, nein, keine Schweine mehr, Körper, und sie flüsterte vor sich hin: »Das Blut rinnt aus ihren Kehlen – wo sind ihre Seelen …« Sie besaß einen Sinn fürs Literarische und hatte in den letzten Schuljahren zwischen Philologie- und Biologiestudium geschwankt.

Nun vernahm sie ein neues Geräusch – ein Scheppern und Zischen. Das trogförmige Tor des Ofens zum Absengen der Schweinekörper hatte sich geöffnet. Der schmutzig graue Körper glitt in den Ofen, eine züngelnde blaue Flamme loderte auf, und nach wenigen Minuten kam etwas Sauberes, Rosiges, beinahe Schönes heraus und glitt weiter, an mächtigen schwarzen Haken baumelnd.

Dann folgte bloße Technologie, sie endete an einem Fließband, auf dem die Körper in horizontaler Lage an Frauen in weißen Kitteln vorbeifuhren, von denen jede eine konkrete Aufgabe erfüllte – aus dem aufgeschnittenen Leib den Darm herausholen, die Leber, die Lunge, das Herz, und das ausgenommene – ja, was ist es nun, dachte Shenja, ein totes

Tier, ein Körper, ein Kadaver oder nur noch Fleisch? –, das einstige Geschöpf glitt weiter, zu dem Endpunkt, an dem sich auch Shenjas Arbeitsplatz befand.

Sie stellte sich an einen Tisch an einer Abzweigung des Fließbands, und vor ihr glitten langsam in zwei Hälften gehackte Schweineköpfe vorbei. Sie streifte die Handschuhe über und konzentrierte sich. Das Herausschneiden der Zirbeldrüse erwies sich als ganz einfach. Von dem Augenblick an, da sie das erste rosige Säckchen zutage förderte, das noch vor kurzem das seelenaufhellende Serotonin und das schlaffördernde Melatonin produziert hatte, erlöste sie der Zauber der Arbeit von der durchlebten Erschütterung. Rasch fasste sie das Untersuchungsobjekt mit der Pinzette, durchtrennte geschickt das zarte Band, an dem es hing, und legte es in das Gefäß mit Formalin. Nach zwei Stunden war das Glas voll. Shenja wickelte es ein, packte es in ihre Tasche, knüllte die Gummihandschuhe zusammen, um sie in die nächste Mülltonne zu werfen, und ging.

Sie watete durch den knöchelhohen stinkenden, schmatzenden Matsch, der den Hallenboden bedeckte. Die rostbraunen Mokassins färbten sich dunkel, blieben innen aber trocken. Shenja suchte nach einem Abfallbehälter, um die widerlichen, von zermatschter Hirnmasse glitschigen Handschuhe wegzuwerfen, und entdeckte kurz vor dem Ausgang einen. Auf dem Boden daneben lag ein angebissenes Stück gebratenes Fleisch. Weggeworfen … nicht aufgegessen … Einer der Arbeiter hatte wohl an Ort und Stelle einen Imbiss nehmen wollen, sich ein Stück Filet rausgeschnitten und gebraten, es dann jedoch weggeworfen …

Shenja erbrach – passenderweise direkt in die Öffnung

des Abfallbehälters. Etwas Säuerliches und Fleischloses. Den Haferbrei, den sie seit ihrer Kindheit zum Frühstück aß.

An der Pforte wurde sie durchsucht. Erst verstand sie gar nicht, wieso. Zwei Männer kontrollierten ihre Tasche, dann lotste eine Frau sie in eine kleine Kammer, hieß Shenja den Mantel ausziehen und den Pullover anheben und klopfte ihre Hüften und ihren Bauch ab. Das war die letzte Prüfung an diesem kurzen Arbeitstag.

Das ist eigentlich alles. Die amerikanischen Mokassins waren verdorben, selbst nach langem Waschen bekamen sie nie mehr die heitere Farbe von Kiefernrinde, sondern blieben öde dunkelbraun. Fleisch aß Shenja nie wieder. Und Biologin wurde sie schließlich auch nicht.

Aqua Allegoria

Für Jelena Kostjukowitsch

Sonja Solodowa, eine hagere Frau mittleren Alters mit klaren bösen Augen, fand den Sinn des Lebens nach der Scheidung von ihrem Mann. Der Sinn lag im Essen, genauer, in der Art der Ernährung. Doch das entdeckte sie erst allmählich. Wolodja war Hals über Kopf gegangen, er hatte nach zehn Jahren stiller, monotoner Ehe plötzlich seine Sachen gepackt, gesagt, er werde sie verlassen, und war ausgezogen. Sonja fiel zunächst in eine tränenlose Starre, dann machte sie sich ans Putzen. Als Erstes säuberte sie gründlich die Küche, um das Fett, das immer von den heißen Pfannen nach allen Seiten gespritzt war, ein für alle Mal zu beseitigen. Wolodja hatte jeden Tag gebratenes Fleisch gegessen, besonders gern Schweinefleisch, und er briet es immer selbst, in einer alten gusseisernen Pfanne, in erhitzter Butter – Sonja ließ er da nicht ran.

Nach zwei Tagen eifrigen Schrubbens war der Geruch nach Bratküche verdrängt von neutralem Putzmittelgeruch, der nicht an Essen erinnerte. Von der Küche weitete Sonja das Saubermachen auf die gesamte Anderthalbzimmerwohnung aus. Sie putzte gründlich, tilgte die Spuren ihres Mannes und die mit ihm verbundenen Gerüche – sie warf mehrere Metallkunde-Bücher weg, einen Packen Gebrauchsanleitungen für Haushaltsgeräte und seine alten Hemden, die, obwohl gewaschen, noch immer nach Tabak und zu lange gebratenem Fleisch rochen; ja, sogar seine Fellmütze, die aus dem Schrank gefallen war, warf sie weg. Keine Spur soll von dir bleiben – das dachte Sonja nicht, verwirklichte es aber mit Leib und Seele.

Hingebungsvoll scheuerte sie jedes Dielenbrett, polierte die Fensterscheiben, kroch in alle Ecken. Nach dieser umfassenden Reinigungsaktion versprühte sie in der Wohnung einen halben Flakon des französischen Parfüms Aqua Allegoria, das sie, als sie noch arbeitete, einmal bei einer Neujahrslotterie ihrer Arbeitsstelle gewonnen hatte. Nun roch es nach Glück und der Ahnung, dass die Verheißungen, die ihr in der Kindheit gewissermaßen gemacht und nie eingelöst worden waren, erneut auflebten und sozusagen in der Luft lagen.

In der ersten Woche aß Sonja nichts – sie trank Tee, verzehrte die vom langen Liegen ausgelaugten Äpfel aus dem Garten ihrer Cousine Nelja, und als sie plötzlich feststellte, dass sie lange nichts Richtiges gegessen hatte, kochte sie sich etwas Buchweizengrütze aus dem Vorrat im frischgeputzten Küchenschrank. Als die fade Grütze – Sonja hatte das Salz vergessen – bis auf den letzten Löffel verzehrt war, kam Nelja zu Besuch, nicht mit leeren Händen, sondern mit Äpfeln und selbstgemachtem Fruchtgelee.

Die ältliche Nelja verbrachte praktisch ihr gesamtes Leben auf ihren sechshundert Quadratmetern Garten. Mit ungeheurem Fleiß hatte sie daraus eine Plantage gemacht, die

Gemüse, Obst, Kräuter und Blumen hervorbrachte, und die klägliche Hütte darauf zu einem Hort nahrhafter Schätze. Nelja wirtschaftete äußerst effektiv.

Dieses Jahr war ein Apfeljahr, und auf Neljas Regalen reihten sich bereits die Konservengläser; auf den Etiketten waren Jahr und Beet vermerkt sowie das Erzeugnis und die Nummer des Baumes. Sie besaß vier Apfelbäume – an dreien wuchsen Melba-Äpfel mit fröhlichem rotem Streifen, an einem Antonowki, die spätesten, außen wie innen eine Pracht. Die Regale waren brechend voll mit gutem Eingeweckten, doch die Äpfel nahmen kein Ende, also teilte Nelja ihren Überfluss mit Sonja und ihrer ehemaligen Chefin, einer anständigen Dame mittelasiatischer Herkunft.

Sonja und Nelja setzten sich zum Teetrinken. Nelja erzählte von ihren kleinen Apfel-Sorgen, Sonja aber erwähnte mit keinem Wort das wichtigste Ereignis, den Auszug ihres Mannes.

Die üppige, mehrfach gepolsterte Nelja schnitt ein Viertel vom mitgebrachten Fruchtgummi ab, legte es auf ihren Teller und sagte mit gewohntem Neid: »Ach, Sonja, ich sehe, du nimmst ohne jede Diät ab … Ich hab mich dieses Jahr so gequält mit dieser Dukan-Diät, hab drei Kilo abgenommen, aber dann hab ich drauf gepfiffen und wieder fünf Kilo zugelegt! Kein Gebäck, keine Bonbons, nur Fleisch und dieses Eiweißzeug, das ist so öde, und den ganzen Tag denkst du nur an eines: Was du Schönes essen könntest … Du dagegen, du bist dein Leben lang ohne jede Diät so dünn … Isst du überhaupt was?«

Sonja lachte. »Ich hab die ganze Woche deine Äpfel gegessen … und mir Buchweizengrütze gekocht.«

Über ihre Figur machte sich Sonja nie Gedanken, sie aß, was da war, was ihr in die Hände fiel und wonach sie nicht lange anstehen musste. Fisch mochte sie nicht. Sie ekelte sich sogar davor. Alles Fette fand sie ungenießbar – wie Erde aus einem Blumentopf oder Kernseife. Und Fleisch war zusammen mit Wolodja ganz aus ihrem Haus verschwunden. Kurz, sie nahm ihre Ernährung nicht sonderlich ernst.

Als Nelja gegangen war, bemerkte Sonja, dass die Luft in der Wohnung immer besser wurde, nicht von selbst, sondern durch die Äpfel. Außerdem wurde ihr bewusst, dass sie kein anderes Essen brauchte, so war es genau richtig. Aus Pflichtgefühl verzehrte sie nach und nach ihre Getreidevorräte, spürte jedoch, dass Grütze nur die Freude trübte und den Körper beschwerte. Allein Äpfel bewahrten die glückliche Leichtigkeit. Als Neljas Äpfel zur Neige gingen, begriff Sonja, dass sie nicht in den nahe gelegenen Supermarkt gehen mochte. Im Erdgeschoss gab es Wein, abgepackte Lebensmittel und Haushaltswaren. Lauter unnötiges Zeug. Im ersten Stock Fisch und Fleisch. Beim Gedanken an diese Ladentheken verspürte sie einen feindlichen Hauch, der sie anwehte. Also ging sie nicht einkaufen. Sie hatte noch vier Äpfel, die schnitt sie in schmale Spalten, damit sie länger reichten.

Wie habe ich nur zehn Jahre lang mit diesem Fleisch gelebt, fragte sich Sonja erstaunt und dachte in diesem Augenblick lediglich an das Fleisch, das noch einige Monate zuvor in ihrem Kühlschrank lag, kein bisschen an den Mann, der es immer ins Haus gebracht hatte.

Sonja aß lange und genügsam an den Apfelspalten. Sie saß in der Küche, mit Blick zum Fenster, an Wolodjas früherem Platz, und freute sich am Blattgrün, das gegenüber ihren Fenstern im zweiten Stock immer am kräftigsten und schönsten war. Allerdings färbte es sich bereits gelb und wurde schütter.

Nelja kam und brachte die vierte Ernte, wie sie sagte – die Antonow-Äpfel. Zwei Taschen voll – Nelja konnte schon immer schwer tragen, Sonja hätte ein solches Gewicht nicht bewältigt. Sie streichelte mit ihren schlanken Fingern die Antonow-Äpfel und schenkte ihrer Cousine Großmutters Granatbrosche; Nelja war zufrieden, denn sie fand das gerecht: Es war ihrer beider Großmutter gewesen, doch weil nicht der Sohn die runde Granatbrosche geerbt hatte, sondern die Tochter, war sie an Sonja gegangen, obwohl Nelja von Geburt an Großmutters Familiennamen trug und deshalb meinte, eigentlich gebühre ihr das Familienerbstück. Nelja ging, glücklich über die kleine runde Brosche, deren Wert sie stark überschätzte, und Sonja atmete tief ein und stellte fest, dass der Geruch der Antonow-Äpfel den schon fast verflogenen Aqua-Allegoria-Duft verstärkte, ja, sogar veredelte.

Die in Papier eingewickelten Antonow-Äpfel färbten sich allmählich gelb. Ihr Inneres füllte sich mit einem wunderbaren Geschmack, der sich langsam, ja, schläfrig entfaltete.

Die Äpfel waren noch nicht aufgebraucht, als draußen Schnee lag, das Birkengrün verschwunden war und durch die dürren Zweige das Nachbarhaus schimmerte. Essen mochte Sonja immer weniger. Sie wollte schlafen. Und trinken. Aber kein Wasser, nein, sie schlürfte durch einen Strohhalm verdünnten Apfelsaft, ebenfalls von Nelja. Mit Zucker geizte Nelja immer, dafür sterilisierte sie die Gläser so gut, dass der

Saft bis zum Frühjahr nicht verdarb. Bei allen Nachbarn gor der Saft irgendwann, bei ihr nie.

Sonjas Schläfrigkeit verging nicht. Das liegt wohl am Geruch, vermutete Sonja, als sie merkte, dass die Luft in der Wohnung dichter wurde, sich sättigte mit dem starken, überirdischen Geruch einsamen Glücks, eines Glücks ohne das geringste Bedürfnis, es mit einem anderen Menschen zu teilen. Tief in ihrem Inneren kam sogar der Gedanke auf: Gut, dass es bei mir mit einem Kind nicht geklappt hat, das würde jetzt Bewegung verlangen und die Luft verderben. An Wolodja aber dachte sie gar nicht mehr.

Sonja bezog ihr Bett mit schöner neuer Wäsche und legte sich hinein. Sie stand nur auf, um sich etwas Saft nachzugießen, und lief immer weniger herum. Manchmal dachte sie: Was wird wohl, wenn der Saft alle ist. Doch er wurde nicht alle, es war sogar noch welcher übrig, als etwas Seltsames geschah: Überall, wo Sonjas Körper mit dünnen Härchen und kaum sichtbarem Flaum bedeckt war, wuchsen plötzlich feine farblose Fäden, seidig und angenehm – auch an den Armen und Beinen, und Sonja wickelte sich darin ein, damit es ordentlich aussah. So bewegte sie Arme und Beine, solange sie die Kraft dazu hatte. Abschneiden wollte sie die zarten Härchen nicht … Ihre Kräfte ließen immer mehr nach, essen mochte sie schon lange nicht mehr, und nun schien auch der Saft seinen Reiz verloren zu haben. Der Schlaf gewann die Oberhand. Sonja schlief immer mehr, und Ende Februar schlief sie endgültig ein. Sie lag da wie eine Puppe, ganz umsponnen von dünnem Haar ihrer natürlichen Farbe – dunkelblond mit einem schönen aschblonden Schimmer. Und die Wohnung war erfüllt von einem Wohlgeruch, den nicht die letzten Antonow-Äpfel im Karton ausströmten, sondern Sonja selbst. Doch das nahm sie nicht mehr wahr.

Nelja rief hin und wieder an, erreichte die Cousine aber nie. Immer wieder nahm sie sich vor, zu Sonja zu fahren. Doch als sie sich endlich aufgerafft hatte, klingelte sie vergebens an der Tür: Sonja war nicht zu Hause. Nelja war sogar ein wenig verärgert: Wenn sie verreist ist, hätte sie ruhig vorher anrufen können. Wir sind schließlich verwandt. Flüchtig kam Nelja allerdings auch ein unguter Gedanke in den Sinn.

Vierzig Tage lag die haarige dunkelblonde Puppe in Sonjas Bett. Dann platzte sie plötzlich von oben bis unten auf, und aus der Hülle schlüpfte ein nasser Schmetterling mit klaren grünen Facettenaugen. Es dauerte lange, bis der Schmetterling trocken war, rund drei Stunden, dann breitete er die getrockneten Flügel aus, und niemand konnte ihn bewundern.

Zunächst nahmen die durchsichtigen Flügel eine zarte Färbung an. Die Schuppen waren zwar farblos, doch einem rätselhaften optischen Gesetz zufolge brach sich das durchs Fenster hereinfallende Licht so, dass sie blaugrün schillerten. Am oberen Rand traten orangerote Flecke und Streifen hervor – nur ein Entomologe hätte in dem riesigen Insekt eine Verwandtschaft mit dem Apfelwickler entdeckt. Der Schmetterling schwang alle vier Flügel, erhob sich in die Luft, drehte unter der niedrigen Decke eine Abschiedsrunde und schwebte zum offenen Fenster hinaus.

Eine Woche später kam die besorgte Nelja, klingelte lange an der Tür, klapperte dann die Nachbarn ab, doch niemand wusste etwas von Sonja. Eine alte Frau mit verlebtem Gesicht war erstaunt: Die ist doch schon lange verreist.

Nelja lief zur Miliz. Erst kam der Bereichsmilizionär und klopfte lange an der Tür. Dann rief er den Zivilschutz, und die Tür wurde aufgebrochen. Entgegen ihren Vermutungen fanden sie keine Leiche. Die einzigen Lebewesen waren Fliegen – sie waren aus den letzten beiden inzwischen verfaulten Antonow-Äpfeln geschlüpft. Eine dunkle, brummende Fliegenwolke. Sonst nichts. Auf dem Bett lagen merkwürdige Lumpen, wie verschlissene Wollsachen.

Sonjas Ausweis steckte in der Handtasche. Im Ausweis gab es ein Foto. Es wurde kopiert und in die Vermisstenmeldung aufgenommen, Sonjas Name in die Liste der im laufenden Jahr verschwundenen Personen eingetragen. Nach den Vermissten wurde zwar nicht eigens gefahndet, doch die Plakate wurden auf Bahnhöfen und an anderen belebten Orten ausgehängt.

Sonja aber hatte sich an einem besonderen Ort niedergelassen: Um sie herum schwebten ebensolche Schmetterlinge wie sie selbst und andere, größer und bunter. Manche erkannte sie. Einer war eindeutig ihre erste Grundschullehrerin Margarita Michailowna – groß, braunbunt wie ein Nesselfalter, ihr Flug langsam und majestätisch, kein unseriöses Geflatter. Die Luft war leicht und heiter, erfüllt von starkem, kräftigem Obstgeruch, der von Apfel zu Pfirsich wechselte und von Pfirsich zu Waldbeeren.

All diese Insekten hatten nichts von Kafkas Käfer.

Zweisam

Die Tür quietschte schrill und lange. Valentin Iwanowitsch hatte im Halbschlaf auf dieses Geräusch gewartet. Ohne die Augen zu öffnen, sah er schon ihre ganze Gestalt – klein, jung, ein grünes Tuch im blassroten Haar – und spürte ihren Geruch – süßlich, mit einem Hauch von Schweiß und nach Tannengrün duftendem Eau de Cologne. Sie sagte immer, ihre Haut vertrage kein Wasser, deshalb duschte sie selten, rieb sich morgens lieber mit Eau de Cologne ab. Ganz langsam, wie tastend, kam sie an sein Bett, und er, die Augen noch immer geschlossen, spürte, wie sie sich näherte. Sie schwebte auf ihn zu wie eine Wolke, und er wartete ergeben, wann diese Wolke ihn bedecken würde. Damit endete der erste, stets gleiche Teil ihres Rendezvous, danach wurde es abwechslungsreich, denn sie verlieh jeder Begegnung etwas Neues. Darum öffnete er die Augen nicht, er wollte ihre erste Berührung erraten.

Diesmal berührten Fingerspitzen seine Ohrläppchen, kneteten sie eine Weile und tauchten dann ins Ohr. Ganz erfüllt von Wonne, lächelte Valentin Iwanowitsch und öffnete die Augen. Leicht, fast schwerelos lag sie neben ihm, die Finger in seinen Ohren, und blies sanft in seine »Seele«, so nannte sie die flache Vertiefung unterm Brustbein.

Ihr Gesicht konnte er nicht sehen, nur das Haar unter dem grünen Tuch. Vorsichtig berührte er die glatte Seide, das Tuch glitt herunter, er griff in die dichten, federnden Locken. Selbst ihr Haar reagierte. Valentin Iwanowitsch wusste, dass ihr Körper von einzigartiger Reaktionsfähigkeit war, jeder einzelne Körperteil konnte kommunizieren – ihre kindlichen Finger mit den kurzen Nägeln mit seinen altersharten Pranken; Mund, Zähne, Zunge, Bauch und alles tief drinnen führte eine eigene Zwiesprache, eine süße Zwiesprache. Sie begann jedes Mal wie von Neuem: erst behutsam, unsicher, dann lebhafter, jedes Mal mit neuen Informationen, Mitteilungen, und dieses Körpergeflüster bekam immer mehr Sinn und Inhalt. Und ließ sich immer weniger in menschliche Sprache übersetzen …

Das Zwiegespräch ihrer Körper hatte begonnen, noch ehe sie voneinander den Namen kannten. Valentin Iwanowitsch, der zweimal im Laufe ihrer Bekanntschaft verheiratet gewesen war, ein überzeugter Gegner der Treue und stets auf der Suche nach neuen Beziehungen, hatte vor dreißig Jahren seine neue Laborantin in gewohnter Weise im Laborvorraum in die Ecke gedrängt und mit leichtem Widerstand und raschem Sieg gerechnet. Doch sein recht grobes Drängen war nicht einmal auf gespielten Widerstand gestoßen. Die Antwort ihres Körpers war der Beginn jener Zwiesprache gewesen, die sie nun schon dreißig Jahre lang ohne Unterbrechung führten. Beide Ehefrauen, die erste, Anastassija, eine Schauspielerin mit katzenhaft hübschem Äußeren und erfolgreicher Karriere, und die zweite, Lena, seine ehemalige Schülerin, dann Assistentin, klug und beinahe tadellos in allem, was sie tat, die Mutter seines einzigen Sohnes, sowie alle seine flüchtigen Freundinnen verloren sofort jegliche Anziehungskraft für ihn, obgleich er im ersten Jahr dieser neuen Beziehung noch nicht ganz begriff, dass sein Körper und seine Seele zur Monogamie verurteilt waren, die er doch von Jugend an verachtete … das verstand er erst mit der Zeit …

Er wusste ungefähr, was nun geschehen würde: Zuerst wird die ganze Oberfläche des Körpers lebendig, beginnt zu atmen, die gesamte Haut jubiliert, jedes Härchen reagiert bebend auf Guljas Berührung.

Ja, sie hieß Gulja, eigentlich Aigul, eine Tatarin, doch nicht vom Stamm der tatarischen Reiter mit schwarzem Haar, schmalen Augen und krummen Beinen, sondern von dem der helläugigen, leichtfüßigen Ural- und Altaitataren …

Valentin Iwanowitsch trieb bei dem ausführlichen Zwiegespräch seit langem nicht mehr zur Eile. Ja, in jungen Jahren war der Höhepunkt des Austauschs das Wichtigste an der Begegnung ihrer Körper gewesen, doch nun hastete Valentin Iwanowitsch nicht mehr, im Gegenteil, er ließ sich Zeit, denn obgleich er alles in- und auswendig kannte, genoss er jedes Mal das immer wieder Neue daran.

Die Haut schmolz, wurde durchlässig wie nasses Papier, die gesamte Oberfläche schien nach innen zu sinken, und das Zwiegespräch wurde auf unbeschreibliche, ganz und gar unbeschreibliche Weise fortgeführt. Gulja liebkoste seine Lungen, und er atmete ihr entgegen, nahm ihren Luftstrom auf. Sie streichelte seine Leber, griff mit den Fingern durch das Zwerchfell hindurch, was ein angenehmes Kitzeln auslöste, in den rechten Leberlappen, das ermattete Gewebe schöpfte frische Kraft, und die Finger drangen am Sichelband entlang tiefer und tiefer …

Ihre Liebkosungen, gemächlich und ausgiebig, spendeten körperliche Wonne und geistige Erholung, Linderung des Kummers, mit dem er seit drei Jahren lebte. Er strebte ihr entgegen, war schon in ihr und sie in ihm, ihre Umarmung war fest und feucht, und schon nahte, schon kam das Gefühl des Miteinander-Verschmelzens, der vollkommenen Auflösung der Grenze zwischen den Körpern, und als Zeichen dieses äußersten Triumphs des Fleisches, das sich selbst verleugnet und sich ganz dem anderen hingibt, unter dem Rauschen des in den Gefäßen pochenden Blutes, flossen zwei reine Ströme aufeinander zu – die heilige zähe Flüssigkeit, die den Ursprung des Lebens enthält, und das Wasser der Begrüßung, der Einladung und des Willkommens.

Valentin Iwanowitsch presste das zerknitterte grüne Tuch in der Hand … Die Uhr zeigte halb vier. Leere. Die Pflegerin ging um halb neun. Er musste noch ein bisschen schlafen. Dann aufstehen, die ständige Müdigkeit überwinden. Sich waschen, Tee trinken. Die Wache übernehmen.

Er hatte längst alles gelernt, was die Pflegerin so geschickt tat: von einer Seite auf die andere drehen, Laken wechseln, ohne den liegenden Körper zu beunruhigen, die nasse Windel abnehmen und eine neue anlegen. Gulja war leicht wie ein kleines Mädchen, ein ausgetrocknetes Vögelchen mit spitzem Schnabel, mit ausgebleichten Resten rotgrauer Haare …

Das Bett war bequem, von allen Seiten zugänglich, doch Valentin Iwanowitsch setzte sich auf einen Stuhl am Fußende seiner Frau, schloss die Augen und dachte zurück an die heutige Nacht, an jede kluge, glückspendende Berührung, und versuchte sich an alles zu erinnern, was ihm Gulja mitgeteilt hatte.

Ein Mensch in Gebirgslandschaft

Für Lika Nutkewitsch

Toliks Mutter arbeitete in einer Betriebsleitung. Ihre Stellung hieß schlicht »Valentina« – mal Kurier, mal Putzfrau, mal kleine Besorgungen. Etwas anderes konnte sie nicht. Doch als »Mädchen für alles« war sie nützlich, sonst hätte man sie nicht behalten. Manchmal saß sie einfach da und wartete auf Anweisungen von der Sekretärin. Valentina hatte nur sechs Klassen absolviert, die siebte nicht mehr geschafft. Sie war ein Heimkind, ängstlich und zugleich dreist. Einen Mann hatte sie nicht. Auch keinen Liebhaber. Nur ihren Sohn Tolik und ein Zimmer in einer Gemeinschaftswohnung.

Tolik blieb zu Hause, im Kindergarten wollte man ihn nicht behalten, er hatte Angst, weinte und verdarb allen die Stimmung.

Valentina ging morgens zur Arbeit und schloss ihn ein, mit seinem Töpfchen. Mittags kam die Nachbarin Semjonowna, schloss auf und brachte ihm eine kleine Schüssel Suppe. Brot lag immer im Regal, davon konnte er essen, so viel er wollte. Er aß langsam und lange. In der restlichen Zeit schaute er aus dem Fenster. Bis es dunkel wurde. Sonntags schickte ihn die Mutter raus, auf den Hof, aber das mochte er nicht, er hatte Angst vor den anderen Kindern. Sie lachten ihn aus, verspotteten ihn, verprügelten ihn bisweilen. Er kannte sie alle vom Fenster des zweiten Stocks aus. Von oben gefielen sie ihm manchmal sogar – wenn sie rannten, Schlagball oder mit einem Messer »Land abnehmen« spielten.

Die meiste Zeit betrachtete Tolik vom Fenster aus eine Linde mit einem großen Krähennest in einer Astgabel, direkt auf Höhe des zweiten Stocks. Am interessantesten wurde es Ende März, wenn die Besitzer des Nests kamen, ein Krähenpaar. Er beobachtete sie schon das dritte Jahr. Zunächst flatterten sie eine Weile in der Luft herum, dann begannen sie mit der Reparatur ihrer im Laufe des Winters von Wind und Schnee verwüsteten Behausung, schleppten kleine Zweige herbei, stocherten mit den Schnäbeln im Nest und schlugen mit den Flügeln. Sie müssten Hände haben, dachte Tolik. Mit Händen könnten sie das Nest leichter reparieren. Aber wenn sie Hände hätten, wie sollten sie dann fliegen? Tolik ging in die Hocke und schwenkte aus Leibeskräften die Arme – nein, ohne Flügel war Fliegen unmöglich. Trotzdem sind Hände nützlicher, mutmaßte Tolik.

Wenn die Krähen das Nest repariert hatten, begannen sie mit der Aufzucht von Nachkommen. Die Krähenmutter saß auf den Eiern, die Tolik nicht sehen konnte, aber er wusste: Wenn sie eine Weile gebrütet hatte, schlüpften Jungvögel. Die zweite Krähe fütterte die erste, die auf dem Nest saß, das war am aufregendsten, und er wartete immer auf den Augenblick, wenn die zweite Krähe angeflogen kam, sich auf den Nestrand setzte oder das Futter im Flug von Schnabel zu

Schnabel weiterreichte. Stundenlang schaute er aus dem Fenster, um diesen Moment nicht zu verpassen, diese Sekunde. Hopp – geschnappt! Schade, dass er nicht erkennen konnte, was für Futter der Krähenvater brachte. Eines Tages schlüpften die Jungvögel, Tolik sah nur die aufgerissenen Schnäbel aus dem Nest ragen, wenn die Eltern mit dem Futter kamen. Er konnte sich nicht vom Fenster losreißen, beobachtete das Schauspiel wie auf einem Fernsehbildschirm – jetzt kriechen die Jungvögel aus dem Nest, hüpfen erst auf den nächsten Zweigen herum, dann lernen sie fliegen, schließlich fliegen sie alle fort.

Nun wurde es langweilig. Der Fensterrahmen, vor dem sich das Krähenleben abgespielt hatte, interessierte Tolik nicht mehr, im Winter beschäftigte er sich mit etwas anderem – mit Holzspänen. In seinem letzten Vorschuljahr wurde im Zimmer eine Heizung installiert, zuvor hatten sie einen Ofen heizen müssen, und daneben lag immer Brennholz, von dem er kleine Späne abspaltete und auf dem Boden ausbreitete, mal als kleinen Zug, mal fächerartig, mal als kompliziertes Muster. Wenn die Mutter von der Arbeit kam, ärgerte sie sich darüber. Hast wieder alles vollgemüllt! Dann räumte er es weg.

Im selben Jahr gab es in der kleinen Kammer ihrer Gemeinschaftswohnung, die vor langer Zeit das Bad gewesen war, einen Brand. Den Brand verschlief Tolik. Als er am nächsten Morgen in die Küche kam, um sich am Spülbecken die Zähne zu putzen, tobte dort ein Streit: Wer ist schuld und was tun? Ein Schuldiger wurde nicht gefunden, man einigte sich auf einen Kurzschluss. Die Bewohner sammelten Geld für die Reinigung und Renovierung der Kammer. Was nicht verbrannt oder nur leicht angesengt war, wurde auf die Zimmer verteilt. Ein Nachbar half Toliks Mutter, eine Art Truhe oder Koffer in ihr Zimmer zu tragen – eine Kiste mit Griffen. Dann eilte die Mutter zur Arbeit.

Tolik öffnete mit einiger Mühe die beiden Schnappverschlüsse, blickte in die Kiste, und seine Seele erbebte. Er betrachtete die geheimnisvollen und aufregenden Gegenstände, die er nicht zu berühren wagte. In den ersten beiden Stunden bewunderte er nur die polierten Holzstäbe mit den hellen Metallzwingen, die Farben von Holz und Metall zogen einander an, als wären sie befreundet. Der tiefschwarze Stoff, auf dem die schlanken Holzstäbe lagen, war ebenfalls einzigartig: samtig und offenbar ganz weich. Dann war da etwas wie ein Topf, aber mit einem seltsamen Deckel, mit einem runden Aufsatz. Unter dem schwarzen Stoff gab es noch mehr, nicht minder geheimnisvoll, aber Toliks Blick verborgen. Mit dem Gefühl, ein heiliges Verbot zu übertreten, von dem seine neugeborene Seele nichts wissen konnte, das sie aber dennoch kannte, nahm er die oberen Gegenstände heraus, um zu sehen, was darunter lag. Es waren Dinge, deren Bestimmung Tolik erst Jahre später ergründen sollte: ein Vergrößerungsapparat, Entwicklerschalen, Rollen mit längst überlagerten Filmen und Packen ebenso unbrauchbaren Fotopapiers. Ganz unten fand Tolik ein kleines Lederetui, in dem sich der beste aller Schätze befand: eine kleine Schiene, auf deren einer Seite ein Rahmen war, auf der anderen ein kleines rundes Fenster, durch das man schauen konnte. Er blickte mit aller Vorsicht hindurch und sah darin sein Fenster, das schon seit langem der Rahmen für seine Beobachtungen des Lebens war, und nun befand sich dieser Rahmen ebenfalls in einem Rahmen. Dieser Gegenstand hieß Sucher, doch das erfuhr er erst viel später. Gucker, nannte er ihn für sich. Hätte er in Worte fassen können, was er empfand, würde er gesagt haben: Das Leben hat einen Sinn bekommen – sein Sinn bestand in diesem Rahmen.

Drei Tage später, nachdem Tolik sämtliche Gegenstände aus dem Koffer gründlich untersucht hatte und sich noch immer fragte, wozu alle diese Wunderdinge gut waren, fand er die Erklärung: In einer Seitentasche des Koffers gab es eine Art Fach, das er nicht gleich bemerkt hatte, er entdeckte darin zahlreiche auf festen Karton geklebte Fotografien, und erriet, dass all diese herrlichen Dinge wohl der Herstellung von Fotografien dienten.

Auf jedem Foto waren Menschen abgebildet – einzeln oder zu mehreren, Männer, Frauen und Kinder in ungewohnter, unglaublicher Kleidung, fast, als wären es keine Menschen, sondern Wesen einer unbekannten Gattung, etwa wie die Tiere, die er gesehen hatte, als seine Mutter einmal mit ihm in den Zoo gegangen war: Elefanten, Echsen oder Affen. Die Menschen auf den Fotos hatten ernste Gesichter, voller Stolz und Würde – der Offizier, dessen Schirmmütze auf einem kleinen Tisch neben ihm lag, das Mädchen im weißen Kleid mit den weit aufgerissenen Augen oder der alte Mann mit Bärtchen und Stock neben seiner würdevollen Alten mit hochgestecktem geflochtenem Haar auf dem großen Kopf.

Wesen dieser Art sah Tolik manchmal im Fernseher der Nachbarin, wenn er und seine Mutter sie abends besuchten.

Für eine Weile ließ er ab von den Gegenständen aus Holz, Metall und Plastik und breitete die Fotos auf dem Fußboden aus, in Reihen, als Fächer oder geordnet nach der Größe oder den Inschriften unten oder auf der Rückseite.

Das Geheimnis des kostbaren Koffers klärte sich teilweise, als seine Mutter beiläufig erwähnte, sie habe vor Toliks Geburt bei einem alleinstehenden alten Fotografen gearbeitet und diesen Koffer nach seinem Tod mit nach Hause genommen, alles Übrige hätten seine boshaften Nachbarn sofort an sich gerafft, sobald sie erfahren hatten, dass der alte Mann im Krankenhaus gestorben war.

Im September kam Tolik in die erste Klasse. Zum Jahreswechsel belegte er den Spitzenplatz unter den schlechten Schülern. Als schlechtester Schüler verbrachte er fünf Jahre in der letzten Bankreihe, wobei er nur einmal sitzenblieb, in der dritten Klasse. Die Lehrer schleiften ihn mit, sie hatten Mitleid mit ihm und mochten ihn eigentlich, denn er störte nie den Unterricht und bereitete außer seinen schlechten Leistungen keine pädagogischen Schwierigkeiten. Er war einfach abwesend …

Eines Tages bat ihn sein Klassenkamerad Shenja, mitzukommen zum Fotozirkel im Haus der Pioniere auf den Leninbergen. Shenja wollte schon lange dorthin, doch seine Eltern ließen ihn allein nicht, sie erlaubten es nur, wenn er einen Begleiter fände.

Im Fotozirkel erkannte Tolik rasch die Bestimmung all der Gegenstände aus dem Koffer und bedauerte sehr, dass das Wichtigste darin fehlte: ein Fotoapparat. Dafür gab es im Fotozirkel einen. Den durften die Mitglieder abwechselnd benutzen, so dass Tolik die Kunst der Fotografie eher theoretisch erlernte als in der Praxis. Einige Junge besaßen einen eigenen Fotoapparat, doch davon konnte Tolik nur träumen. Aber es ist gut, wenn der Mensch etwas hat, wovon er träumt.

Einmal in der Woche, jeden Montag, besuchte Tolik den Zirkel. Sein Klassenkamerad hatte bald aufgegeben, er dagegen wäre am liebsten jeden Tag hingegangen. Er gierte nach jedem Wort ihres Lehrers Kotow, und alles, was dieser sagte und zeigte, prägte sich in Toliks Gedächtnis ein wie auf eine Fotoplatte. Hier war er nicht zurückgeblieben und unterentwickelt, hier war er der Gescheiteste und Geschickteste.

Indessen nahte das Ende der achten Klasse. Er war sechzehn und musste sich für seinen weiteren Weg entscheiden. Er wählte die Fachschule für Apparatebau. Die Fotografie betrachtete er als Liebhaberei, nicht als möglichen Beruf. Doch er fiel durch die Aufnahmeprüfungen für die Fachschule und ging stattdessen in eine Berufsschule, wo er nur einen Abschluss der achten Klasse vorlegen musste. Das hatte auch Vorteile: Er erhielt ein kleines Stipendium und Essensmarken. Mit Kleidung wurden die Lehrlinge damals zwar nicht mehr versorgt, aber Tolik war nicht groß und konnte seine blaue Schuluniform auftragen.

In der Berufsschule lief es für ihn besser als in der Schule. Er blieb nicht mehr zurück, er gehörte zum Mittelfeld und unterschied sich nur in einem Punkt von den anderen: Er hatte etwas, das ihn von den üblichen dummen Jugendvergnügungen abhielt. Er besuchte nach wie vor den Fotozirkel auf den Leninbergen, dort galt er als Kenner und wurde sehr geschätzt. Natürlich war er auch der Älteste und Verdienteste – er hatte inzwischen ein Diplom für die Teilnahme am städtischen Wettbewerb »Liebe deine Heimat« erhalten und einen Plastikpokal mit der Abbildung eines Fotoapparats als

Auszeichnung für den zweiten Platz im landesweiten Schülerwettbewerb »Mein Heimatland«.

Natürlich war Tolik eigentlich zu alt für den Zirkel, doch Kotow warf ihn nicht raus, er behielt ihn als seinen Assistenten. Tolik beherrschte alles, was ein Fotograf können muss – nie zerriss oder zerknitterte er einen Film beim Einlegen in die Entwicklerdose, er konnte entwickeln, vergrößern und die fertigen Fotos mittels eines speziellen Schneidegeräts mit einem wellenförmigen Rand versehen.

Hin und wieder lieh ihm Kotow seinen alten Fotoapparat, dann fuhr Tolik in den Sokolniki- oder den Timirjasew-Park und fotografierte dort die Spaziergänger zwischen den Bäumen. Er bemühte sich, immer einen Menschen und einen Baum zusammen auf das Bild zu bekommen. Das war nicht einfach.

Als er die Berufsschule gerade beendet hatte, wurde er zum Armeedienst einberufen. Die Armee machte ihm keine Angst: Alle müssen hin, dachte er, also auch ich. Vor seiner Abreise schenkte ihm Kotow seine alte Kamera, eine Smena 6 aus der ersten Produktionsreihe von 1960, die er längst durch einen moderneren Apparat ersetzt hatte, von der er sich aber nicht hatte trennen können. Nun überwand er seinen angeborenen Geiz und seine in vielen Jahren gewachsene Achtung vor der altgedienten Kamera und übergab sie seinem besten Schüler.

Tolik verbrachte drei Monate im Ausbildungslager. Obwohl er noch nie zuvor ein Gewehr gesehen hatte, wurde er der beste Schütze seines Jahrgangs, dabei kam ihm gar nicht in den Sinn, dass Fotografieren und zielgenaues Schießen ähnliche Fähigkeiten verlangen.

Als erfolgreicher Schütze wurde er zu den Grenztruppen geschickt. Die Zugfahrt dauerte fast zwei Wochen, mit langen Zwischenhalten, manchmal standen sie zwei Tage auf einem Abstellgleis, bis es weiterging, immer weiter nach Süden. Schließlich erreichten sie die Stadt Duschanbe, dort wurden acht Rekruten in einen nagelneuen Hubschrauber gesetzt und an ihren Einsatzort gebracht, einen Grenzposten in den Ausläufern des Pamir, in einem unbewohnten schmalen Tal am Gebirgsfluss Pandsch. Durch das kleine quadratische Fenster des Hubschraubers entdeckte Tolik eine Welt, die alle seine Vorstellungen von Größe übertraf. Erst sah er endlose Steppen, dann wölbte sich die Erde, und es folgten lange Reihen ungeheurer Berge, ein ungewohnt naher Himmel und Wolken, dicht wie Sahneeis. Tolik glaubte einen Moment lang sogar, er sei gestorben – so etwas konnte es auf der Erde nicht geben … Doch der unsanfte Lärm des Motors und der Rotoren störte das himmlische Bild. Tolik schaute wie gebannt aus dem Fenster, bis der Hubschrauber landete.

Das Ziel dieser himmlischen Reise, der Grenzposten Sari-Gor, erwies sich als Aussichtspunkt über eine gewaltige Bergwelt, von der Tolik nichts geahnt hatte.

Während der gesamten zweieinhalb Jahre Dienst an der Grenze bedauerte er lebhaft, dass er den Fotoapparat nicht mitgenommen hatte, jeden Tag überlegte er, von wo aus er was aufnehmen müsste, zu welcher Tageszeit, bei welchem Licht und aus welcher Perspektive. Einen Horizont, wie ihn die Bewohner des Flachlands kennen, gab es hier nicht, die Grenze der Welt war unregelmäßig gezackt.

Der Dienst selbst war monoton, Tolik erlebte während seiner gesamten Zeit dort kein außergewöhnliches Vorkommnis – keine Spione, keine gefährlichen Grenzverletzungen. Die Hauptaufgabe bestand darin, Schmuggler zu fangen, die auf gewiefteste Weise Drogen aus Afghanistan über die Grenze brachten. Afghanen und Tadshiken zogen seit jeher über die Berge und gaben die Geheimnisse ihrer Zunft von Generation zu Generation weiter. Bisweilen kam es auf der Jagd nach Schmugglern zu Schießereien … Von Krieg war in jenen Jahren noch nichts zu ahnen.

Nach dem Armeedienst kehrte Tolik nach Hause zurück. Seine Mutter freute sich. Hätte man die beiden gefragt, ob sie einander liebten, wäre ihnen die Frage seltsam vorgekommen. Valentina hatte im Kinderheim, das bis zum sechzehnten Geburtstag ihr Zuhause gewesen war, das Überleben gelernt, das Lieben jedoch nicht, darum vermochte sie es auch ihrem Sohn nicht zu vermitteln. Auch einen Mann konnte sie nie lieben. Sie erinnerte sich, dass sie in der sechsten Klasse sehr für den Sportlehrer im blauen Trainingsanzug geschwärmt hatte, der sie allerdings gar nicht bemerkte. Doch bei einem anderen, der ihr zwar nicht gefiel, sie aber unbedingt wollte, gab sie nach, ebenso wie später in einigen ähnlichen Fällen. Das war alles, was Valentina von der Liebe wusste. Ihren Sohn Tolik liebte sie, so gut sie konnte, ohne darüber nachzudenken, und wer sein Vater war, wusste sie selbst nicht genau.

Als Tolik von der Armee heimkehrte, hatte es in ihrem Leben eine Veränderung gegeben, sie war aus dem Betrieb entlassen worden und arbeitete nun in der Hausverwaltung, für die gleichen achtzig Rubel. Damit kam sie aus.

Zu Hause hatte sich nichts verändert. Als Erstes sah Tolik nach seiner Fotoausrüstung, sie lag in der Schreibtischschublade, wo er sie hinterlassen hatte. Alles war unversehrt, die Mutter hatte nichts angerührt. Am nächsten Tag fuhr er zu Kotow. Der freute sich.

»Du kommst gerade rechtzeitig. Ich hab eine Stelle als Fotolaborant zu vergeben, willst du sie haben?«

Tolik wollte. Sehr sogar. Gleich am nächsten Tag erschien er zur Arbeit, obwohl er erst zwei Wochen darauf offiziell eingestellt wurde. Dies war seine wirkliche Heimkehr – zum Entwickeln und Vergrößern, zu Film und Fotopapier.

An seinen freien Tagen fuhr er wie früher mit der Kamera in den Kulturpark, nach Sokolniki oder in das Wäldchen Serebrjany Bor an der Moskwa. Er bemühte sich immer, auf seinen Fotos eine Verbindung zwischen Mensch und Natur herzustellen, doch ihr Maßstab war zu unterschiedlich, sie wollten nicht zusammenpassen. Manchmal, wenn Menschen die Bäume besuchten, konnte Tolik mit dem Objektiv den stummen Kontakt zwischen einem Menschen und einem Baum einfangen, einem Menschen und einem Strauch oder einem Menschen und dem Gras, auf dem er schlief. Als würde die Landschaft zusammenschrumpfen und dem Menschen ihre Gunst erweisen.

Kotow betrachtete Toliks Aufnahmen, ächzte, räusperte sich, lobte hin und wieder. Er sagte, Tolik müsse sich an großformatige Fotos wagen, doch dafür fehlte im Zirkel die Ausrüstung.

Da geschah etwas Einschneidendes: Die Nachbarin Semjonowa, die Tolik früher das Essen gebracht hatte, starb, und Toliks Mutter bekam ihr Zwölf-Quadratmeter-Zimmer – offen gestanden, durch Beziehungen. Nicht umsonst arbeitete sie in der Hausverwaltung. Zu dieser Zeit wurden die Gemeinschaftswohnungen zwar noch nicht aufgelöst, aber auch nicht mehr mit neuen Mietern aufgefüllt. Das Gerümpel der Nachbarin landete auf dem Müll, und Tolik richtete sich in dem Zimmer ein Fotolabor ein. Glücklicherweise befand sich der Raum direkt neben der Küche, so dass er sich einen Wasseranschluss legen konnte.

Jetzt teilte er sich seine Tage anders ein. Er saß nicht mehr von früh bis spät in den Leninbergen, sondern hielt sich an die von Kotow bestimmten Zeiten: dreimal in der Woche je sechs Stunden. Kotow vermittelte ihn an die Redaktion der Zeitschrift »Natur«, und Tolik wurde deren freier Mitarbeiter, fuhr auf Dienstreisen, machte im Auftrag der Zeitschrift Landschaftsfotos, manchmal auch Fotoreportagen über ein Labor oder eine Jagdwirtschaft. Mit der Zeit begann er sogar, die Zeitschrift zu lesen. Darin fand er alles über Chemie, Biologie und Physik, was er in der Schule nicht richtig gelernt hatte. Und entdeckte einen erstaunlichen Zusammenhang mit dem, was er so gut beherrschte – dem Fotografieren.

Er reiste viel durchs Land – man schickte ihn nach Burjatien, ans Kaspische Meer und in den Altai. Auch in den Pamir fuhr er, diesmal mit Fotoapparat. Gewöhnlich ging er allein fotografieren, streifte wie ein erfahrener Jäger auf der Pirsch herum und wartete auf den inneren Impuls: Hier! Ich bin hier! Du bist hier! Er schaute sich immer lange am jeweiligen Ort um, denn er beherrschte ein fast in Vergessenheit geratenes Geheimnis: den richtigen Rahmen. Er knipste und knipste; am allerliebsten Landschaften.

Seine Fotos gefielen und wurden von den Auftraggebern gern angenommen, manchmal auch auf Ausstellungen gezeigt. Jetzt war Kotow stolz auf seinen Schüler, wie Tolik früher stolz gewesen war auf seinen Lehrer.

Inzwischen hatte Tolik mehr Geld, bald reichte das Ersparte für eine neue Kamera, eine ZEISS IKON CONTAX mit dem großartigen Boiotar-Objektiv, und dieses Ereignis veränderte sein Leben, wie ein Umzug in eine neue Stadt, eine Heirat oder die Geburt eines Kindes das Leben eines Menschen verändert. In sein Gefühl für die neue Kamera mischte sich ein Hauch von Unbehagen gegenüber der alten, ähnlich dem schlechten Gewissen gegenüber der ersten Ehefrau, die man wegen einer neuen, jungen Schönheit verlässt. Obwohl im Falle der Kamera die zweite Liebe die erste nicht verdrängte.

In Toliks Leben begann eine neue Phase, er war nun nicht mehr zurückgeblieben oder mittelmäßig, sondern ein Profi, unter seinesgleichen geachtet. Er lebte zwar nach wie vor mit seiner Mutter in derselben Gemeinschaftswohnung in der Marossejka-Straße, aß, was sie, die nie richtig kochen gelernt hatte, unbeholfen zubereitete, trug seine Kleidung, bis sie auseinanderfiel, und kaufte sich Neues nur, wenn es wirklich nötig war, besaß aber eine ganze Sammlung von Fotoapparaten. Etwas anderes brauchte er nicht. Und auch niemand anderen.

Die fast wortlose Kommunikation mit seiner Mutter, mit Kotow und einigen Auftraggebern genügte ihm vollkommen. Genau wie in seiner Jugend hatte er weder Freunde noch Freundinnen. Frauengesichter betrachtete er nur durch den Sucher der Kamera, und überhaupt entdeckte er das Interessanteste ausschließlich in diesem kleinen Guckloch.

Hin und wieder nahm Tolik an Ausstellungen teil, einmal

gelangten seine Arbeiten wie durch ein Wunder nach Frankreich, allerdings ohne ihn. Er bekam nun gute Aufträge; außer von der Zeitschrift »Natur«, in der er regelmäßig gedruckt wurde, erhielt er auch andere Angebote für interessante Projekte, mal im Rahmen der Allunionsausstellung, mal an Theatern. Bei mehreren Wettbewerben wurde er mit Preisen bedacht.

Tolik liebte neue, noch nie erprobte Aufgaben. Einmal arbeitete er mit Biologen, half bei Aufnahmen mit versteckter Kamera, verschiedene Vögel zu beobachten, ihr Verhalten, ihren Streit, Liebe und Tod. Er dachte zurück an das Krähenpaar, das ihn in seiner Kindheit so beschäftigt hatte. Die Fenster seines jetzigen Zimmers gingen zur anderen Seite hinaus, nicht zum Hof, sondern zur Straße, und waren meist hinter dunklen Vorhängen verborgen. Ein anderer Auftrag kam von einem Theater – weniger interessant als die Arbeit mit den Vögeln. Die Gesichter der Schauspieler riefen in ihm keine solche Erregung hervor wie jene auf den alten Fotografien aus dem Atelier mit der berühmten Adresse: Kretschtschatik, Kiew. Inzwischen wusste er, wie die Meister damals gearbeitet hatten – das Geheimnis war natürlich das Silber, das in der Fotografie seit langem nicht mehr benutzt wurde. Aber eine derartige Qualität war ohnehin nicht mehr gefragt. Der Akt des Fotografierens, früher einmal selbst ein Ereignis, war verflacht und simpel geworden; an die Stelle der stolzen, hochwertigen Fotos vom Beginn des zwanzigsten Jahrhunderts war die wertlose Massenproduktion von Amateuren getreten.

Tolik verdiente gut, er fragte seine Mutter, ob sie nicht aufhören wolle zu arbeiten, doch sie lehnte ab: Was soll ich denn dann tun, dir Suppe kochen? Du solltest heiraten, dann würde ich die Enkel hüten.

Die Frage kam zum richtigen Zeitpunkt. Tolik hatte gerade Lena kennengelernt, sie war Schneiderin in einer Theaterschneiderei und zog ihn ernsthaft als Heiratskandidaten in Betracht. Lena war etwas älter als er und hatte ein Kind, doch nicht das Kind verunsicherte Tolik, nicht einmal das Alter der Braut, sondern seine Angst vor Veränderung. Lena war geschieden, lebte in einem entlegenen Vorort und würde bestimmt zu ihm ziehen wollen. Doch kein weiterer Nachbar gedachte demnächst zu sterben, es gab also keine Aussicht auf ein freiwerdendes Zimmer. Tolik begann sogar, auf eine Genossenschaftswohnung zu sparen, doch die Summe wuchs nur langsam. Indessen lächelte Lena das Glück, und sie heiratete rasch einen Witwer mit einer großen Wohnung. Damit versandete Toliks unbeholfene Romanze von selbst.

Mit dreißig verspürte Tolik eine nie zuvor gekannte Erschöpfung, selbst seine Ausrüstung konnte er nur noch mit Mühe tragen. Obwohl seine Mutter gewöhnlich zu Boden oder an seinem Gesicht vorbei blickte, bemerkte sie, dass er schlecht aussah. Ihn selbst beunruhigte etwas anderes: Seine linke Hand zitterte leicht, seine Bewegungen wurden steif, und er fühlte sich unsicher. Erst glaubte Tolik, diese Heimsuchung werde von selbst wieder vergehen, doch das Zittern der linken Hand hörte nicht auf, sondern griff nach einem halben Jahr auch auf die rechte über. Bald erfasste das tückische Zittern sogar das Kinn und fiel nicht mehr nur der Mutter auf, sondern auch anderen Menschen. Vielleicht war er wirklich krank?

Zum Arzt ging Tolik erst nach zwei Jahren, als seine Gesundheit völlig zerrüttet war. Er lief inzwischen auch unsicher, mit langsamen, kleinen Schritten. Tief in seiner Seele empfand er seine Krankheit als ungerecht: Warum nicht der Bauch, der Kopf, ja, sogar die Beine – anstelle dieses Zitterns, das ihn am Arbeiten hinderte? Er litt, beklagte sich nicht einmal bei seiner Mutter, saß jedoch bisweilen wie erstarrt da und wartete darauf, dass sein Zustand sich besserte. Dann würde er die Redaktion aufsuchen und einen neuen Auftrag annehmen. So verging Jahr um Jahr. Die verschriebenen Tabletten halfen nicht. Das Geld, das er für die Wohnung gespart hatte, ging nicht zur Neige. Seine Mutter und er lebten bescheiden wie immer. Er arbeitete nur noch sporadisch, und es fiel ihm immer schwerer, denn er hatte kein Vertrauen mehr in sich, in seine zitternden Hände.

Oft ging er wochenlang nicht hinaus. Manchmal wollte er aufstehen und das Haus verlassen, wenigstens für einen Spaziergang im Park Tschistyje prudy. Doch dann vergaß er es schnell wieder, setzte sich in seinem von der Arbeit entwöhnten Zimmer auf den Stuhl an seinem Tisch, döste ein, wachte auf, schlief wieder ein. Vor ihm lagen Landschaftsfotos. Die schaute er an.

Bald versagten seine Hände ganz den Dienst. Er konnte nicht einmal mehr einen Löffel halten. Seine Mutter fütterte ihn wie ein Kleinkind. Bevor sie zur Arbeit ging, zog sie ihm ein Hemd an und auf seine Bitte auch den Anzug. Und Schuhe. Auch die Schnürsenkel, mit denen er nicht mehr zurechtkam, band sie ihm – regelmäßig wollte er in die Redaktion der Zeitschrift »Natur« gehen, schaffte es jedoch nie. Nachts litt er unter Schlaflosigkeit, schlurfte ständig zur Toilette, am Morgen dann wurde er schläfrig und schlief auf dem Stuhl ein, in Anzug und Schuhen. Wenn er aufwachte, verschob er den Gang in die Redaktion auf den nächsten Tag oder hatte seine Absicht ganz vergessen.

Valentina bewies große Geduld. Geduld trat bei ihr an die Stelle der Liebe. Tolik wusste ebenfalls wenig von Liebe, Dankbarkeit jedoch, der Liebe benachbart, war ihm vertraut. Wie seine Mutter besaß auch er viel Geduld. Er zeigte sie für seine Krankheit – er klagte nicht, war nicht wütend, nur verwundert.

Stundenlang betrachtete er Fotos von Landschaften. Alle, die er in seinem Leben aufgenommen hatte. Veröffentlichte, aber auch viele unveröffentlichte. Stundenlang blickte er auf einen gewundenen Pfad in einem Wald, wie von unten fotografiert, sodass der Weg nicht hinter den Bäumen verschwand, sondern in den Himmel führte. Er schaute auf die in Reptek, in der östlichen Karakum-Wüste fotografierten Barchane, die Sicheldünen. Sie sahen aus wie Meereswellen, bewegten sich im Unterschied zu diesen aber nur ganz langsam, was lediglich an dem hauchdünnen Sandschleier zu erkennen war, der von ihrem leicht abwärts geneigten Kamm rieselte. Man hätte die Hand darunter halten mögen, um den schneeweißen knirschenden Sand aufzufangen. Und hier, der Hang in Krasnaja Poljana bei Sotschi, wo er erst vor fünf Jahren gewesen war, auf seiner letzten Reise. Oder war das die Krim? Dort hatte er im Naturschutzgebiet Kara Dag fotografiert. Nach der Landschaft des Pamir war ihm die Krim alt und abgenutzt vorgekommen. Was im Grunde auch stimmte.

Am liebsten betrachtete er die Fotos vom Pamir. Vom unvergleichlichen Pamir. Ein Berghang, erst sanft abfallend, dann steiler, am Ende ein Knick, eine Kurve, und in der Ferne die Zickzacklinie der Berge. Einmal dorthin gelangen, in diese weiße Welt, bis zu dieser Biegung, hinter der – das wusste er – eine weitere wartete und noch eine … Nein, nein, die Landschaft nimmt den Menschen nie auf, sie wurde von der Natur nicht erschaffen, damit der Mensch darin herumtrampelt, seine Spuren hinterlässt, den Schmutz seiner Gegenwart, seines unsauberen Atems.

Doch diesen Weg hier kannte er, der war ihm vertraut. Das war sein Grenzposten. Diesen Weg war er damals oft gegangen, bis zu einem einsamen Baum. Da war er, auf dem Foto. Ein Maulbeerbaum. Dann eine verlockende Wegbiegung und ein neuer Ausblick, wie immer in den Bergen – erwartet und zugleich überraschend.

In Gedanken ging er weiter bis zur nächsten Biegung. Erstaunlich – Tolik hatte dort kein einziges Foto gemacht, dennoch erinnerte er sich an jedes Detail. Er sah eine rostige Konservenbüchse … weiße Pferdeknochen … einen zerbeulten Eimer … er trat dagegen und verspürte einen Schmerz in den Zehen. Er bückte sich, berührte die Zehen. Keine Verletzung. Aber warum war er barfuß? Seine Hände zitterten nicht mehr, doch das bemerkte er gar nicht. Es spielte keine Rolle.

Vor ihm ragten die Bergspitzen auf, genauso angeordnet wie zu Anbeginn der Zeiten: Zwei nebeneinander, dazwischen eine Kluft, ein hoher Berg, vier kleine … und dahinter eine weitere Reihe, noch höher. Und darüber lagen Wolken, dicht wie Sahneeis, wie von oben gesehen, aus einem Flugzeug. Nein, das war doch nicht Krasnaja Poljana, nicht der Kaukasus, das war ein Foto vom Pamir, natürlich …

Leichtfüßig folgte Tolik dem steinigen Hohlweg. Der Pfad wurde immer steiler, doch das Laufen fiel ihm immer leichter. Die Berge kamen rasch näher, wie im Kino, schon entdeckte er die nächsten Kämme, die vom Grenzposten aus nie sichtbar gewesen waren. Die Landschaft rief ihn zu sich, und er fühlte, dass er endlich in sie hineingehen konnte. Die Landschaft nahm ihn auf. Und was das Seltsamste war – es gab keinen Rahmen. Der war nun nicht mehr nötig …

Valentina betrat Toliks Zimmer. Er war nicht da. Sicherheitshalber rief sie nach ihm. Wo war er abgeblieben? Sein Mantel hing seit langem an der Garderobe, den hätte er gar nicht herunternehmen können, so hoch konnte er die Arme nicht mehr heben. Sie durchquerte den schmalen Durchgang – alles war mit Toliks staubigem Kram vollgestellt. Und das Erstaunlichste: Auf dem Stuhl lagen seine Hose, sein altes Jackett, sein zugeknöpftes Hemd. Valentina hob die Sachen an und schüttelte sie leicht. Aus dem Hemd fiel das Unterhemd. Und unter dem Stuhl standen Toliks Schuhe. Zugeschnürt. In jedem lag eine Socke. Eine war geflickt.

Awa

Ende 1944 erhielt Jelena Michailowna, Angestellte des Moskauer Metrobau-Unternehmens, ein Lend-Lease-Geschenk. Weil die Schlange lang war und sich Jelena ein wenig verspätet hatte, bekam sie aus dem großen Karton, auf dem das Bild eines Adlers über einem Schiff prangte, nichts mehr ab vom Eipulver, dem Büchsenfleisch in den schwarz-goldenen Dosen und der Schokolade, sondern nur noch ein Kinderspielzeug. Es war ein kleiner Hund, eher ein Welpe, aus schmutzig grauem struppigem Plüsch, mit kurzem Stummelschwanz, Hängeohren und Knopfaugen. Das Hündchen war ein winziger Teil der Lend-Lease-Gaben, denn im Wesentlichen wurden die siebzehn Milliarden amerikanische Dollar für Flugzeuge, Willys-Geländewagen und andere notwendige Dinge zur Ausrüstung der Roten Armee ausgegeben. Doch davon wusste Jelenas Enkelin Mila nichts und freute sich über das Hündchen. Sie war noch keine zwei Jahre alt, aber ziemlich gescheit, sie griff nach dem Plüschtier, drückte es an ihre Brust und sagte »Aw-wa«. Das wurde der erste Name des Hündchens, dem ein langes und glückliches Leben beschieden war.

Bis Mila siebzehn wurde, legte sie Awa vor dem Einschlafen neben sich auf das Kissen und flüsterte ihm alle ihre Freuden und Kümmernisse ins Ohr. Vor allem ihre Kümmernisse. Diesen psychologischen Dienst erwies Awa ihrer Besitzerin viele Jahre, ab ihrem achtzehnten Lebensjahr aber sah Mila anstelle des geschlechtslosen Plüschhündchens neben sich auf dem Kopfkissen lieber ein Geschöpf des anderen Geschlechts, das dem Hündchen in Sachen Trost weit überlegen war. Deshalb zog Awa in das benachbarte Zimmer der großen Wohnung, in dem Milas Cousins lebten, die just in das Alter gekommen waren, da sich Kinder für Hündchen interessieren.

Die Zwillinge Petja und Pawlik, ebenfalls Enkel von Jelena Michailowna, stritten sich anfangs heftig um das Hündchen – jeder wollte genau dann damit spielen, wenn der andere danach griff. Das Plüschtier bekam zwei neue Namen: Pawlik nannte es Alma, Petja Rex. Pawlik bestimmte es zum Sanitäter, band ihm einen Papierring mit aufgemaltem rotem Kreuz um eine Pfote und kroch mit ihm auf der Suche nach verwundeten Soldaten über ein Phantasie-Schlachtfeld. Petja spielte Grenzsoldat, Rex sollte mit ihm die Grenze schützen und Spione fangen. Er zog mit Kreide einen breiten Strich auf dem Fußboden, und wenn der Bruder die Kreidegrenze überschritt, nahm er ihn freudig gefangen und versetzte ihm einen Fausthieb.

Schließlich kaufte ihre Mutter ein zweites Plüschhündchen, doch Alma-Rex blieb ein Zankapfel. Das neue Hündchen mochte zwar schöner sein, doch das erste war nun mal die erste Liebe der beiden. Manchmal stritten sie abends bis zu heißen Tränen – jeder wollte unbedingt neben Alma-Rex einschlafen. Tränen fördern ja bekanntlich das rasche Einschlafen.

Als das Interesse für Autos die Liebe zu Plüschtieren ablöste, schenkten die Zwillinge das Hündchen Milas Tochter Sascha, der Urenkelin der inzwischen verstorbenen Jelena Michailowna.

Mila musterte das ziemlich schmuddelige Hündchen Awa und dachte bekümmert daran, dass ihre Großmutter Jelena Michailowna nun schon zwanzig Jahre tot und auch ihre Mutter vor nicht allzu langer Zeit relativ jung gestorben war, während die Dinge nahezu unvergänglich blieben. Dann brachte sie das Hündchen in die chemische Reinigung. Jetzt war es zerzaust, aber blitzsauber, und Milas Tochter Sascha gab ihm einen neuen Namen – nun war es das Hundemädchen Kutja.

Mila beobachtete lächelnd, wie Sascha mit ihrem neuen Spielzeug flüsterte. Kutja diente ihr brav: Sie ließ sich von ihrer neuen Besitzerin an einer Leine durch die Wohnung ziehen, begleitete sie bald auch auf den Hof. Und natürlich wurde sie Saschas Schlafpartnerin. Kutja lag neben ihr auf dem Kopfkissen, Sascha deckte sie fürsorglich zu und teilte mit ihr alle ihre schlichten Geheimnisse. Überdies hatte die Berührung des weichen Plüschs eine schlaffördernde Wirkung, besonders, wenn das Mädchen krank war. Und bevor Sascha eine Arznei oder Tabletten schlucken musste, wurde das Hündchen mit der Nase hineingestupst.

Als Sascha zehn war, bettelte sie um einen lebendigen Hund, ja, verlangte danach. Mila, eine gemäßigte Gegnerin von Haustieren, gab sich schließlich geschlagen. Sie kauften einen kleinen grauen Pudel mit Namen Brom. Er machte in die Ecken, nagte Schuhe an, sträubte sich bei jedem Spaziergang gegen das Nachhausegehen, versuchte sich von der Leine loszureißen und wegzulaufen. Saschas Lieblingsspiel, das Verkleiden, das Kutja so geduldig mitgemacht hatte, konnte Brom nicht ausstehen: Er ließ sich keinen Schal umbinden, keine Mütze aufsetzen und nicht in ein Tuch wickeln. Da konnte er sogar zubeißen! Eines Tages nagte er Kutja ein Auge ab, was Sascha und ihre Mutter sehr betrübte, zumal er das abgebissene Auge unwiderruflich verschluckt hatte. Außerdem erhob Brom Anspruch auf Kutjas Platz, er sprang in Saschas Bett und jaulte, wenn ihn jemand verjagen wollte. Er brachte viel Unruhe ins Haus, doch nach einem Monat bekam er die Staupe – trotz gewissenhafter Pflege starb er und bereitete damit Sascha den ersten großen Kummer. Die treue Kutja an sich gedrückt, weinte das Mädchen um Brom. Nun gab es nur noch Kutja, die niemandem Sorgen bereitete, nicht einmal potenzielle, denn ihr drohte keine Staupe, und Kostümbälle aller Art ertrug sie geduldig. Sascha nähte ihr eigenhändig – schief, aber fest – einen Knopf an, der das abgebissene und verlorene Auge ersetzte, damit allerdings wenig Ähnlichkeit hatte. Nun besaß Kutja ein amerikanisches Auge aus Glas, mit schwarzer Pupille in der Mitte, und ein etwas größeres, himmelblau-perlmuttfarben. Nach dieser Operation liebte Sascha ihr Plüschtier noch mehr.

Mit zwölf Jahren wurde Sascha Mitglied einer Tischtennis-Sektion, ging zum Englischunterricht und regelmäßig in die Schwimmhalle, so dass für Spiele zu Hause keine Zeit blieb. Doch obgleich es nun kein Puppen-Teetrinken und keine Hundeverkleidungen mehr gab, schlief Kutja nach wie vor in Saschas Bett. Sie war inzwischen kein Welpe mehr, sondern ein Geschöpf in vorgerücktem Alter. Als das neue Jahrhundert anbrach, war sie fast sechzig.

Sascha führte ihr Leben, beendete die Schule, begann zu studieren und hatte im dritten Studienjahr eine stürmische Romanze mit einem Kommilitonen. Das Plüschhündchen landete zusammen mit Jelena Michailownas altem Persianerpelz auf dem Hängeboden. Wieder einmal hatte Kutja den Platz auf dem Kopfkissen räumen müssen.

In der einstigen Gemeinschaftswohnung lebte nur noch Saschas Familie, Milas Cousins waren in eine Genossenschaftswohnung gezogen. Mila und ihr Mann hatten sich am Kauf dieser Wohnung finanziell beteiligt und zum Ausgleich von den Cousins deren Hälfte des von der gemeinsamen Großmutter geerbten Sommergrundstücks bekommen. Mila war also alleinige Besitzerin von sechshundert Quadratmetern Grund und einem Häuschen mit zwei Zimmern.

In dieses von den Verwandten freigeräumte Haus brachte Mila alles Überflüssige, was sich in vielen Jahren in der Stadtwohnung angesammelt hatte, Ausrangiertes, das sie aus alter Gewohnheit nicht wegwerfen mochte, weil sie nie im Überfluss gelebt hatte. Nun besaß Sascha alles, was sie sich nur wünschen konnte – ein eigenes Zimmer, ein Sommerhaus und ein Wirtschaftsdiplom des Plechanow-Instituts. Und war verheiratet mit dem Kommilitonen, der einst Kutja verdrängt hatte.

Im ersten Sommer verbrachten Sascha und ihr Mann Kirill einen ganzen Monat in dem Häuschen und arbeiteten mit großem Eifer an der Einrichtung ihres Sommernests. Kirill erwies sich als handwerklich geschickt, und die Renovierung bereitete ihm Freude. Sie brachten sämtliches Gerümpel in drei vorsintflutlichen Koffern in den Schuppen, rissen im Haus die alten Tapeten mit den schrecklich altmodischen

Rosen herunter und tapezierten die Wände mit fröhlichen Streifen und Vögelchen. Kirill erneuerte die Elektrik, legte sogar eine Leitung in den Schuppen. Als sie Ende August wieder in die Stadt gezogen waren, begannen in der Siedlung Bauarbeiten. Dadurch kam es zu einem Unfall, Pannen im Stromnetz führten zu einem Kurzschluss, und der Schuppen geriet in Brand. Nachbarn riefen sofort die Feuerwehr, doch als die eintraf, war der Schuppen vollkommen niedergebrannt, mitsamt allen Koffern. Das Hündchen Kutja war einen raschen Feuertod gestorben, zusammen mit Jelena Michailownas altem Pelzmantel und dem übrigen Kram.

Mehr passierte nicht – das Haus erlitt keinen Schaden, auch die Nachbarhäuser blieben unversehrt.

Mila war zunächst furchtbar bekümmert über den Brand, doch als sie hörte, dass nur der Schuppen abgebrannt war, beruhigte sie sich. Sie erinnerte sich nicht einmal, was dort eigentlich gelegen hatte. An das Plüschhündchen dachte sie nicht.

Im folgenden Sommer beendete Kirill die Renovierung des Häuschens. Im Juli hatte das junge Paar einen Sohn bekommen, Andrjuscha. Ein hübsches blauäugiges Baby. Alles war bestens, er trank mit Appetit, nahm ordentlich zu, bekam runde Wangen, auf dem kahlen Kopf wuchs ein lustiger weißgrauer Haarschopf. Nach einem halben Jahr veränderte sich wie bei den meisten Kindern die Augenfarbe – von milchig-blau zu der endgültigen Farbe, die ein Leben lang bleibt. Und nun offenbarte sich eine interessante Eigenheit: Ein Auge von Andrjuscha wurde dunkel, es glänzte braun, in der Augenfarbe des Vaters, das zweite aber blieb babyblau. Besorgt wandten sich die Eltern an Ärzte. Die Augenärztin erklärte, eine solche Verschiedenfarbigkeit der Augen komme vor und habe keinen Einfluss auf die Sehkraft. Dieses Phänomen heiße Heterochromie. Ansonsten war der kleine Andrjuscha ein fröhliches, gesundes Kind mit einem sanften, freundlichen Charakter.

Als Andrjuscha fünfzehn war, sich alle an seine verschiedenfarbigen Augen gewöhnt hatten und niemand mehr darüber sprach, ließ sich seine Mutter Sascha, eine durchschnittliche Ingenieurin mit durchschnittlicher sowjetischer Weltanschauung, von Kirill scheiden und geriet unter den Einfluss eines Freundes aus Dissidentenkreisen. Mit ihm zusammen vertiefte sie sich in das für sie neue Gebiet russischer Religionsphilosophie. Sie hatte schon einiges gelesen, als ihr Daniil Andrejews *Weltrose* in die Hände fiel. Das unglaubliche Schicksal des Autors bewegte Sascha. Es stellte sich heraus, dass sie vieles nicht wusste über die Geschichte ihres Landes, die in diversen Gesellschaftskundestunden als ein harmonischer Prozess dargestellt worden war.

Andrejew war 1947 verhaftet und nach dem berüchtigten politischen Paragraphen 58 zu fünfundzwanzig Jahren Haft verurteilt worden. Einen Teil davon verbrachte er in einer Einzelzelle des Zentralgefängnisses in Wladimir, einer Anstalt für gefährliche Schwerverbrecher. Immerhin durfte er schreiben, und in diesen Jahren entstanden viele seiner literarischen Arbeiten, in denen sich kühne Gedanken, sprudelnde Phantasie und harmlose Spinnerei mischten.

In seiner *Weltrose*, die unterhaltsam ist wie ein Märchen, beschreibt er eine seiner schöpferischen Vorstellungskraft entsprungene Welt diverser phantastischer geistiger Wesenheiten – Igwen, Uizraoren, Ryfren, Welgen und anderer Raruggen. Eine spezielle Lektüre für Freunde philosophischer Esoterik.

Diese *Weltrose* sank tief in Saschas Ingenieursseele und rüttelte an den eingerosteten Grundlagen ihres »gesunden« Marxismus-Leninismus. Daniil Andrejew führte Sascha auf einen neuen, reizvollen Weg.

Daniil Andrejew wusste unter anderem Bescheid über die Entstehung der Seelen. Diese Frage hatte Sascha zuvor nie beschäftigt, sie ahnte nicht einmal, dass es so etwas überhaupt gab. Daniil Andrejew öffnete ihr die Augen. Auf seine hartnäckige Befragung Höherer Mächte über die Entstehung der Seelen in unserer Welt – ob sie von Gott alle gleichzeitig erschaffen wurden und dann je nach Bedarf auf die Erde kommen oder ob Seelen ständig neu erschaffen werden, ob also beim ersten Schrei eines neugeborenen Körpers auch eine neue Seele auf die Erde kommt – auf diese Fragen hatte der wissbegierige Häftling eine nicht ganz eindeutige Antwort erhalten: Eigentlich wurden alle Seelen (er spricht von »Monaden«) gleichzeitig erschaffen, in großer Zahl, für die gesamte Existenz der Menschheit, doch zugleich gibt es einen ständigen Zufluss neu entstehender Monaden – durch Akkumulation und Konzentration von Liebe in der Menschenwelt. Ist zum Beispiel die Liebe eines Kindes intensiv auf einen unbelebten Gegenstand gerichtet, sagen wir, auf ein Plüschhündchen, und ihre Kraft ist mächtig und zielgerichtet, dann konzentriert sich die in diesem Objekt angesammelte Liebe nach dessen physischer Vernichtung zu einer neuen Monade, und sie steigt herab in unsere irdische Welt.

Kutja! Unsere Kutja!, dachte Sascha begeistert. Nun war sie ganz sicher, dass die Seele ihres Andrjuscha mit den verschiedenfarbigen Augen und das Schicksal des Hündchens mit den vielen Namen, des Lieblingsspielzeugs mehrerer Kindergenerationen, auf mystische Weise miteinander verknüpft waren. Wie sonst ließen sich seine verschiedenfarbigen Augen erklären? Und war es ein Wunder, dass sie ihren Jungen einer Eingebung folgend ausgerechnet Andrej genannt hatten? Vielleicht zu Ehren von Andrejew?

Dass diese Theorie wenig wahrscheinlich war, störte Sascha nicht im Geringsten.

Die Autopsie

Kogan liebte seine schaurige Arbeit, insbesondere seine zu ihrer Zeit gestorbenen Toten – die alten, vom Leben erschöpften Körper, kahlköpfig, längst ohne die wuchernde Behaarung in Achselhöhlen und Leistengegend, ihre ausgetretenen Füße voller Knoten und Schwielen, ihre schlaffen Brüste und Hodensäcke. Während er in aller Ruhe die Sektionshandschuhe überstreifte, betrachtete er den vor ihm liegenden Körper wie ein ungelesenes Buch und gewann einen ersten oberflächlichen Eindruck, indem er ihn nach einem nur ihm bekannten Maß beurteilte – ob der Tote zu seiner Zeit gestorben war oder ob er die ihm von der Natur bemessene Grenze nicht erreicht hatte. Menschen, die weit über diese Grenze hinausgelangt waren, nannte er »Vergessene« und machte sich ein wenig Sorgen, ob er womöglich schon selbst in diese Kategorie fiel. Kinder und junge Frauen obduzierte er ungern, er bevorzugte seine zuverlässige, rechtmäßige Klientel.

Kogans erste Frau, eine Gynäkologin, hatte kurz vor der Scheidung etwas zu ihm gesagt, das er nicht vergessen konnte: Nur ein pathologischer Typ entscheidet sich für den Beruf des Pathologen … Weibliche Dummheit. Ein Pathologe war, so glaubte Kogan, ein Priester der reinen Körperlichkeit, der letzte Reiniger des Tempels, den die Seele verlassen hat. Seine zweite Frau, Ninotschka, dagegen, eine Bibliothekarin, kannte nicht einmal das Wort »Autopsie«. Und das war wunderbar.

Normalerweise dauerte eine gründliche Obduktion zwei Stunden, in dieser Zeit las er die gesamte Lebensgeschichte, wie ein behandelnder Arzt ein Krankenblatt liest. Sein kluger Blick sah hinter dem auf dem verzinkten Tisch ausgestreckten Körper ein kränkliches oder leicht verfettetes Kind samt all seinen Masern- und Scharlach-Erkrankungen, seiner Pubertät, verheilten Knochenbrüchen und kleinen Verletzungen.

In den meisten Fällen bestätigte Kogan die vermutete Todesursache, manchmal jedoch barg das geöffnete Buch des toten Körpers Überraschendes: Ein an einem Herzinfarkt verstorbener Fünfzigjähriger mit einem nicht diagnostizierten Darmkrebs im Endstadium, ein bei einem Autounfall ums Leben gekommener bekannter Schauspieler, dessen Gefäße in einem Zustand waren, dass der Autounfall ihn vor einem baldigen unvermeidlichen Schlaganfall bewahrt hatte, oder eine Selbstmörderin mit unentdeckter Leukämie – als hätten in dem noch lebenden Körper mehrere Krankheiten miteinander gewetteifert und dabei nicht die stärkste gewonnen.

Kogan war einer der ältesten Pathologen, längst pensioniert, doch hin und wieder wurde er zu besonders komplizierten Fällen geholt – zu Obduktionen oder für gerichtsmedizinische Gutachten. Diesmal war er am Freitag angerufen worden, doch er war bereits in sein Wochenendhaus gefahren und hatte nicht gleich zurückkehren wollen, und sein ehemaliger Schüler, jetzt Chefarzt eines großen Moskauer Krankenhauses, eines riesigen medizinischen Zentrums, hatte ihn gebeten, am Montag zu kommen, denn der Fall sei so beunruhigend und sonderbar, dass es gut wäre, wenn Kogan ihn untersuchte, bevor die Ermittler einträfen.

Auf dem Tisch lag ein junger Mann, hager, gut gebaut, mit marmorgelblicher Haut, einer Stichwunde im Brustkorb, zahlreichen Blutergüssen im Gesicht, Kratzern auf der Stirn und gebrochenen Füßen.

Ein Mitarbeiter der Pathologie, der alte Iwan Trofimowitsch, lispelte irgendetwas. Kogan hörte seit einigen Jahren schlecht und ärgerte sich, wenn jemand undeutlich sprach oder vor sich hin murmelte. Er räusperte sich, der Mitarbeiter nickte und drehte den Leichnam auf die Seite, so dass ein Teil des Rückens zu sehen war. Beiderseits der Wirbelsäule, in Höhe der dritten bis fünften Rippen, parallel zu den Schulterblättern, befanden sich zwei sonderbare Kerben, die aussahen, als wären sie post mortem zugefügt worden. Der Assistent murmelte wieder etwas, und Kogan, der gerade eine der Kerben berührte, blaffte: »Reden Sie lauter, Iwan Trofimowitsch, ich höre schlecht. Hat jemand den Leichnam angefasst?«

»Nein, er wurde am Freitag genau so gebracht. Ich wundere mich selber.«

»Na schön, wir werden sehen«, knurrte Kogan, las das Krankenblatt und schüttelte den Kopf. Der Patient war am Freitag um 22:45 Uhr mit dem Rettungswagen eingeliefert worden und eine Stunde darauf gestorben. Vermutlich an den Folgen der Stichwunde.

Kogan betrachtete die bereitliegenden Instrumente: Skalpell, Knochensäge, Seziermesser, Schädelspalter, Knochenschaber … Er begann wie üblich mit dem Schädel.

Zweieinhalb Stunden später unterschrieb Kogan das Obduktionsprotokoll. Todesursache war die Blutung infolge der Stichwunde; die Schläge und leichten Schädelverletzungen sowie die zerquetschten Füße konnten nicht zum Tod geführt haben.

Wieder zu Hause, bedrückt und völlig erschöpft, hatte er eine Entscheidung getroffen: Dies war seine letzte Obduktion gewesen. Die beiden symmetrischen Kerben auf dem Rücken des Toten gingen ihm nicht aus dem Sinn. Er kannte die menschliche Anatomie in- und auswendig, doch diese beiden taschenförmigen Vertiefungen, elastische Hautsäcke unbekannter Bestimmung, hatte er in den sechzig Jahren seiner Praxis noch nie gesehen.

Er war ein rational denkender Mediziner mit einem großen geistigen Horizont, ohne die geringsten metaphysischen Verirrungen, doch die Anatomie dieses Toten ließ ihn an populäre Romane über Außerirdische und Aliens aus dem vorigen Jahrhundert denken –– oder gar an populäre Fantasy-Literatur für Schulkinder … Er war verwirrt und verlegen.

Maria Akimowna saß den zweiten Tag auf einer Bank am Krankenhaus, erst in der Nähe des Auskunftsschalters, und als der schloss, verließ sie das Gelände und setzte sich draußen auf eine Parkbank.

Ihr Sohn Wsewolod, Wolja, war am Freitagabend wie immer zu einem Konzert gegangen und nicht zurückgekehrt. Am Sonnabend hatte sein Freund Mischa angerufen, der Pianist, mit dem Wolja oft zusammen auftrat, und sich erkundigt, ob Wsewolod zu Hause sei.

»Ich mache mir Sorgen, Mischa, er ist nicht nach Hause gekommen und hat sich nicht gemeldet.«

»Ich komme sofort«, erwiderte Mischa.

Eine Stunde nach dem Telefonat erschien Mischa mit gebrochener Nase und einem blauen Fleck übers halbe Gesicht bei Maria Akimowna in der Delegatskaja-Straße.

»Als wir gestern nach dem Konzert rauskamen, waren da ein paar Jungs auf drei Motorrädern, auch Musiker, harte Kerle … Die haben was gegen uns, schon lange. Sie sind erst auf Wolja los, haben ihm den Flötenkoffer aus der Hand gerissen, er wollte danach greifen, da fuhr ihm ein anderer mit dem Motorrad direkt über die Füße, Wolja ist gestürzt, dann kriegte auch ich eins aufs Auge und fiel hin. Mehr habe ich nicht gesehen. Den Rettungswagen haben vermutlich Passanten gerufen; wo Nadja und Dascha abgeblieben sind, weiß ich nicht. Heute früh hab ich angerufen, da ging keiner ran. Ich muss telefonieren, gleich …«

Mischa begann zu telefonieren, um herauszufinden, in welches Krankenhaus Wolja am Vortag gebracht worden war. Dann rief Maria Akimowna die Kirchenälteste an und sagte, sie könne heute nicht zum Abendgottesdienst kommen, denn ihr Sohn liege im Krankenhaus, das Putzen solle die Kirillowna übernehmen oder Tante Sina. Die Älteste war zwar eine herrische Person, behandelte aber Maria Akimowna, die sie ihrer langen Bekanntschaft wegen Mascha nannte, freundlich, wenn auch von oben herab. Übrigens behandelten alle, bis auf ihren Sohn und dessen Musikerfreunde, Maria Akimowna von oben herab, was sie aber gar nicht bemerkte.

Gegen zwölf waren Mischa und Woljas Mutter im Krankenhaus am Leninprospekt. In der Aufnahme hieß es, Wolja sei auf die Chirurgie verlegt worden, sie sollten sich an die Auskunft wenden. Dort saß eine junge Frau mit Dutt und Schleife, schaute in ihre Papiere und sagte: Er ist verstorben. Maria Akimowna begriff nicht gleich, sie fragte, wo sie ihren Sohn sehen könne …

»Sie können ihn jetzt nicht sehen. Er ist im Leichenschauhaus. Erst nach der Obduktion«, antwortete die Frau am Schalter. »Die Papiere bekommen Sie auf Station.«

Mischa, der schneller als Maria Akimowna verstanden hatte, was passiert war, bugsierte sie auf eine Bank und fing an zu weinen. Maria Akimowna saß neben ihm, blickte starr vor sich hin und schwieg.

Ihr Leben war zerstört, vorbei, und sie begriff, dass sie immer gewusst, geahnt hatte, dass es so kommen würde. Ihr ganzes Leben lief vor ihr ab, von Anfang an. Der Tod ihrer Mutter, das Leben mit ihrem Vater, einem strengen, schweigsamen Dorfpriester, in Nowosselowo, wo sie die schlechteste Schülerin der ganzen Schule gewesen war, und als die Dorfschule geschlossen wurde, schaffte sie es nicht, die sechs Kilometer bis zur Schule in Pless zu laufen, sie war kleiner als die anderen Kinder, schwächer und oft krank, also blieb sie zu Hause, und der Vater hatte nichts dagegen. Sie saß in der Stube, heizte den Ofen, kochte Suppe und Grütze, und als sie herangewachsen war, kam ein Verwandter des Vaters aus Moskau, Onkel Ossip, die beiden Männer redeten lange miteinander, offenbar über sie. Am nächsten Morgen sagte der Vater, sie würde nun in der Stadt leben, bei Onkel Ossip. Ihr Vater aber zog in den Norden, nach Pskow, und wurde dort

Mönch, Mascha sah ihn nur noch einmal, nach der Geburt von Wolja. Damals war Onkel Ossip, offiziell ihr Ehemann – er war schon alt und wusste nicht, wie er ihr sonst das Zimmer vererben konnte –, mit ihr und dem Kleinen zu ihrem Vater ins Kloster gefahren. Der Vater hatte kein Wort gesagt und keine Fragen gestellt, aber immerhin den Kleinen nach dem Kirchenkalender auf den Namen Wsewolod getauft.

Die kleine Familie kehrte heim nach Moskau, in die Delegatskaja-Straße, in ein Zimmer in einer großen Gemeinschaftswohnung, Mascha und Wolja waren nun dort gemeldet. Bald darauf starb Onkel Ossip. Mascha fand eine Stelle als Putzfrau in der Kinderkrippe. Dort blieben sie und Wolja drei Jahre, dann kam er in den Kindergarten, und wieder hatte sie Glück und wurde als Putzfrau eingestellt, weil die Stelle gerade frei geworden war, und so ging es weiter: Sie war immer bei ihrem Sohn, auch in der Schule und an der Musikfachschule.

Wolja war ein Engel – er ließ sich nicht mit Rabauken ein, hielt sich meist an die Mädchen, im Kindergarten und auch später in der Schule. Mit zehn schnitzte er sich eine Flöte und blies ständig darauf, brachte zarte Töne hervor. In der Schule aber war er schlecht, er schaffte keinen Abschluss. Doch Mascha war ihm nicht böse, sie hatte selbst Lernschwierigkeiten gehabt. Sie konnte lesen und schreiben, doch sie tat beides nie. Wenn sie überhaupt mal freie Zeit hatte, strickte sie Schals und Jacken. Und Pullover für Wolja.

Es ging ihnen gut: Ein eigenes Zimmer und ein geringes, aber regelmäßiges Einkommen. Wolja wurde an der Musikfachschule angenommen, obwohl er die Musikschule nicht beendet hatte. Aber die Lehrer fanden großen Gefallen an ihm. Sie sagten, er habe musikalisches Talent. Und Mascha bekam an der Fachschule eine Stelle als Putzfrau. Ihre Arbeit erledigte sie sehr gut – still und unauffällig, die Sauberkeit schien sich um sie herum ganz von selbst einzustellen. Wolja allerdings beendete die Fachschule vor dem Abschluss, denn in den gesellschaftswissenschaftlichen Fächern – Geschichte der Partei, wissenschaftlicher Atheismus, Politökonomie – fiel er immer wieder durch und hatte schließlich so viele Prüfungen offen, dass er exmatrikuliert wurde. Er sollte sofort zum Armeedienst einberufen werden, er war im richtigen Alter, wurde aber aus gesundheitlichen Gründen ausgemustert – die Kommission hatte bei ihm Tuberkulose festgestellt. Maria Akimowna war besorgt. Ihr Junge war doch immer gesund gewesen, woher das auf einmal? Doch ihr Priester sagte zu ihr: Kurieren Sie ihn, beten Sie und hoffen Sie auf Gott. Wolja bekam Tabletten gegen die Krankheit verschrieben und nahm sie regelmäßig. Arbeit fand er in einer Holzwerkstatt. Es gefiel ihm. Dort arbeiteten fast nur Invaliden, sie schnitzten Spielzeug, Löffel und Schüsseln. Wolja lernte gut schnitzen. Noch immer spielte er ständig Flöte. Nach Noten oder ohne Noten, seine eigene Musik. Mascha liebte es sehr, wenn er in seiner Ecke zur Flöte griff und das Instrument Töne hervorbrachte, mal Haydn oder Mozart, mal seine schlichten eigenen Kompositionen aus nur wenigen Noten, die aber so miteinander verflochten waren, dass man bald weinen, bald lächeln wollte.

Eines Tages bekam Wolja Besuch von Mischa, einem ehemaligen Mitschüler, der inzwischen die Berufsschule im Fach Klavier absolviert hatte, und von da an spielten sie zusammen, dann kamen noch andere Musiker dazu, die Geigerin

Nadja und die Cellistin Dascha. Sie gründeten ein Quartett und traten zusammen auf. Wolja war der Kopf der Gruppe. Er komponierte eigene Musik. Seine Flöte weinte und lächelte, erst sie sorgte für einen schönen Zusammenklang. Trotzdem arbeitete Wolja weiter in der Holzwerkstatt, denn die Musik brachte keinerlei Einnahmen, nur unnütze Ausgaben. Sie wollten ihre Musik in einem Studio aufnehmen, doch aufgezeichnet klang sie nicht gut. Die Flöte war kaum zu hören, die anderen Instrumente übertönten ihr melodiöses Timbre, und es fehlte der ganze Zauber. Zu ihren Konzerten hingegen kamen immer Zuhörer. Nicht allzu viele, aber wer einmal kam, blieb nicht mehr weg. Und brachte andere mit, die ebenso große Freude hatten am archaischen Klang der Flötentriller. Diese Musik war so klar, beinahe kindlich.

Mascha war noch immer wie früher, nur war sie älter geworden, hieß nun Maria Akimowna und arbeitete nicht mehr in der Fachschule, sondern in einer Kirche in der Twerskaja als Putzfrau. Den Vorschlag, auch den Kerzenverkauf zu übernehmen, hatte sie abgelehnt – sie mochte nichts mit Geld zu tun haben, sie war schwach im Rechnen, fürchtete, sie könne sich verrechnen oder Schlimmeres – jeder hätte sie leicht betrügen können. Eimer und Putzlappen dagegen beherrschte sie bestens.

Sie hatte immer gewusst, dass ihr Junge etwas Besonderes war, in ihm steckte kein Gran Böses, jeder liebte ihn. Er schien das Böse gar nicht wahrzunehmen, und auch das Böse ließ ihn lange unbeachtet. Die Mädchen hingegen beachteten ihn sehr, viele mochten ihn. Eine ganze Weile umschwärmten sie ihn – er war noch frei, und in Moskau gab es nicht allzu viele freie Männer, die Frauen waren immer in der Überzahl. Er verletzte keine von ihnen, versprach keiner etwas, erwies aber auch keiner besondere Aufmerksamkeit, und eine nach der anderen ließ von ihm ab. Alle hätten Wolja wohl gern geheiratet. Doch darüber hatte Maria Akimowna mit ihrem Sohn nie gesprochen. Schade eigentlich. Dascha war ein gutes Mädchen, und Nadja auch …

So saß Maria Akimowna auf der Bank vor dem Auskunftsschalter, ohne eine einzige Träne, und neben ihr saß Mischa und weinte. Sie ging in Gedanken ihr ganzes vergangenes Leben durch und begriff immer klarer, dass Wolja ebenso gegangen war, wie er gekommen war, auf wundersame Weise. Sie wusste nicht, wer sie geschwängert hatte, woher Wolja gekommen war, und sie wusste nicht, wohin er nun verschwunden war. Schlimm war nur eine Frage: Warum wurde er getötet? Und von wem? Wen hatte er gestört?

Offenbar dachte Mischa über dasselbe nach, denn er umarmte sie – sie war klein, Mischa hingegen war lang, einen Kopf größer als sie – und sagte: »Wegen Woljas Musik, alles wegen der Musik. Die konnten sie nicht ausstehen, sie hat sie einfach versengt. Sie war wie Feuer, seine Musik. Wie vom Himmel …«

»Ja, ja.« Maria Akimowna nickte. Sie stimmte ihm zu, dass Woljas Musik etwas Himmlisches gewesen war. Sie versuchte sich daran zu erinnern, vermochte es aber nicht. Sie war mit ihm zusammen verschwunden, diese Musik.

Der Schmerz war so gewaltig, so ungeheuerlich – größer, als man es sich vorstellen konnte. Er saß vollständig in seiner Stirn, und er hing daran wie ein Handtuch an einem Nagel. Er hatte eine Spitze, dieser Schmerz. Er war konisch geformt und konzentrierte sich ganz in dieser Spitze. Es gab nichts anderes mehr als diesen Schmerz. Doch plötzlich war da ein winziger leuchtender Punkt, er schien sich zu bewegen, drehte sich langsam und zog ihn an. Die Wände des schwarzen Konus wurden noch schwärzer, sie bewegten sich, als versetze der helle Punkt sie in eine Drehung und sauge sie ein. Auch er selbst spürte die Anziehungskraft dieser Bewegung. Der Punkt wurde größer, sandte einen scharfen Lichtstrahl aus, und er strebte ihm entgegen. Der Schmerz war noch da, drehte sich aber ebenfalls und war nicht mehr so quälend. In dem immer weiter anwachsenden Punkt entstand der Kammerton a, und er stimmte sich darauf ein und strebte zum Licht. Der dunkle Korridor drehte sich, drohte ihn zu zerquetschen, wich aber auch leicht auseinander, schien sich zu verbreitern, und die Bewegung zu dem hellen Punkt hin wurde immer spürbarer. Ohne seinen Willen zog es ihn dorthin, doch auch sein Wille war darauf gerichtet.

Wie eine schwierige Heimkehr, ging es ihm durch den Sinn. Der Druck der schwarzen Wände ließ nach. Er hatte das immer breiter werdende Licht fast erreicht. Doch plötzlich kam der Schmerz wieder, diesmal war es kein Konus, der sich in die Stirn bohrte, nun schnitt er in den Rücken – heftig, zweifach. Dann wurde er von einer gewaltigen Kraft aus der schwarzen Röhre gestoßen, der Schmerz im Rücken flammte auf und erlosch. Mit einer letzten Anstrengung breitete er die großen feuchten Flügel aus, die aus seinem Rücken hervorgebrochen waren.

Seine Beine vollführten träge, langsame Schwimmbewegungen, mühelos breitete er die Arme aus, die Tragkraft der Flügel hob ihn empor, und er spürte, dass alle Größenverhältnisse sich veränderten, das Koordinatensystem, an das er sich so gewöhnt hatte, war eingestürzt, und das »a« nahm immer mehr Raum ein, als habe es sämtliche Nuancen alles Hörbaren geschluckt, auch jene außerhalb des menschlichen Gehörs … Es war höher als der Schmerz, der Schmerz blieb unten zurück.

Sie denken, sie hätten mich getötet. Aber das ist unmöglich. Die armen bösen Kinder … Nun sah er aus den Augenwinkeln die oberen Spitzen seiner nagelneuen, halb durchsichtigen schillernden Flügel. Sie hatten keine eigene Farbe, sie reagierten auf das Strahlen rundum, schillerten rosa und grünlich, und sie zu steuern war kinderleicht, wie trinken oder singen – nur eine winzige Anstrengung, wie beim Gehen oder Schwimmen. Und er schwebte davon, genoss die Bewegung, die Sanftheit des Windes und das leichte Flirren des Lichts.

Doch die Aufgabe habe ich nicht erfüllt. Aber konnte ich das überhaupt? Ich bin nicht der Erste, der sie nicht erfüllen konnte. Wie viele unbefleckt Geborene hat es schon gegeben? Einer sprach, er wurde nicht gehört, ein anderer schrieb, doch niemand verstand das Geschriebene, es gab einen, der sang, und auch er wurde nicht gehört. Und ich habe Flöte gespielt … Wo ist die Flöte? Hat dieser unglückliche Junge in der schwarzen Lederjacke sie mir weggenommen? Wie schade. Aber die Flöte, begriff er plötzlich, war da! Sie steckte unter dem breiten Gürtel, der seinen Leib straff umschnürte. Er zog sie hervor. Eine Blockflöte, aus Holz, warm, mit sieben Löchern oben und einem auf der Unterseite. Er legte sie an die Lippen und blies hinein. Und sie sang mit der allerschönsten Stimme.

Er flog durch eine unbekannte Welt, die von Minute zu Minute erkennbarer wurde, wie ein Abziehbild, das unter einer Papierschicht langsam zutage tritt. Nein, diese Welt war ihm nicht unbekannt. Wir alle waren schon dort, ja … Er gab sich ganz der Bewegung hin, der Melodie und seinem entschwindenden Gedanken. Dieser unausgesprochene Gedanke rief ihn in eine bestimmte Richtung, lenkte seinen Flug. Es gab kein »am Anfang« und kein »danach« – alles war gleichzeitig und in ganzer Fülle. Ah, die Zeit hat aufgehört, begriff er.

Kogan schlief schon seit Jahren nicht mehr im Schlafzimmer bei seiner Frau, sondern auf einer schmalen Liege in seinem Arbeitszimmer. Am Abend las er lange, dann schrieb er einen Brief an seinen Sohn, der über irgendwelchen kabbalistischen Büchern den Verstand verloren hatte. Sein Sohn lebte in der kleinen Stadt Bnei Berak bei Tel Aviv, und der alte Kogan versuchte wenigstens die Illusion von Kontakt aufrechtzuerhalten. Dann schrieb er einen Brief an seine Tochter, Professorin an einer amerikanischen Universität. Sie beschäftigte sich mit moderner Psychologie. Bisweilen schickte sie ihm Links zu ihren Arbeiten, und voller Abscheu las er ihre Artikel, die in ihm den gleichen Protest auslösten wie die Gedanken seines Sohnes. Er dachte an die heutige Autopsie. Diese rätselhaften Hautsäcke in den Falten unterm Schulterblatt waren nicht zu erklären, diese Unerklärlichkeit ärgerte ihn und passte in keiner Weise in den Rahmen seines strengen und exakten Wissens.

Er sah auf die Uhr – schon nach zwei. Er ging ins Bad, nahm sein Gebiss heraus, legte es in ein Glas mit Wasser, spülte sich den Mund und urinierte mit einiger Mühe. Dann ging er ins Bett und schlief recht schnell ein. Doch bald erwachte er wieder. Vor ihm stand eine undeutliche helle Gestalt, unbekannt und doch vertraut. Kogan reckte sich ihr entgegen, richtete sich im Bett auf. Ja, genau, das war der Tote von heute. Es fiel kein Wort. Nur ganz leise, wie von nebenan, vernahm er eine helle, schlichte Melodie. Eine Flöte. Der Besucher lud ihn ein, ihm zu folgen. Und Kogan folgte ihm. Das Geschehen hatte nicht den Hauch von Mystik. Es war überzeugend real …

Am nächsten Morgen rief ihn seine Frau zwei Mal zum Frühstück, doch er kam nicht. Sie betrat das Arbeitszimmer. Der tote Kogan lag unter einer karierten Decke und lächelte.

Serpentinen

In memoriam Katja Genijewa

Nadeshda Georgijewna war Bibliographin, schon lange bevor es Computer gab. Als der Computer ins Leben ihrer Generation trat, staunte sie über die Fähigkeiten des neuen Geräts und fühlte tief in ihrer Seele, dass sich die Welt gewaltig und unabwendbar verändert hatte. Als Erste in der ganzen riesigen Bibliothek erschloss sie sich all die neuen schlauen Möglichkeiten.

Bibliotheksangestellte, umgeben von alten Büchern und veralteten Nachrichten, sind wegen ihrer auf Bewahrung gerichteten Natur ein konservativer Menschenschlag und sträuben sich gegen jede noch so geringe Neuerung, sei es auch nur die Verlegung eines Katalogkastens von einer Ecke in eine andere. Damals, zu Beginn des Computerzeitalters, tat sich ein tiefer Graben auf, den manche überschritten – die einen mühelos, andere mit großer Anstrengung –, während andere erkannten, dass sie für immer in jener Welt verharren würden, in der akkurat per Hand beschriebene und auf eine Metallspirale gefädelte Karteikarten herrschten. Schließlich fand sich dort alles Nötige: Buchtitel, Name des Autors, Erscheinungsdaten …

Nadeshda Georgijewna, keineswegs die jüngste Angestellte der Bibliothek, sprang vollkommen schmerzlos in das neue Jahrtausend. So flink waren weder ihre Tochter Lida noch ihr Sohn Mischa. Doch diese ihre Leistung wunderte niemanden, denn alle um sie herum wussten, dass ihr Gedächtnis nahezu grenzenlos war und ihr Willen stark wie eine Lokomotive.

Überzeugt vom baldigen Erfolg, begann Nadeshda Georgijewna mit der kompletten Umstellung der Bibliothek auf die neue Ordnung. Die ältesten Mitarbeiter fühlten sich den beruflichen Anforderungen nicht mehr gewachsen und gingen so schnell wie möglich in Rente, und die neuen jungen Mädchen, die von der Bibliotheksfachschule oder vom Studium kamen, waren oft ziemliche Dummchen – Nadeshda Georgijewna stellte inoffiziell ein eigenes Team zusammen und unterwies die forschen und nicht ganz hoffnungslosen Mitarbeiterinnen in der neuen Computerweisheit.

Einige begriffen alles auf Anhieb, und wer das nicht schaffte, entschied sich für einen anderen Beruf, oft übrigens für einen materiell wesentlich einträglicheren. Jeder weiß, dass in einer Bibliothek, sei es die von Babylon oder die von Alexandria, zu allen Zeiten stets eine ganz besondere Art von Menschen arbeitet – Menschen, die an das Buch glauben wie andere an Gott.

Nadeshda Georgijewna, inzwischen bereits im Rentenalter, gehörte zu dieser Art der Bücheranbeter und dachte nicht daran, ihre Arbeit aufzugeben. Weil – erstens, zweitens und drittens … Alle diese Gründe verkörperte ihre Tochter Lida, die mit ihren spätgeborenen Zwillingen überlastet war und davon träumte, mit ihrer Mutter zusammenzuziehen, damit die sich um die Enkel kümmerte … Doch daran dachte Nadeshda Georgijewna nicht im Traum: Kinder wachsen bekanntlich von selbst, das Bücherwesen dagegen braucht Fürsorge, besonders in dieser Umbruchsphase für die Bibliotheken.

Sie hatte große Pläne, und was sie anfing, führte sie stets zum siegreichen Ende. Außerdem besaß sie eine weitere erstaunliche Eigenschaft: Sie pflegte im Umgang mit Vorgesetzten wie mit Angestellten den gleichen Ton freundlicher Zuwendung, ohne Überheblichkeit gegenüber Untergebenen oder unterwürfige Ehrerbietung gegenüber Höhergestellten. Ihr entging nichts und sie vergaß nichts, nicht einmal den Namen der Enkelin der Putzfrau, die ihr Büro reinigte.

Nadeshda Georgijewna war knapp sechzig, als ihr das Wort »Serpentinen« nicht einfiel. Sie erzählte einer Freundin, was für einen steilen Pfad sie als Kind zum Haus ihrer Großmutter in einem Dorf bei Gagra immer hinaufkraxeln musste und dass dieser Pfad später zuwucherte, weil nun eine Straße auf den steilen Berg hinaufführte … Hier stockte sie. Das Wort »Serpentinen« war ihr entfallen, an seiner Stelle gähnte Leere. Eine Lücke … ein weißer Fleck.

Sie ließ sich nichts anmerken, malte eine Zickzacklinie in die Luft und lenkte das Gespräch im Zickzack in eine andere, kulinarische Richtung, indem sie erzählte, was für köstliche Piroggen die Großmutter in den Hungerjahren mit den Kräutern gebacken hatte, die praktisch zu ihren Füßen wuchsen … Dabei suchte Nadeshda Georgijewna in ihrem Gedächtnis weiter nach dem verschwundenen Wort, um den weißen Fleck zu tilgen. Plötzlich wurde ihr klar, dass ihr so etwas nicht zum ersten Mal passierte, ein solches Verschwinden. Ja, kürzlich hatte ihr die Telefonnummer ihrer Schulfreundin partout nicht einfallen wollen … Und sie hatte doch ihr Leben lang sämtliche Telefonnummern im Kopf gehabt wie das Vaterunser. Nun rieselten sie heraus …

Sie war verlegen, verwirrt und beunruhigt. Vielleicht war sie einfach erschöpft?

Das Wort »Serpentinen« kam am nächsten Tag wieder, als wäre nichts gewesen. Doch »Serpentinen« war nur das erste Signal gewesen. Am nächsten Tag wusste sie den Titel des Romans von McEwan nicht mehr, der ihr so gefallen hatte.

Wörter, Namen und Zahlen gingen verloren. Doch nicht nur das. Schlimmer noch – sie bemerkte, dass sie manchmal, wenn sie in die Küche lief, um ein Glas Wasser zu holen, vergaß, was sie dort wollte, dann kehrte sie zurück zum Ausgangspunkt, um sich zu erinnern, und ging ein zweites Mal los. Unzählige Gänge nach einer Tasse, einem Teller, einem Handtuch. Sie verlegte ihren Pass, fand ihn aber zum Glück wieder. Den Pass brauchte sie dringend, sie hatte ein Dienstvisum für Deutschland beantragt, und zwar nicht für eine Vergnügungsreise, sondern für einen wichtigen Auftrag: Sie sollte einem Leipziger Museum Bücher zurückgeben, die während des Krieges in die Sowjetunion verbracht worden waren.

Immer öfter verharrte sie in sekundenlanger Starre, um sich Handlungsabläufe zu vergegenwärtigen, die früher automatisch geklappt hatten. Außer ihr selbst bemerkte niemand etwas davon. Sie konnte ihren einstweilen verborgen gehaltenen Kummer nicht einmal mit jemandem teilen. Immer größer wurde ihre Angst, sie könnte bei der Arbeit etwas Wichtiges und Dringendes vergessen.

Sie schrieb sich selbst Zettel – nicht vergessen! Dies und das, den und den anrufen, sich mit dem und dem treffen. Und separat Einkaufszettel. Dann vergaß sie allerdings, wohin sie die Liste gelegt hatte.

Eines Tages, als ihre Tochter mit den Enkeln kam, wusste Nadeshda Georgijewna nicht mehr, wie einer der beiden hieß. Als sie gegangen waren, fiel ihr der Name des Jungen wieder ein: Maxim! Sie fing an zu weinen. Sie begriff, dass sie an einer scheußlichen, peinlichen Krankheit litt.

Nadeshda Georgijewna nannte ihre Erkrankung »Serpentinenleiden« und verbarg sie recht gut vor ihrer Umgebung. Nach einem halben Jahr stellte sie fest, dass ihr sogar die Namen ihrer Kollegen entfielen, und füllte die dadurch entstehenden Leerstellen mit unpersönlichen Anreden wie »meine Liebe«, »mein Bester«, »mein Freund«.

Bereits daran gewöhnt, im Internet Antwort auf alle Fragen zu finden, recherchierte sie, wodurch das Gedächtnis schlechter wurde und was man dagegen tun konnte. Ergebnis des gewaltigen Informationsstroms war die Erkenntnis, dass es sich um eine kognitive Beeinträchtigung handelte, die zu Störungen im Kurzzeitgedächtnis führt – empfohlen wurden für leichte Fälle Spaziergänge, Vitamin B12, Äpfel und Rettich, in ernsteren Fällen Präparate von Glycin bis Nootropil und ein ganzer Haufen anderer.

Sie kaufte alles und schrieb sich auf, was in welcher Reihenfolge einzunehmen war. In dreifacher Ausfertigung. Einen Zettel legte sie neben ihr Bett, einen in die Küche, einen in den Flur, neben der Wohnungstür. Sie hatte den Eindruck, dass es ein wenig half. Aber seltsamerweise flohen die Wörter weiterhin, gingen verloren, und wenn sie sich konzentrierte und versuchte, die Entschwindenden beim Schopf zu packen, tauchten an Stelle der russischen Wörter, die sie verlassen hatten, die gleichen Wörter in Englisch oder Deutsch auf. Merkwürdigerweise erwies sich ihre russische Muttersprache als besonders flüchtig, der Wind des Vergessens wehte immer häufiger gerade die russischen Wörter davon. An deren Stelle erschienen Wörter auf Deutsch, der ersten Fremdsprache, die sie als Kind von ihrer Mutter gelernt hatte. *Die deutsche Sprache … Ich erinnere mich … kleines Mädchen* … Oder diverse unnütze englische Brocken – *keep silence, you, crazy guy … I can't help you, my honey … serpentine.*

Die verfluchte Vergesslichkeit begann morgens mit dem Frühstück, das sie mitunter vergaß, weil sie glaubte, sie habe schon gegessen, oder zweimal einnahm, weil sie vergaß, dass sie bereits gegessen hatte. Sie wusste nicht mehr, was eben gerade, gestern oder vor einer Woche geschehen war, doch je weiter ein Ereignis zurücklag, desto besser erinnerte sie sich daran.

Nadeshda Georgijewna nahm endlich den Urlaub, der sich in den letzten drei Jahren angesammelt hatte.

Ihr Sohn Mischa kam. Sie konnte sich nicht erinnern, wann sie ihn zum letzten Mal gesehen hatte.

»Warum hast du mich so lange nicht besucht?«, fragte sie ihn.

»Aber Mama, ich war doch vorgestern bei dir!«

Da gestand sie, dass ihr Gedächtnis nachließ, dass sie alles vergaß. Mischa war sehr beschäftigt, überlastet mit seinen eigenen Angelegenheiten, doch in diesem Moment begriff er, dass er sich einschalten musste. Und das tat er.

Er war himmelweit entfernt von der Medizin. Alle seine Aktivitäten waren geschäftlicher Natur, zu der Zeit handelte er mit Grundstücken in der Umgebung von Moskau, baute Einfamilienhäuser, verkaufte, kaufte und verkaufte weiter. Nun kümmerte er sich um seine Mutter – mit der Sorgfalt und Gründlichkeit, die er stets walten ließ. Die sie ihm womöglich anerzogen hatte.

Er schickte sie zu berühmten und teuren Ärzten, erst zu praktischen Ärzten und Neurologen, die ihr die gleichen Tabletten verschrieben, auf die sie im Internet gestoßen war, und ihr Infusionen verabreichten, aber nichts half. Es wurde nur schlimmer. Mischa machte die nächste Runde – Homöopathen, Chinesen mit Akupunktur und Moxibustion, ein echter tibetischer Heilkundiger mit einem Übersetzer. Mischas Frau Swetlana, die einem naiven Wunderglauben anhing, kam mit einer berühmten Hexe vorbei, die eine Männerpelzmütze trug. Die Wunderheilerin kochte in einem mitgebrachten schmuddeligen Topf Wasser auf, schüttete allerlei wundertätigen Unrat hinein, blickte lange auf die brodelnden Wurzelbrocken, ließ das Wasser abkühlen, vermischte es mit einem Öl, rieb Nadeshda Georgijewna Ohren, Nase und Mund mit dem Gebräu ein und forderte sie dann auf, den Rest zu trinken. Reiner Blödsinn.

Als die Alte weg war, ging Nadeshda Georgijewna ins Bad, wusch sich das Wundermittel ab und sagte: »Schluss, Kinder ... *Genug ... Finita la commedia*, es reicht.«

Das war wohl ihre letzte Entscheidung im Leben.

Ihre Welt schrumpfte zusammen, die weißen Flecke wurden größer, immer mehr Dinge entschwanden, ihr entglitten die Titel von Büchern, die Namen von Menschen und Erinnerungen – nicht nur an den Vortag, sondern auch kostbare Splitter aus der Kindheit: Wie sie auf dem Hof einmal von einem Hund gebissen wurde, wie sie einmal versehentlich Tinte auf ihre weiße Schulschürze kippte, wie sie sich in der sechsten Klasse ein Bein brach, bei den Prüfungen für das Sportabzeichen. Sie vergaß ihre Mutter, ihren Vater, ihren Mann … Auch alles Abstrakte, Allgemeine, das sie sich im Leben durch Lesen, Lernen und Kommunikation mit anderen angeeignet hatte, zerrann. Das gesamte riesige Bibliothekswissen, das sie so sehr geschätzt hatte. Ihr Denken sank gewissermaßen aus der Höhe in die Niederungen hinab, wo der Teekessel auf dem Herd stand – sie hatte ihn vergessen, wieder vergessen, das Wasser war verdampft, der Kessel verkohlt. Ihr Sohn brachte ihr einen elektrischen Wasserkocher … da ist der Schalter, da brennt ein Lämpchen …

Ihre Tochter Lida kam sie besuchen. Nadeshda Georgijewna lächelte freundlich, nickte und fragte: »Wie geht es Ihnen, meine Liebe?« Lida fing an zu weinen.

Der Sohn brachte Nadeshda Georgijewna in ein besonderes, sehr teures Pflegeheim im Moskauer Umland. Dort ging es ihr gut, sie wurde ruhiger – das Verschwinden der Wörter quälte sie nicht mehr, teils, weil diese sie nun endgültig verlassen hatten und sie nicht mehr durch ihre nur zeitweilige Abwesenheit ärgerten, teils, weil man ihr spezielle Stärkungs- und Beruhigungsmittel spritzte, durch die sie meist schlief. Hin und wieder stand sie auf, setzte sich in ihrem schönen fliederfarbenen Morgenrock ans Fenster und sah hinaus. Draußen herrschte beruhigendes Schnee-Weiß, und es verschmolz mit dem Weiß, das sich in ihr ausgebreitet und sie zuvor so gepeinigt hatte. Nun war diese innere Leere vollkommen, während sie früher fleckig und chaotisch gewesen war, beherrscht vom Kampf um die von Liebe, Unruhe und Tatendrang geprägten kleinen Inseln, die in ständiger Bewegung waren, wie bei diesem Kinderspielzeug … dem … nein, sie wusste nicht mehr, wie es hieß … Das jetzige Weiß war nicht mehr beängstigend, Gefahr androhend, wie in einem Operationssaal, sondern von ganz anderer Art – beruhigend, still, Vertrauen einflößend. Genau wie die feste, dicke Schneedecke draußen vorm Fenster …

An jenem Morgen hatte Nadeshda Georgijewna mit Hilfe der Pflegerin etwas Haferbrei und Quark gegessen, wie jeden Morgen Kaffee mit Milch getrunken und lange am Fenster gesessen und sich dem Weiß drinnen und draußen überlassen, dem Weiß ohne Anfang und ohne Ende … In konzentrierter Starre saß sie da, bis das reglose Weiß plötzlich von einem ganzen Bündel blauer Blitze zerrissen wurde, von denen einer direkt in ihrem Kopf einschlug. Dieser Blitzschlag durchbrach das beruhigende Weiß, das mit einem feinen Sirren aufplatzte – nun offenbarte sich, dass es nur ein Schleier gewesen war, und dieser Schleier war jetzt gefallen.

Nadeshda Georgijewna schrie auf. Das Bild, das sich ihr eröffnete, war weit größer als die Welt, in der sie gelebt hatte. Es gab darin keine Lücken mehr, keine weißen Flecke – das dichte, wunderschöne Gespinst war der Kosmos, in dem die Erde, alles, was auf ihr lebte, und das gesamte Wissen der Pflanzen, Mikroben, Ameisen, Elefanten und Menschen miteinander verwoben waren, kommunizierten und ineinander übergingen. Dieses Wissen war vollständig, vollkommen und wuchs ständig an.

Sie hatte ihr Leben lang Bücher gelesen, Karteikarten ausgefüllt und darüber gestaunt, wie viel unterschiedliches, nicht miteinander verknüpftes Wissen es auf der Welt gab. Dann war der Computer gekommen, und es hatte sich herausgestellt, dass die Grenzen des Wissens viel weiter gefasst waren, als es früher schien. Und sie hatte gelernt, sich auf diesen neuen Pfaden zu bewegen.

Doch dies hier war keine Welt des Lernens, sondern eine Welt vollkommenen Wissens, ohne jede Grenze … Alles, was sie aus Büchern wusste – vom Grammatikbuch in der Schule bis zum Lehrbuch für Geschichte der Antike, vom Beweis des Pythagoras-Satzes bis zum Aufbau eines Phloems –, war nur ein kleiner Teil des Raums gewesen, der sich ihr jetzt offenbarte.

Dieses kluge Chaos rief sie zu sich, es brauchte sie.

Wo ist meine Brille?, schoss es ihr durch den Kopf, doch dann begriff sie, dass sie wunderbar sehen konnte, auf andere Weise als früher, nicht dreidimensional, sondern in einer ganz anderen Dimension. Das war jene große Schönheit, deren Existenz sie geahnt hatte, als sie in ihrer Bibliothek saß, in der Abteilung für Neuzugänge, doch nie hatte sie geglaubt, nie gehofft, sich einmal selbst dort zu befinden, und nun war sie so übervoll von Glück, dass es ihre eigenen Grenzen sprengte, denn sie spürte: Sie war für immer hier aufgenommen, und das, was sie im Leben am meisten geliebt hatte – zu lernen, Neues zu erfahren und durch ihr Wissen immer weiter vorzudringen, zu den äußersten Punkten, die ihr empfindliches, überlastetes, von der Arbeit erschöpftes Bewusstsein zu erfassen vermochte –, das alles war ihr mit einem Schlag und für immer zuteilgeworden. In dieser strahlenden Welt gab es keine Grenzen. Sie war in Bewegung, entwickelte und entfaltete sich immer weiter und mäanderte wie Serpentinen.

Sechs mal sieben Miniaturen

Was mir leicht erschien,
erwies sich als sehr schwer,
was mir schwer erschien,
erwies sich als unmöglich.
Was unmöglich war,
das halte ich jetzt in der Hand.

Sieben Weltuntergänge

1 Wind

Am Donnerstag gegen Abend kam dieses feine Geräusch auf, am Freitag verstärkte es sich und war keine Einbildung mehr – deutlich vernehmbar waren Laute wie tiefes Surren, Rauschen, hin und wieder scharfes Zischen.

Am Freitagabend spürten besonders sensible Menschen, dass alle bitteren Enttäuschungen, Erschütterungen und sogar Leiden aus der Welt geblasen wurden.

Am Sonnabendmorgen war aller Streit verstummt, die Menschen waren plötzlich ganz still und verspürten eine unerhörte innere Leere.

Der Wind schwoll immer mehr an und wehte stetig von Osten nach Westen. Verstärkt hörbar war auch ein plätscherndes Geräusch wie von fließendem Wasser. Aber mit dem Wasser war alles in Ordnung – die Oberfläche der Seen blieb spiegelglatt, und Ebbe und Flut verrichteten ihr Werk wie immer unermüdlich und ohne Unterlass.

Der sonderbare Wind blies nun nicht mehr nur die bösen Absichten fort, sondern jegliche Regung – Sympathien, freundschaftliche Bande und Liebesbeziehungen.

Äußerlich blieben die Menschen unverändert, doch sie

fühlten sich wie Handpuppen, die der Spieler abgestreift hat. Die Seelen der Menschen erstarrten in tröstlicher Leere.

Alles wurde fortgeweht: Der Müll, die Parkbänke, dann prallten die Autos gegeneinander und gegen Häuserwände. Die PKW verschwanden von den Straßen, danach auch die Busse und Lastwagen.

Die Metro war noch in Betrieb, doch wegen des grimmigen Windes konnten die Menschen nicht zu den Eingängen mit dem »M« gelangen.

Am Sonntagmorgen kippten die Kreuze von den Kirchen und die Turmspitzen von den berühmten Stalinbauten.

Das Geräusch des Luftstromes hatte sich verändert – zum Surren und Rauschen hatte sich ein Grollen gesellt und ein neuer, rauer, kehliger fremder Laut.

Am Sonntagabend war von der Stadt fast nichts mehr übrig – der Wind hatte die Häuser hinweggefegt und die Ziegelsteine der zerfallenen Häuser, die entwurzelten Bäume und die oberste Bodenschicht.

Als die archäologischen Schichten freigelegt waren – tausend Jahre alte Gebäudereste –, verstummte der Wind schlagartig und endgültig.

Das war das Ende der Welt, doch das erfuhr niemand.

Es war niemand mehr da.

2 Regen

Am Donnerstag gegen Abend verhüllte sich der Himmel nach einer langen Dürre mit üppigen hellen Wolken, und endlich fiel der langersehnte Regen. Alle freuten sich, denn sie waren erschöpft von der Hitze, dem Staub und der Trockenheit, die, bei Nase und Lippen beginnend, bis tief in die Lungen drang.

Der feine Nieselregen bildete eine dichte vertikale Wand und schraffierte den gesamten Raum von der Erde bis zu den unsichtbaren Wolken mit durchsichtigen Linien. Es herrschte völlige Windstille, der Regen wurde weder stärker noch schwächer und hörte nicht auf.

Den ganzen Freitag freuten sich die Menschen – für sich, für ihre Gemüsegärten und die ausgetrockneten Stadtparks, die sich nun mit dem großen Wasser sättigten.

Am Sonnabendmorgen konnte das Wasser nicht mehr über die städtische Kanalisation abfließen, Pfützen vereinigten sich bereits zu kleinen stehenden Wasserläufen, die den Kurven und Windungen der Straßen folgten. Die Plätze wurden zu kleinen Seen. Das Wasser stand kniehoch, Keller und Unterführungen liefen voll. Metrostrecken wurden zu reißenden Flüssen, wo sich die Tunnel abwärts neigten, und zu anschwellenden Stauseen, wo sie aufwärts führten.

Gegen Mittag brachen alle zwölf unterirdischen Flüsse, die vor langer Zeit in Sammelröhren und versiegelte Kanäle gepfercht worden waren, an die Oberfläche und suchten nach ihren alten Flussbetten, die spurlos verschwunden waren.

In den Behausungen der Menschen tropfte das Wasser von den Decken, drang durch Fenster und Türen, rann die

Wände hinunter, floss aus Anrichten, troff aus geschlossenen Wasserhähnen. Die Menschen kletterten auf die Dächer, doch die Dächer verschwanden allmählich unter dem Wasser.

Am Sonntagabend bedeckte das Wasser vollständig den Ort, der früher eine große Stadt gewesen war, und nur ganz oben auf dem wie durch ein Wunder erhalten gebliebenen Fernsehturm von Ostankino leuchtete in roten und grünen Buchstaben der Name des Restaurants SIEBTER HIMMEL und spiegelte sich in dem reglosen schwarzen Wasser.

Das war das Ende der Welt, doch das erfuhr niemand.

Es war niemand mehr da.

3 Feuer

Am Donnerstag gegen Abend begannen die allgemeinen Vorbereitungen auf das Feuerfest. Die ersten Feuerwerkskörper knallten und explodierten in farbenfrohen Funkenregen. Die Menschen entzündeten Fackeln und priesen in Lobgesängen ihre lange Geschichte: vom ersten Feuer, an dem sich die Urmenschen wärmten und ihre Beute brieten, bis zur Erfindung von riesigen Müllverbrennungsanlagen, wo das Feuer der Säuberung der Welt von Abfällen dient, sowie von kultivierten Krematorien, in deren lodernde Tiefe menschliche Abfälle geschoben werden – die Toten.

Am Freitagmorgen überkam alle eine Sucht nach Reinigung: Alte Dokumente und zerfledderte Bücher, abgetragene Kleidung und altmodische Schuhe wurden zu akkuraten Haufen geschichtet und angezündet.

Die Feuer loderten freudig auf und spien Flammenzungen und Funkenregen.

Die ganze Freitagnacht und den ganzen Sonnabend verbrannten die Menschen eifrig Sachen – unnötige, aber auch notwendige, sogar unverzichtbare, grelle Strahlen und bunte Feuerwerke stiegen in den Himmel.

Besorgte Feuerwehrleute in Schutzanzügen und mit glänzenden Helmen fuhren in roten Löschfahrzeugen die Straßenzüge ab, doch es gab nichts zu löschen: Die Feuer waren keine Brände, sondern Teil des Festes.

Am Samstagabend geriet das Fest außer Kontrolle.

Irgendwo sprang unbeabsichtigt ein Funke von einem Streichholz. Eine Zigarettenkippe geriet in einem Papierkorb in Brand, und dieser erblühte zu einer stinkenden bunten Blume. Ein Kurzschluss in einem Stromkabel sprühte Funken, und diese entzündeten Papier, Holz, Tischtücher, Vorhänge, Trennwände …

Ein Haus geriet in Flammen, dann loderte die ganze Straße freudig auf.

Die Feuerwehrleute gingen an die Arbeit – sie stiegen hohe, wacklige Treppen hinauf zu den brennenden Etagen und verschwanden dort.

Das Feuer loderte von den tiefen Kellern bis zu den Dächern der kleinen und großen Häuser auf.

Den ganzen Sonntag lang verschlang das Feuer die Stadt, kroch über die Erde und floss in Bächen durch Parks und Vorgärten ins Umland, erfasste Wälder und Felder.

Funken schossen über Flüsse und Meere. Schiffe brannten wie Fackeln, am Himmel flogen brennende Flugzeuge. Das Wasser kochte und ergab sich dem Feuer.

Das war das Ende der Welt, doch das erfuhr niemand. Es war niemand mehr da.

4 Ein Virus

Am Donnerstag gegen Abend verließ Doktor Hahn die Isolierkammer, schälte sich aus der Schutzkleidung – den Anzug und die antibakterielle Atemmaske – und wusch sich unter der Dusche den Hautschutz ab. Dann zog er zum ersten Mal seit vier Monaten seinen blauen Lieblingspullover und seine altmodischen Jeans an. In die Hosentaschen steckte er zwei verschlossene Ampullen und sein Multipad.

Er schaute in den Spiegel: Das verhasste klägliche Gesicht. Kleine, engstehende Augen, dazwischen eine schmale Nasenwurzel, eine herabhängende Nase, ein verkniffener Mund. Er zwinkerte sich zu und ging hinaus auf die Straße. In der Stadt war bereits die Straßenbeleuchtung angegangen. Hahn holte sein Multipad hervor und drückte den Transportknopf – kurz darauf landete neben ihm eine Flugkapsel. Er stieg ein, wählte die geringste Geschwindigkeit und die niedrigste Flughöhe.

Es war die Zeit der Abendspaziergänge. Aufgetakelte Weiber gingen vorm Schlafengehen spazieren. Aber es waren zu wenige, also flog Hahn zu einem Amphitheater mit fünftausend Plätzen und landete. Mit Mühe fand er einen freien Platz. Die Sitznachbarinnen sahen ihn erstaunt an, und er begriff, dass er einen Fehler gemacht hatte – er hätte Frauenkleider anziehen sollen, um weniger aufzufallen. Doch das spielte nun keine Rolle mehr. Er nahm eine Ampulle heraus und köpfte sie. Nach exakt einer Minute wurde um ihn herum gehustet.

Seine Aktion war offenbar gelungen.

Hahn drückte einen Knopf auf seinem Pad, die Kapsel schwebte herab, er stieg ein und flog los. Er landete im Zentralflughafen, passierte die Eingangskontrolle, holte sich einen Kaffee im Pappbecher, trank mit Behagen einen Schluck, dann setzte er sich in einen Stuhl im Wartesaal, holte die zweite Ampulle aus der Tasche und zerdrückte sie zwischen den Fingern. Die Frau neben ihm nieste, sah auf die Uhr und lief zu ihrem Flugsteig. Sie flog nach Australien.

In dieser Nacht begann die ganze Welt, das heißt ihr weiblicher Teil, der dreiundneunzig Prozent der Bevölkerung ausmachte, zu husten. Der Rettungsdienst wurde überschwemmt von Notrufen, und am Freitagabend gab es dort nicht eine gesunde Mitarbeiterin mehr.

Am Samstagmorgen lebte in der ganzen Stadt keine einzige weibliche Person mehr. Hahn beobachtete aus dem Fenster des Flughafenhotels die wenigen Passanten auf der Straße. Es waren ausschließlich Männer. Gesunde!

Am Samstagabend war das Weibersterben beendet. Hahn triumphierte. Er hatte seinen Traum wahrgemacht, er hatte ein Antiweiber-Virus hergestellt und sich so an allen gerächt: an seiner Mutter, die ihn verraten, an seiner Frau, die ihn verlassen hatte, und an seiner Tochter, die den Kontakt mit ihm verweigerte. Nun würde die Welt allein den Männern gehören.

Das war noch nicht das Ende der Welt, doch es würde bald eintreten – sobald die letzten Penisträger der letzten Generation des Homo sapiens gestorben waren.

Doch das wusste noch niemand.

Bald, schon bald würde niemand mehr da sein.

5 Die Vegetation

Am Donnerstag gegen Abend roch es plötzlich nach ungewöhnlichen Blüten. Der Geruch war schwach, anfangs angenehm und beinahe vertraut. Manche dachten, die Krokusse seien zur Unzeit erblüht, andere meinten, das seien bestimmte namenlose Feldblumen, meist gelb, manchmal weiß, aus der Familie der Primeln. Der Geruch, obwohl angenehm, war ein wenig schwer. Das spürten als Erste die Asthmatiker, ihnen wurde die Luft knapp, sie bekamen Atembeschwerden. Wer kein Asthma kannte, spürte am Donnerstag nichts Besonderes – der übliche Bratgeruch der Küchen überdeckte alles.

Die Menschen gingen schlafen wie gewöhnlich, am Freitagmorgen aber erwachten sie, weil es stickig war, und rissen schnell die Fenster auf, um mehr Luft von draußen hereinzulassen, doch es wurde nur schlimmer: Die Reste der Luft von drinnen entwichen, und das Atmen wurde immer schwerer. Auf einmal schienen alle Asthmatiker zu sein, die Gesichter waren gerötet, es begann ein allgemeines Husten, das klang wie Hundegebell. Die Hunde übrigens schienen die Veränderung der Luft nicht zu bemerken, ebenso wenig wie die anderen Tiere. Die Vögel wurden sogar lebhafter, vielleicht auch nur dreister.

Der Geruch verstärkte sich, und einige Gärtner eröffneten im Internet eine Diskussion, in der sie zu dem Schluss kamen, der Geruch erinnere an blühenden Schierling. Manche nahmen darin eine Spur von Mäusekot wahr.

Am Samstagmorgen drehten sich die Diskussionen nicht mehr um die Nuancen des Geruchs, sondern um etwas ganz anderes – der Geruch wurde zwar immer stärker und unangenehmer, noch unangenehmer aber war, dass den Menschen nun die Beine schwer wurden, die Muskeln schmerzten und gegen Mittag qualvolle Krämpfe einsetzten.

Am Samstagabend waren die Krämpfe vorbei, denn es waren keine Muskeln mehr da, die sich hätten verkrampfen können. Alle Menschen waren tot. Die Haustiere verwilderten, die Wildtiere vermehrten sich. Die Pflanzen bedeckten als gewaltige grüne Masse die Reste der Städte, der Eisenbahnen und Flughäfen. Die Felder wurden von wunderschönem, gesundem Wald überwuchert, und über all dieser grünen Pracht schwebte der intensive Geruch von Schierling und Bilsenkraut.

Das war das Ende der Menschenwelt, doch das erfuhr niemand.

Alle waren tot.

6 Die Erde

Am Donnerstagnachmittag kamen alle eingeladenen Geologen in der Universität Barcelona zusammen. Nur die Gruppe der Antarktis-Union verspätete sich aus einem triftigen und allen verständlichen Grund – sie musste die Antarktis mit Hubschraubern verlassen, die langsam und schwer zu steuern waren. Als sie auf dem Flugplatz Punta Arenas landeten, der dem Südpol am nächsten lag, wurde per Funk mitgeteilt, der Flughafen Arturo Merino Benítez in Santiago de Chile, ihr nächster Zwischenhalt, sei eingestürzt. Die Gruppe musste eine komplizierte neue Route nehmen, schaffte es aber rechtzeitig zur Sitzung.

Es war eine Sondersitzung: Auf dem gesamten Planeten waren in den letzten Monaten neuartige tektonische Bewegungen, Erdrutsche und Absenkungen registriert worden.

Jeder der Geologen – es waren die besten und angesehensten ihrer Zunft – hatte seine eigene Theorie zu diesem ungewöhnlichen Phänomen, und sie saßen bis zum späten Abend zusammen.

Die ganze Nacht zum Freitag und den gesamten Tag verbrachten die Wissenschaftler mit Diskussionen, die durch immer neue Sondermeldungen genährt wurden: Die Stadt Ufa im Südural war einem Erdrutsch zum Opfer gefallen, ebenso die Städte Cogoleto an der ligurischen Küste und Potsdam im ostdeutschen Bundesland Brandenburg.

Am Samstagmorgen begannen die Wissenschaftler mit der Erstellung einer Karte der Unglücksfälle, um herauszufinden, ob es in dieser Kette von Katastrophen eine Logik gab. Sie schafften es kaum, die immer neuen Punkte auf der Karte einzutragen, denn die Meldungen neuer Erdrutsche kamen schneller herein, als die Daten verarbeitet werden konnten. Am überraschendsten war, dass sich das Epizentrum dieses gewaltigen geologischen Phänomens nicht lokalisieren ließ: Der Aconcagua, der höchste Berg der Anden, und der Gurla Mandhata in Tibet, am anderen Ende der Welt, rutschten gleichzeitig ab.

Die Wissenschaftler, ganz in ihre Arbeit vertieft, verpassten die Radiomeldung, dass das Territorium, über das sich die wunderschöne Stadt Barcelona erstreckte, mit Rissen durchzogen war, dass diese sich zusehends vergrößerten und die Stadt evakuiert wurde.

In der Nacht zum Sonntag verschwand zusammen mit der Stadt Barcelona auch die Straße Gran Via de les Corts Catalanes, in der sich die geologische Fakultät der Universität befand. Barcelona war eine der letzten Städte auf der Karte des verschwundenen Kontinents gewesen. Überhaupt gab es nun keine Kontinente mehr. Doch das wusste niemand.

Das war das Ende der Menschenwelt, doch das erfuhr niemand.

Alle waren tot.

7 Chemie

Am Donnerstagnachmittag fand eine geheime Sitzung des US-amerikanischen Geheimdienstes FBI statt und eine ebensolche des FSB, des Geheimdienstes von Russland, beide zum gleichen Thema: eine mögliche Einmischung des Gegners in innere – zutiefst innere! – Angelegenheiten des Staates. Es handelte sich um einen heiklen, gewissermaßen intimen Vorgang. Gewaltige Mülldeponien an entlegenen Orten des jeweiligen Landes, in Schijess im nahezu menschenleeren Norden Russlands und in Sierra Blanca, einem vergleichbaren Nest in Texas, verbreiteten seit Wochen über viele Meilen und Kilometer einen unerträglichen Gestank. Beide Supermächte mutmaßten sofort einen Angriff ihres potenziellen Gegners, nicht mit gewöhnlichen Atomwaffen, sondern mit neuen, besonders hinterhältigen Mitteln.

Die Sitzungen waren noch nicht zu Ende, als die höchst geheime Sondermeldung eintraf, dass die Deponien von einer seltsamen Glasschicht überwuchert wurden, die sich in enormem Tempo weiter ausbreitete.

Sofort wurden Experten für physikalische Chemie mit der Untersuchung beauftragt, und am Freitagmorgen hatten die amerikanischen Wissenschaftler des Nationalen Gesundheitsinstituts in Washington und die Forscher des Wissenschaftszentrums Puschtschino der Akademie der Wissenschaften Russlands unabhängig voneinander eine sofortige Analyse der Proben des glasartigen Stoffes vorgenommen und herausgefunden, dass diese neue, bis dahin unbekannte Substanz durch die Polymerisation niedermolekularer Stoffe unterschiedlicher Herkunft entstanden war. Eine derartige Kettenpolymerisation war noch nie zuvor beobachtet worden.

Während die Wissenschaftler die Ursachen und Folgen des rätselhaften Phänomens erörterten, wucherte die unbekannte glasartige Materie von ihrem Deponie-Ursprung aus unaufhaltsam weiter und begrub Felder, Wälder, Dörfer und Städte unter ihrem glitzernden, stinkenden Strom.

Am Freitagabend gingen Meldungen über einen gemeinen, hinterhältigen Angriff des Gegners um die Erde. Die Amerikaner vermuteten einen Angriff der Russen, die Russen waren überzeugt, es handele sich um Machenschaften der Amerikaner.

In der Nacht vom Freitag zum Sonnabend erstarb das weltweite Geflecht des Internets.

Am Samstagmorgen bedeckte der Glasstrom alle Kontinente und Ozeane des Planeten, und die aufgehende Morgensonne beleuchtete eine funkelnde Glaskugel, die in sämtlichen Schattierungen von Grün schillerte – von hellem Türkis bis zu Flaschengrün. Das war die Erde, der schönste Planet des Sonnensystems. Schade nur, dass das niemand mehr sah. Höchstens der liebe Gott.

Das war das Ende der Menschenwelt, doch diese Schönheit konnte niemand mehr sehen.

Alle waren tot.

Sieben Tode

»Er wollte noch sagen ›Verzeih mir‹, sagte aber ›Verzieh dich‹, doch weil er keine Kraft mehr hatte, sich zu korrigieren, winkte er ab, denn er wusste: Der, der es verstehen musste, würde es verstehen.

Da war keine Angst, denn es gab auch keinen Tod.

Statt des Todes war da Licht.

›Es ist vorbei!‹, sagte jemand über ihm.

Er vernahm diese Worte und wiederholte sie in seinem Inneren. ›Der Tod ist vorbei‹, sagte er sich. ›Er ist nicht mehr.‹«

Lew Tolstoi, Der Tod des Iwan Iljitsch

1

Veras Hilfsbereitschaft war allgemein bekannt – sie eilte stets als Erste herbei, auch ungebeten. Eines Tages rief ihre Freundin Tamara an: Es gehe ihr schlecht, sie habe den Notarzt gerufen und bitte Verotschka, schnell zu kommen, sie wolle ihr die Wohnungsschlüssel und letzte Anweisungen geben. Verotschka machte sich rasch fertig, nahm ihre abgegriffene Handtasche und rannte hinaus auf die Straße, in der Hoffnung, ein Taxi zu erwischen. Doch es kam kein freier

Wagen vorbei, kein einziger mit grünem Licht, also lief sie zur Metrostation am Flusshafen, wo immer Taxis standen und auf Fahrgäste warteten. Sie lief, so schnell es ihre Greisenkräfte und der Anstand erlaubten. Sie rannte und rannte, erreichte ihr Ziel jedoch nicht. Sie stürzte und starb. Zu ihrer Freundin Tamara aber kam der Notarzt, gab ihr eine Spritze und musste sie nicht einmal ins Krankenhaus bringen. Es war nicht so schlimm gewesen.

2

Nein, so etwas hatte niemand von Nina Gawrilowna erwartet – sie lud nicht wie gewöhnlich zu Neujahr ein oder zu ihrem Geburtstag, sondern zu einem ganz normalen Sonnabend im Oktober, einfach so. Sie kochte eine Suppe aus Hammelknochen und briet ein Huhn, das sie als Sonderzuteilung bekommen hatte. Ihre Wohnung war eine Dienstwohnung, das Haus grenzte an das Butyrka-Gefängnis, in dem sie als Ärztin arbeitete.

Die Gäste gingen erst nach Mitternacht. Nina Gawrilowna spülte noch lange das Geschirr und trocknete es mit einem sauberen Tuch ab – sie hielt nichts von Abtropfgittern, und das Geschirr dankte es ihr mit strahlendem Glanz. Sie legte sich ins Bett und war schon fast eingeschlafen, als sie aufschreckte: An diesem Morgen hatte man einen blutüberströmten jungen Mann mit gebrochener Nase zu ihr gebracht, der grausam verprügelt worden war. Sie sagte ihrem Chef sofort, der Patient müsse ins Krankenhaus und operiert werden, doch Hauptmann Selesnjow hatte schallend gelacht.

»Den operieren wir selber!« Der Junge stöhnte, Nina Gawrilowna gab ihm ein Schmerzmittel aus ihrem geheimen Vorrat und verband ihn. Er döste ein, stöhnte aber im Schlaf noch immer. Nina Gawrilowna betrachtete den Schlafenden und dachte: An wen erinnert er mich nur? Er hieß Rabinowitsch, wie der in den bekannten jüdischen Witzen.

Und nun, kurz vorm Einschlafen, fiel es ihr plötzlich ein: Der Junge mit der zertrümmerten Nase war der späte Sohn ihrer liebsten Freundin und einstigen Mitschülerin Rosa, Rosotschka – darum war er ihr so bekannt vorgekommen. Rosa klagte seit langem, ihr Sohn sei verrückt geworden, er wolle nach Israel emigrieren, er habe deswegen schon seine Arbeit verloren und seine Frau habe ihn verlassen, aber er wolle noch immer nach Israel. Und Nina Gawrilowna, kinderlos aus Überzeugung, hatte Rosa bemitleidet: Wie konnte der Sohn seiner Mutter das antun, sie für immer verlassen? Wozu denn dann Kinder in die Welt setzen?

Nina Gawrilownas Herz begann zu schmerzen. Rosa hatte schließlich ihr ganzes Leben für diesen Lausebengel geopfert, hatte ihn ohne Mann geboren und großgezogen, hatte seinetwegen keine Karriere gemacht, obwohl sie klüger und fleißiger gewesen war als alle ihre Freundinnen. Der Gedanke an die arme Rosa und ihren Dummkopf von Sohn ließ Nina Gawrilowna nicht los, er zerriss ihr förmlich das Herz. Und es versagte.

Am nächsten Tag fand man sie tot auf dem Fußboden, neben ihr ein Fläschchen Baldrian. Für alle stand fest: Ursache für ihren Tod war das Herz. Und so war es ja auch.

3

Nora träumte von einem blondlockigen Mädchen, wofür es jedoch keinerlei Voraussetzungen gab: Sie war braunäugig und brünett, und wenngleich es in ihrer entfernten Verwandtschaft auch Hoffnung weckende Blondschöpfe gab, so war doch ihr Mann alternativlos Armenier. Das ersehnte Mädchen blieb aus. Der Armenier erfüllte das eheliche Ritual ein Jahr, ein zweites und ein drittes. Er wünschte sich übrigens kein Mädchen, sondern einen Jungen. Als er die Hoffnung aufgegeben hatte, verließ er Nora, deren Traum von einem Mädchen sich ebenso wenig erfüllt hatte wie sein Traum von einem Jungen, und nahm eine blassäugige Blondine, die ihm auf Anhieb Zwillinge gebar, einen Jungen und ein Mädchen. Nora aber nahm einen Strick. Damit war alles zu Ende.

4

Die kleine alte Frau benutzte beim Gehen einen Rollator. Ein Jahr, zwei Jahre, drei Jahre. Sehr geschickt lief sie damit herum. Stets auf hohen Absätzen. Die knotigen Hände fest um den Griff geklammert, bewegte sie vorsichtig die dünnen Beine, ihre Fersen rutschten immer ein wenig aus den Schuhen, was sie im Gehen geübt ausglich, ohne die Schuhe zu verlieren. Doch eines Tages ging sie einkaufen – das überließ sie nie jemand anderem –, suchte sich zwei Äpfel aus und drei Kartoffeln, drückte mit ihren zupackenden Fingern auf dem Brot herum, wollte die saure Sahne probieren, was man ihr in dem Laden jedoch verwehrte, deshalb musterte sie die Sahne lange und roch daran – und stürzte. Die braunen Schuhchen mit den geknöpften Riemchen fielen ihr von den Füßen. Die alte Frau lag auf dem Fliesenboden des Ladens aus der Zarenzeit, in dem sie ihr Leben lang eingekauft hatte. Die Tasche an die Brust gepresst. Das ist alles. Mehr muss zu ihrem Charakter nicht gesagt werden!

5

Dann ist da noch die Geschichte über einen dicklichen Halbwüchsigen. Er hieß Oleshka. Er wurde überall verprügelt – in der Schule, auf dem Hof, auf der Straße, im Hauseingang. Er lernte, sich vor den Schlägen zu schützen, deckte seinen Kopf, sein Gesicht. Eines Tages aber wurde er im Hauseingang zu Tode geprügelt. Er hatte sich schlecht geschützt. Armer Junge. Die drei, die ihn erschlagen hatten, landeten in einer Strafkolonie für Minderjährige. Einer kam nie wieder frei, er wurde in ein Erwachsenenlager verlegt und dort später getötet. Der Zweite überstand die Armeezeit nicht – er wurde von einem Regimentskameraden erschossen oder erschoss sich selbst. Und der Dritte lief einfach über die Straße und geriet unter ein Auto. Arme Jungen.

6

Nikolai Nikititsch war der Kräftigste der Wachleute. Und einer der Ältesten. Sein Arbeitsplatz befand sich seit langem nicht mehr in den Gefängnisfluren, sondern an der Pforte des Butyrka-Gefängnisses; dort saß er hinter einer Glaswand und drückte auf einen Knopf, wenn ein Besucher einzulassen war. Er trank immer Tee mit Zucker, bis zu zehn Gläser in einer Schicht. Er besaß einen elektrischen Wasserkocher, den niemand sonst benutzen durfte, und eine Blechbüchse, in die er seinen Würfelzucker füllte. Und seinen eigenen Tee, einfachen, aber den besten – den indischen in der Packung mit dem Elefanten drauf. Den hielt er in seinem Schreibtisch unter Verschluss. Eines Mittags goss er sich ein Glas starken Tee ein, warf fünf Stück Zucker hinein, rührte mit einem Aluminiumlöffel rasch um und nahm einen Schluck. Er trank den Tee gern so heiß, wie niemand sonst ihn trinken konnte. Doch diesmal verschluckte er sich, begann zu husten – und aus! Er starb.

7

Dieser hier war überhaupt namenlos. Er hatte ein wunderschönes Leben. Er erinnerte sich ganz genau daran, vom ersten Augenblick an, als er in sich zwei Pole spürte – oben und unten, Kopf und Füße, vielleicht auch Nord und Süd. Anfangs war da bloß ein dünnes Röhrchen, das zog sich von oben bis unten, dann wuchs er, hatte bald die Größe einer kleinen Beere, etwa einer Johannisbeere, und daran bildeten sich kleine Ohren und eine Nase – unklar, wozu. Er bewegte sich ein wenig und fühlte, dass er ein Junge war. Nach einiger Zeit wuchsen ihm Augen, und Zähnchen juckten. Die Augen konnten zunächst nichts sehen, auch die Zähnchen wussten nicht, wozu sie da waren. Die Ohren aber begannen schon, alle möglichen Geräusche zu hören, meist unangenehme und beunruhigende, doch in dem allgemeinen Lärm gab es auch eine wiedererkennbare Stimme, sanft und beruhigend. Dann kam ein erstaunliches Gefühl hinzu – er schaukelte und schwamm. Das war herrlich! Zudem erwies sich, dass das Wasser, in dem er plätscherte, wunderbar schmeckte, sein Geschmack veränderte sich – mal süß, mal salzig –, und bald gesellte sich zu dem Geschmack auch ein Geruch, und es wurde immer interessanter. Dann entstanden Gedanken, erste, zaghafte Gedanken. An seinen Augen wuchsen Wimpern, darüber Brauen, und eines schönen Tages öffneten sich die Augen von selbst und erblickten das Licht. Und nicht nur das Licht konnte er nun sehen, er sah auch seine Träume. Eine warme Hand berührte den Bauch, streichelte ihn durch den vielschichtigen Körper hindurch, und das war unglaublich angenehm. Er schwamm und schwamm, bis irgendeine Kraft ihn plötzlich umdrehte und mit dem Kopf voran in einen sehr engen Durchgang stieß, durch den er nie und nimmer passen würde. Doch die unbekannte Kraft schob ihn weiter, hinderte ihn, sich in einem der weichen Winkel seines behaglichen Zuhauses zu verkriechen, und presste ihn hinaus. Das war beängstigend und schmerzhaft, aber er konnte sich nicht wehren. Der enge Durchgang schien sich etwas zu weiten, doch es drückte, besonders auf seinen Kopf, bis er es schaffte, sich umzudrehen, so dass er sich mit den Füßen voran bewegte und der Kopf nicht mehr so wehtat. Es war eine furchtbar kränkende Vertreibung – er wurde einfach aus seinem Zuhause gestoßen, das er liebgewonnen hatte, in dem es so gemütlich war. Er presste sich mit dem Kopf gegen einen Knochen und verharrte störrisch, rührte sich nicht von der Stelle. Da packte ihn eine grobe Kraft bei den Beinen und zog. Es tat weh, und es dauerte lange – schließlich wurde er an einen schrecklichen, kalten Ort gezerrt, wo es windig war und grausig, und er wollte unbedingt wieder zurück. Er verspürte einen kräftigen Klaps auf den Po und begriff, dass er schreien sollte. Nein, ich schreie nicht! Auf keinen Fall! Er presste den Mund zusammen und schrie nicht. Sie schlugen ihn lange, wollten ihn zum Schreien zwingen. Nein, nein und nochmals nein! Auf keinen Fall. Ich will nicht. Und werde nicht.

Sieben Geburten

I

Er schrie so, dass die erfahrenen Hebammen lächelten: Da war ein Kämpfer geboren worden. Wer so zornig schreit, der trinkt auch gut. Und wer gut trinkt, der hat Erfolg im Leben. Das Erste, was sich aus der allgemeinen Verschwommenheit heraushob, war eine Brustwarze, rosig braun, weich und elastisch. Und vor allem: Sie roch intensiv und verlockend. Der Säugling packte sie mit seinem harten Gaumen so fest, dass seine Mutter aufschrie. Leben, milchig-süßes Leben spritzte in seinen Mund. Und ihm wurde bewusst, dass er selbst ein Mund war. Dann erfuhr er, dass er Mitja hieß. Mitja wusste von seinem ersten bis zu seinem letzten Augenblick: Leben, das ist etwas, das man trinken, beißen, kauen und hinunterschlucken kann.

2

Das Mädchen weinte nicht, es piepste nur. Es unterließ die erste menschliche Äußerung, die gewöhnlich laut getätigt wird, mit voller Lungenkraft – den Schrei, mit dem ein Neugeborenes sein Umfeld erobert. Als wüsste die Kleine, dass ihre Mutter bereits ein Papier unterschrieben hatte – die Freigabe des Kindes zur Adoption. Denn das Mädchen war das Ergebnis eines Zufalls und kindlicher Dummheit. Die Mutter, selbst erst fünfzehnjährig, hatte nur ein bisschen mit einem Mitschüler gekuschelt, er hatte sie mit heißen Händen an sämtlichen unsittlichen Stellen berührt und eigentlich nichts von dem getan, wodurch Kinder entstehen. Hatte den natürlichen Schutzwall nicht durchbrochen, nur ein wenig am Eingang herumgestochert und seine Annäherung durch einen trüben Klecks klebriger Flüssigkeit markiert. Doch das Kind war entstanden, und da war es nun. Unerwünscht.

3

Was da in der Zeit lange vor ihrer Geburt geschehen war, erfuhr nie jemand. Anfangs verlief alles in der üblichen Ordnung, es entstanden zwei einzelne Wesen, die Zwillinge werden sollten, doch dann gab es eine Störung. Im Bereich der Wirbelsäule. Oben war alles ganz normal – zwei Köpfe, zwei Herzen, vier Arme –, doch der Unterleib war zusammengewachsen, und statt vier Beinchen hatten sich nur drei gebildet; zwei normale und dazwischen ein zusammengewachsenes drittes, plump und zum Laufen untauglich. Die Mutter fiel in Ohnmacht, als man ihr die Töchter zeigte. Die Mädchen lebten im Institut für Kinderheilkunde, auf der Station für Fehlbildungen. Sie hießen Mascha und Dascha und trugen den passenden Familiennamen Kriwoscheïn – Schiefhals. Als sie vier Jahre alt waren, wurde das überflüssige dritte Bein amputiert, und nun liefen sie auf zwei Beinen, die eine mit dem linken, die andere mit dem rechten, jede auf ihrer Seite auf eine Krücke gestützt. Sie zu trennen war unmöglich, sie hatten nur einen Magen, einen Darm, eine Leber und ein Paar Nieren für beide. Sie waren siamesische Zwillinge, obwohl sie nichts Siamesisches hatten, es waren russische Mädchen. Die beiden lebten lange. Ungewöhnlich lange für siamesische Zwillinge.

4

In der fernen Vergangenheit, als diese Jungen geboren wurden, arbeitete in der Entbindungsklinik Nr. 29 in Lefortowo die Säuglingspflegerin Tante Xenia, eine Trinkerin. Eines Tages half sie in leicht benebeltem Zustand einer Schwester, zwei Neugeborene vor der Entlassung zu waschen, und vertauschte beim Anziehen die gelben Namensanhänger am Arm der beiden Kleinen. Niemand bemerkte das Versehen, nicht einmal die aufgeregten Mütter. So wuchsen die vertauschten Kinder bei fremden Eltern auf. Der eine als geliebter Sohn, der andere in lebenslangem Konflikt mit seinen Eltern. Er konnte sich nie damit abfinden, was für strohdumme Eltern er abbekommen hatte. Und auch sie wunderten sich über ihren sonderbaren Sohn: Alle in der Umgebung hatten ganz normale Kinder, die Fußball spielten und auf Dächern herumkletterten, ihr Sohn aber saß nur über Büchern. Und als er herangewachsen war, wurde er nicht Klempner wie sein Vater, sondern, Gott im Himmel, das war ja kaum auszusprechen – Astrophysiker. Die anderen Eltern aber, gebildete Leute mit Doktortitel, mühten sich mit dem in ihren Augen missratenen Sohn, machten mit ihm Hausaufgaben, engagierten Nachhilfelehrer, doch er schloss nicht einmal die Schule ab, er wurde Transportarbeiter auf dem Belorussischen Bahnhof. Gentests gab es damals noch nicht. Vielleicht war das gut so?

5

Das russische Mädchen Nina, nicht besonders hübsch, aber freundlich und gutherzig, arbeitete in einem Bordell in Zürich. Als Putzfrau. Die Bezahlung war lächerlich gering, aber Nina sparte verbissen, denn sie hatte eine genaue Wunschliste. Darauf stand an erster Stelle ein Mantel mit Pelzkragen für ihre Mutter, an zweiter eine Beinprothese für ihren Vater, an dritter ein schwarzer Anzug für ihren Bruder. Dann wurde Nina überraschend viel Geld geboten für eine ungewöhnliche Dienstleistung: Sie sollte für ein kinderloses Schweizer Ehepaar ein Kind austragen. Nina willigte ein. Sie wurde getestet und bekam ein winziges Etwas in den Bauch gesetzt, das sich einnistete und zu wachsen begann. Zum ersten Mal lebte sie nun im Wohlstand, sorglos und unbeschwert, in einer eigens für sie gemieteten Wohnung. Ohne jede Übelkeit und sonstige Unannehmlichkeiten näherte sie sich dem Ende der Schwangerschaft, doch im neunten Monat wurde sie nachdenklich: Es tat ihr leid, das Kind abzugeben. Also entschied sie, es zu behalten. Sie würde nach Hause fahren, in ihre Heimatstadt Elektrostal, und das Kind dort zur Welt bringen. Sie kaufte sich ein Flugticket. Doch dann geschah etwas Unvorhergesehenes: Die Wehen setzten vor dem berechneten Zeitpunkt ein, eine Woche oder zehn Tage früher. Nina sagte ihren Auftraggebern nichts davon, ging nicht ins Krankenhaus, sondern gebar in dem leerstehenden Haus, in dem sie vor der Schwangerschaft gelebt hatte, ganz allein, ohne Hebammen, Frauenärzte, Krankenschwestern und Pflegerinnen. Genau wie ihre Urgroßmutter ihr Kind mitten auf einem Feld zur Welt gebracht hatte und ihre Großmutter in einem Eisenbahnwaggon auf dem Weg in die Evakuierung in den Ural.

Am Tag des Abflugs band sich Nina ihre fünf Tage alte Tochter mit einem Laken vor den Bauch, zog ein weites Kleid darüber und stieg furchtlos ins Flugzeug. Getarnt als Schwangere. Das Mädchen, der kleine Sonnenschein, machte nicht piep. Zu weinen begann es erst im Flugzeug, in der Luft. Zum Teufel mit Mamas Pelzmantel und Papas Prothese, von dem schwarzen Anzug für den Bruder gar nicht zu reden. Und zum Teufel mit der Schweiz. Als Putzfrau konnte sie auch in Elektrostal arbeiten. An die reichen Schweizer aber, die ihr ihre befruchtete Eizelle anvertraut hatten, dachte Nina gar nicht mehr.

6

Lida war eine Ladendiebin und hatte dabei meistens Glück. Das erste Mal wurde sie schon in der sechsten Klasse erwischt, aufs Milizrevier gebracht, aber wieder freigelassen. Mit dem Stehlen hörte sie nicht auf. Sie hatte Spaß daran – mal stibitzte sie ihrer Banknachbarin einen Schal, mal schnappte sie sich an einem Stand im Fußgängertunnel ein Parfümfläschchen, mal klaute sie in einem Laden ein Paar Schuhe. Doch eines Tages ging es schief: Ein Paar Stiefel an einem Stand im Fußgängertunnel der Metro hatte es ihr angetan. Lida schnappte sich einen Stiefel, steckte ihn unter ihre Jacke und trug ihn fort. Dann kam sie wieder, um sich den zweiten zu holen. Da stand er, sah ganz genauso aus wie der erste. Sie nahm ihn vom Ladentisch, schob ihn mit einer geübten Bewegung unter die Jacke und ging davon. Zu Hause entdeckte sie, dass Farbe und Schnitt zwar übereinstimmten, auch die Größe passte, allerdings waren es zwei linke Stiefel. Weil es schon spät war, ging sie erst am nächsten Tag nach der Schule wieder hin, um ihren Fehler zu korrigieren. Aber die gerissene Verkäuferin fing an zu schreien, sobald Lida ihre Operation vollbracht hatte, und sofort kam ein Milizionär angerannt, der eigens bereitgestanden hatte, um die Diebin zu stellen. Na, und dann ging es los. Lida wurde festgenommen, gegen sie wurde ein Strafverfahren eingeleitet. Das war noch nicht weiter schlimm. Doch auf der Fahrt ins Untersuchungsgefängnis wurde sie von zwei Wachleuten vergewaltigt. Auch das war nicht weiter schlimm. Lida hatte, wie das Rotkäppchen in dem Witz vom bösen Wolf, keine Angst vor Überfällen: Geld hatte sie keins, und Sex mochte sie. Ihre Schwangerschaft entdeckte sie erst spät, im siebten Monat. Bis dahin hatte das kleine Dummchen nichts bemerkt. Während sie noch in Untersuchungshaft saß, rückte der Entbindungstermin näher. Die Wehen begannen in der Nacht, ihre Zellengenossinnen schlugen Alarm, schrien und hämmerten mit ihren Aluminiumschüsseln gegen die Tür, damit ein Arzt kam. Sie lärmten so laut, dass Lida unter Bewachung ins Krankenhaus Nummer 20 gebracht wurde, in dem inhaftierte Frauen, mit Handschellen ans Bettgestell gefesselt, ihre Kinder zur Welt brachten. Die gesamte Schwangerschaft lang hatte Lida auf ihr Kind geschimpft, doch während der Entbindung änderte sich ihr Verhältnis zu ihm plötzlich: Sie wünschte sich dringend einen Jungen, sie sah ihn schon vor sich, nicht als Neugeborenen, sondern als Halbwüchsigen, ja, als jungen Mann. Und als sie aus Leibeskräften schrie, so dass ihr die Augen fast aus den Höhlen traten, lächelte sie dabei auch ein bisschen, eine solche Freude erfüllte sie. Viktor kam rasch auf die Welt, wobei er die enge Pforte nur leicht beschädigte, und er schrie nicht piepsend, sondern mit tiefer Stimme, fast im Bass. Lida liebte ihn auf Anhieb und fürs ganze Leben. Und nicht ohne Grund. Der Junge war ihr vom ersten Tag an eine Hilfe: Sie wurde mit ihm an einen neuen Ort verlegt, ins Frauengefängnis im Moskauer Bezirk Petschatniki, in eine spezielle Zelle für Mütter mit Kindern, das Gericht verhängte ein mildes Urteil, nur drei Jahre, und schickte sie in eine Strafkolonie mit Kinderheim. Wieder hatte sie mehr Glück als alle anderen – der jüdischen Ärztin gefiel der kleine Viktor so sehr, dass sie Mitleid mit den beiden hatte und Lida als Putzfrau in einer Abteilung anstellte, in der noch weitere zwanzig Gefängniskinder untergebracht waren. Und von da an – kaum zu glauben! – wendete sich Lidas Leben durch Viktor zum Guten. Als sie entlassen wurde, bekam sie – noch schwerer zu glauben! – als alleinstehende Mutter sogar eine Wohnung. So eine glückliche Geburt war das.

7

Die Gebärende wurde mit einem Krankenwagen eingeliefert, direkt von der Straße. Sie war bewusstlos und wurde sofort in den OP gebracht.

Wenige Minuten später lag die Frau nackt auf dem OP-Tisch. Eine Invalidin. Beide Beine oberhalb der Knie amputiert. Das Fruchtwasser war abgegangen. Keinerlei Wehentätigkeit. Das Kind lebte noch, das kleine Herz schlug. Der Anästhesist fragte den Chirurgen nur verwirrt: »PDA?« Der nickte. Die Frau bekam eine Sauerstoffmaske aufs Gesicht, die PDA wurde gelegt, die Intubation der Patientin vorbereitet.

Die jungen Schwestern beeilten sich, und fünfunddreißig Minuten später begann der Chirurg mit dem Kaiserschnitt. Er schnitt vertikal vom Nabel bis zum Schambein, nicht horizontal. Der Assistent wechselte einen Blick mit der OP-Schwester: Der vertikale Schnitt wurde nur in dringenden Notfällen angewandt. Und der lag vor – alles sprach eher für Tod als für Leben: das klinisch enge Becken der Gebärenden, das Fehlen jeglicher Wehentätigkeit, die wahrscheinliche vorzeitige Ablösung der Plazenta und der Sauerstoffmangel des Fötus. Der Chirurg arbeitete mit der Geschwindigkeit eines Kurzstreckenläufers gegen den Tod. Diesen Zweikampf führte er nicht zum ersten Mal, meistens verlor er ihn, manchmal aber gewann er auch. Nach zwanzig Minuten war der Kampf vorbei – der Schrei des Säuglings verkündete den Sieg.

Die Mutter lag noch im medikamentösen Schlummer, und das Neugeborene wurde untersucht. Ein gesundes Kind, ohne sichtbare angeborene Defekte, dreiundfünfzig Zentimeter groß, 2940 Gramm schwer. Atmung und Muskeltonus befriedigend, Hautoberfläche rosig, auf Reize reagierte es mit Grimassen.

Die Mutter erwachte nach fünf Stunden. Sie fluchte. Dann nannte sie ihren Namen: Tamara Ignatjewna Wachromejewa. Achtunddreißig Jahre alt. Ohne festen Wohnsitz. Sie verlangte, sofort ihr Kind zu sehen. Freute sich, dass es ein Junge war. Sagte, er solle Ignat heißen.

Fortan ging es im Leben von Tamara Ignatjewna bergauf. Sie behielt ihren Sohn bei sich, obwohl man ihr vorgeschlagen hatte, ihn in ein Heim zu geben.

Ihr Arbeitsplatz befindet sich jetzt an der Metrostation Kolomenskoje, ganz in der Nähe der Entbindungsklinik. Sie sitzt nun in einem Rollstuhl mit großen Rädern und Steuerung. Die Mitarbeiter der Entbindungsklinik haben dafür zusammengelegt, den Rest hat der Chirurg dazugegeben. Den Rollstuhl schenkten sie ihr zur Entlassung. Auf dem Schoß hält sie ihren Sohn Ignat. Die Leute geben viel. Tamara Ignatjewna hat ein Zimmer bei einer alten Trinkerin gemietet. Sie selbst aber trinkt nicht. Keinen Tropfen. Das ist tabu für eine stillende Mutter. Überhaupt für eine Mutter.

Sieben Krankheiten

1

Der Zahn tat anfangs nur ein bisschen weh, dann stärker und schließlich ganz furchtbar. Doch mehr Angst als vor dem Schmerz hatte Sascha vorm Zahnarzt. Denn Sascha hatte Angst vor allen, die einen weißen Kittel trugen. Also sträubte er sich, wollte nicht zum Zahnarzt. Seine Mutter gab ihm ihr Ehrenwort, dass es nicht wehtun würde. Und brachte ihn zum Arzt. Der schnallte Sascha so am Behandlungsstuhl fest, dass der sich nicht mehr rühren konnte. Der Junge öffnete vertrauensvoll den Mund, und der junge Doktor lächelte mit all seinen weißen Zähnen und fuhr ihm mit einem eisernen Haken in den Mund, und es tat so weh wie noch nie zuvor in Saschas Leben. Er konnte nicht einmal schreien, denn sein Mund war mit einem Metallgestell aufgespreizt, so dass er nur lallen konnte. Und Sascha lallte. Er lallte seiner Mutter zu, sie sei eine Betrügerin. Der Doktor aber schob ihm ein glänzendes Besteck in den Mund, packte damit den Zahn, drehte das Besteck geschickt herum, und es gab ein fürchterliches Knirschen. In diesem Augenblick verlor Sascha das Vertrauen zu seiner Mutter. Bis an ihr Lebensende.

2

Die Krankheit war beinahe unauffällig. Lena hustete ein wenig. Aber jeder Mensch hustet hin und wieder. Als die Temperatur anstieg, wurde ein Arzt aus der Poliklinik gerufen. Er ordnete Bluttests und Röntgenaufnahmen an und überwies Lena an einen weiteren Arzt. Anfangs überlegten die Ärzte hin und her: Tbc oder nicht. Dann entschieden sie: Ja, Tbc. Damit endete für Lena das normale Leben. Erst wurde sie aus der Musikschule genommen, dann aus der Grundschule, und nun wurde sie traktiert – die Mutter fütterte sie mit Tabletten, die Großmutter gab ihr heiße Milch mit Haut zu trinken, die andere Großmutter schickte aus ihrem Dorf stinkendes Dachsfett, mit dem Lena eingerieben werden sollte. Bald ging es ihr immer schlechter, deshalb wurde sie in ein Tuberkulosesanatorium gebracht. Doch verschlimmerten sich die Beschwerden, und man entließ sie nicht nach Hause, sondern ins Krankenhaus. Im Krankenhaus wurde sie zwölf Jahre alt. Von zu Hause kamen Geschenke – das beste war ein Kuvert von Onkel Kostja. Darin lag der größte Geldschein, den es gab – so einen hatte Lena noch nie in der Hand gehabt. Am Abend, als alle Patientinnen im Zimmer sich schlafen gelegt hatten, stibitzte Lena die Wolljacke ihrer Bettnachbarin und floh aus dem Krankenhaus. Sie ging zum Kasaner Bahnhof und stieg in einen Zug. Zu Hause ließ sie sich nie mehr blicken, obwohl ihre Eltern eine landesweite Suchanzeige aufgegeben hatten. Diese Geschichte hat mir Lena zehn Jahre nach ihrer Flucht erzählt. Wir redeten eine ganze Nacht lang auf der Fahrt nach Chabarowsk. Sie war die Zugbegleiterin. Ihre Tuberkulose war von selbst verschwunden.

3

Nonna war immer und überall das schönste Mädchen: in der Kindergartengruppe, in der Schule, in der Gymnastiksektion. Zwei Mal bekam sie Angebote zu Filmaufnahmen. Sie hatte immer Glück – das verdankte sie ihrer schon aus der Entfernung sichtbaren Schönheit. Sogar, als sie bei der Aufnahmeprüfung am Institut im Fach Geschichte eine ziemlich schwache Leistung zeigte, sagte der etwas ältere Prüfer offen zu ihr: »Für Ihre Antwort verdienen Sie eigentlich eine Drei, aber wegen Ihrer schönen Augen gebe ich Ihnen eine bessere Note.« Nicht nur ihre Augen waren schön, auch ihre Nase, ihr ovales Gesicht und alles Übrige. Sie wurde an der Historischen Fakultät immatrikuliert. Aber nicht nur bei Prüfungen, auch bei jedem Spiel, sogar in der Lotterie hatte sie Glück. An der Uni bewunderten alle ihre Schönheit: ihre Kommilitonen, die älteren Studenten und die Dozenten. Verehrer jedoch hatte sie nicht – so viel Schönheit war einschüchternd. Im dritten Studienjahr spross auf ihrer Wange ein Pickel. Groß und dick. Nach drei Tagen kamen zwei weitere dazu. Und nach einer Woche war von Nonnas Schönheit nichts mehr übrig, die Pickel bedeckten ihr ganzes Gesicht. Sie ging zu diversen Ärzten. Die Diagnose lautete: follikuläre Dermatitis. Die Behandlungen halfen zunächst kaum. Erst nach drei Jahren sprossen auf Lenas einst wunderschönem Gesicht keine Pickel mehr. Doch die Spuren, runde kleine Narben, blieben ihr fürs ganze Leben. Das Glück hatte sie verlassen, zusammen mit der Schönheit. Sie heiratete einen lieben Mann. Ihre einstige Schönheit schüchterte ihn nicht ein. Er hatte sie ja nie gesehen.

4

Lora ist ein rundlicher Name. Er passte zu ihr. Eine hübsche kleine Kugel – ihr Körper, ihr Gesicht, selbst ihre Gesten – alles an ihr war rundlich. Sie hielt die molligen Arme vor den großen, hängenden Brüsten verschränkt, und auch ihre Stimme klang weich und voll. Sie arbeitete als Apothekerin und lächelte alle Kunden an. In ihrem vierzigsten Lebensjahr brachte die alleinstehende Lora zur allgemeinen Überraschung eine Tochter zur Welt und gab ihr den altmodischen Namen Rosa. Als das Mädchen herangewachsen war, hasste es seinen Namen, strich den ersten Buchstaben und wurde für alle zu Osa. Sie hatte keinerlei Ähnlichkeit mit ihrer Mutter, sie war lang und dünn, ihr Gesicht war schroff und ganz ohne die süße Rundlichkeit der Mutter. Lora war vollkommen von ihrer Tochter abhängig, ihr geradezu sklavisch ergeben. Osa hingegen mochte ihre Mutter nicht, was sie ihr von frühester Jugend an ständig demonstrierte. Die Tochter führte früh ihr eigenes lockeres, fröhliches Leben, auch in sexueller Hinsicht. Sie schmiss die Schule, begann eine Berufsausbildung, warf auch die hin und suchte sich Gelegenheitsjobs. Sie war ständig von einer großen Zahl junger Männer umgeben, kam mitunter nachts nicht nach Hause, verschwand einmal sogar für eine ganze Woche. In diesen Tagen war Lora mehr tot als lebendig, bis sie schließlich in einer engen Kammer ihrer Apotheke umkippte. Schlaganfall. Am fünften Tag, als die gelähmte Lora selbst noch nicht recht verstand, was mit ihr los war, besuchte Osa ihre Mutter im Krankenhaus. Nicht allein, sondern mit einem neuen Bekannten, beide waren leicht angetrunken und fröhlich. Nach sechs Wochen wurde Lora nach Hause gebracht, und Osa hatte die gesamten sechs Wochen in fröhlicher Runde getrunken. Es dauerte ein paar Tage, bis sie begriff, dass ihr früheres Leben jetzt vorbei war. Zum ersten Mal kochte Osa eine Suppe. Vieles tat sie nun zum ersten Mal: früh aufstehen, Windeln wechseln, dünnen Brei kochen und das Geschöpf füttern, das entfernt an ihre Mutter erinnerte. Sie gab ihre Arbeit auf und streifte sich das neue Leben über wie ein neues Kleidungsstück. Vorbei war es mit den fröhlichen Freunden, das monatliche Geld blieb aus, die Invalidenrente war noch nicht bewilligt, nur die Freundinnen der Mutter brachten ihr hin und wieder etwas Geld, mal mehr, mal weniger. Osa glaubte, das könne nicht lange so weitergehen, bald würde sich die Situation ändern. Anfangs litt sie sehr, hasste ihre Mutter, die ihr normales Leben zerstört hatte. So verging ein Monat, ein Jahr. Ein weiteres. Zwanzig Jahre. Nichts änderte sich. Lora lag im Bett, gelähmt und sprachlos, mit dem immer gleichen freundlichen Lächeln und dankbaren Augen. Nur Osa veränderte sich. Aus dem fröhlichen, übermütigen Mädchen war ein neues Geschöpf geschlüpft: treu, stark und wundervoll.

5

Wenn ein Mensch von Kindheit an oft krank ist, gewöhnt er sich ans Kranksein und findet es bisweilen sogar ganz schön. Alexander, Schurik, war als Kind oft krank gewesen – Bauch und Haut, Ohren und Hals, später waren es die Gelenke und die Leber. Das alles hinderte ihn jedoch nicht, eine erfolgreiche Karriere als Ingenieur zu machen. Am Institut war er der beste Student, und er heiratete das schönste Mädchen seines Studienjahres. Sie hatte großen Respekt vor ihm, auch vor seinen Krankheiten. Mit den Jahren nahmen die Krankheiten zu, die Liebe dagegen womöglich etwas ab. Mit fünfundsechzig musste sich Alexander Semjonowitsch einem unangenehmen Eingriff unterziehen – die Prostata wurde entfernt. Die Operation verlief nicht besonders glücklich, er war über zwei Monate bettlägerig, mit einer Vorrichtung zum Wasserlassen, die ihm das Leben vergällte. Er wünschte sich sogar den baldigen Tod. Seine Frau Toma pflegte ihn redlich rund um die Uhr. Sie schliefen seit langem getrennt, sie nun im kleinen Zimmer, er weiterhin im großen. Von dort rief er laut und gereizt »Toma!«, wenn er etwas brauchte. Und Toma kam gerannt. Tag und Nacht. Einmal rutschte ihm in der Nacht die Decke hinunter, und er schrie nach seiner Frau. Sie erschien nicht sofort, er rief mehrere Male. Sie rannte ins Zimmer, den Bademantel über dem Bauch festhaltend, murmelte »Gleich, gleich, Schurik« … und stürzte. Er sprang aus dem Bett, um ihr aufzuhelfen. Doch sie lag da wie tot. Er begriff nicht gleich, dass sie tot war. Ärzte kamen, dann der Sohn, schließlich wurde Toma beerdigt. Und Schurik war weiter krank. Eine Veteranenorganisation schickte ihm, dem ehemaligen Frontsoldaten, eine Krankenpflegerin. Und weil er Jude war, besorgte eine jüdische Organisation ihm eine weitere Pflegerin. So war er lange und behaglich krank. Und hatte überhaupt nicht mehr den Wunsch zu sterben.

6

Es kommt vor, dass Schwestern einander nicht lieben. Schlimmer noch, dass sie einander hassen. So war es auch bei den Schwestern Roshkow. Sie waren fast noch Kinder, eine sechzehn, die andere achtzehn, als der Bruder ihres Großvaters starb, kinderlos und unverheiratet, und ihnen ein beachtliches Erbe hinterließ. Wegen der Aufteilung dieser Erbschaft zerstritten sich die Schwestern so, dass sie sich nicht mehr trafen, ja, einander nicht einmal mehr zum Geburtstag anriefen. Sosehr ihre Mutter Xenia Alexejewna sich auch bemühte, die Töchter zu versöhnen – es gelang ihr nicht. Dabei liebten beide ihre Mutter sehr. Eines Tages im Herbst ging Xenia Alexejewna spazieren, setzte sich auf eine kalte Parkbank und verkühlte sich den Unterleib. Sie lag flach, hatte furchtbare Schmerzen, genierte sich jedoch, einen Arzt zu rufen: Wie kam sie bloß zu einer so peinlichen Krankheit? Doch es war keine peinliche Krankheit, sondern eine gewöhnliche Blasenentzündung – setz dich nicht auf kalte Parkbänke, Muttchen! Aber Xenia Alexejewna schämte sich so sehr, dass sie lieber einsam litt. Nicht ganz einsam, denn ihre Töchter kamen gelaufen, waren besorgt, schimpften und brachten schließlich einen Arzt mit. Nein, keinen Arzt, eine Ärztin! Ihnen war klar, dass die Mutter keinen Mann an ihren kranken Körper lassen würde, schon gar nicht an ihre weiblichen Organe. Anfangs kamen die Töchter abwechselnd, dann kontrollierten sie die Reihenfolge nicht mehr und trafen nun bei der Mutter regelmäßig zusammen. In deren Gegenwart gifteten sie sich nicht an, vereinigten sich sogar in gemeinsamer Sorge. Das Medikament, das die Ärztin verordnet hatte, wirkte – die Krankheit verschwand. Da wurde Xenia Alexejewna nachdenklich: Wegen ihrer Krankheit stritten die Töchter weniger, berieten sogar miteinander, wie sie die Mutter am besten versorgen konnten … Aber wenn ich wieder aufstehe, so überlegte Xenia Alexejewna, dann werden sie sich wieder anfeinden. Mittlerweile völlig genesen, lag sie im Nachthemd im Bett – und würde noch lange liegen bleiben, obwohl sie davon inzwischen eigentlich genug hatte, sie wäre gern draußen spazieren gegangen, hätte sich auf eine kalte Bank gesetzt und sich noch einmal den Unterleib verkühlt, damit ihre Töchter sich weiter an ihrem Bett trafen, sich nicht zankten, sondern einander unterstützten bei der Pflege ihrer Mutter.

7

Die beiden überwachten sie schon lange, der Dürre und der Blasse. Beide waren niedere Chargen ihrer Behörde. Sie wurden dauernd verspottet, sie hatten sich sogar schon an die anstößigen Witzchen gewöhnt, die alle Höherrangingen auf ihre Kosten machten. Ausnahmslos alle. Kein Wunder also, dass man ihnen eine derart unbedeutende Alte zugeteilt hatte. Sie war einmal beinahe berühmt gewesen, beinahe Professorin, hatte Vorlesungen gehalten, sich bis an die Grenze des Erlaubten vorgewagt. Die sie aber nie überschritten hatte. Damals kam es vor allem darauf an, sich an die offiziellen Spielregeln zu halten, ob man seine beruflichen Aufgaben gut erfüllte, war nebensächlich. Dann war sie still, ohne großes Aufsehen abgetreten, und nun lebte sie allein, von einer kleinen Rente, die ihr im Übrigen vollkommen genügte. Und ihre Überwachung wurde zwei unbedeutenden Männern übertragen, die, ebenso wie sie selbst, vor Urzeiten einmal Anlass zu großen Hoffnungen gegeben, diese aber nicht erfüllt hatten.

Morgens aß die alte Frau ein Stück Brot und trank Tee – ziemlich lustlos –, dann ging sie in ein kleines Zimmer, das sie Arbeitszimmer nannte; sie hatte zwei Zimmer, zweifellos ein übertriebener Luxus, dessen war sie sich bewusst. Im Arbeitszimmer standen Regale voller Bücher, und sie tat, als lese sie. Es war schwer zu überprüfen, ob sie wirklich las oder einfach nur dasaß, über die staubigen Seiten gebeugt.

Woche für Woche versahen die beiden Männer ihren Dienst – bei schönem Wetter standen sie unten vor der Haustür, bei schlechtem gingen sie ins Haus und postierten sich ein Stockwerk über der Wohnung der Alten auf dem Treppenabsatz. Sie sollten das Kommen und Gehen von Besuchern kontrollieren. Aber es kamen keine. Die Alte selbst stieg jeden Morgen in den ersten Stock hinunter, wo die Briefkästen hingen, nahm eine Zeitung heraus und ging wieder hinauf. Das Haus verließ sie nie.

Wovon mochte sie sich wohl ernähren? Es kam doch nie jemand zu ihr, keiner brachte ihr etwas zu essen.

Der Dürre hatte eine Frau, die ihn liebte und sich wegen seiner Magerkeit sorgte und ihm jeden Tag einen Packen belegte Brote mitgab, in Pergamentpapier gewickelt und in einer Tüte verpackt – mehr, als er brauchte, um den Tag zu überstehen. Die übrig gebliebenen Brote brachte er abends wieder mit, zum Unmut seiner Frau.

Der Dienst der beiden blieb unverändert, sie hatten es

schon gründlich satt, die unnütze Alte zu überwachen. Aber sie bekamen keinen anderen Auftrag. Eines schönen Tages hängte der Dürre aus Jux, nicht etwa aus Menschenfreundlichkeit, eine Tüte mit zwei übrig gebliebenen Broten an die Türklinke der zu überwachenden Wohnung. Am nächsten Morgen war die Tüte weg.

So hatte es angefangen, und seitdem hängten sie fast jeden Tag kleine Päckchen an die Tür und bezogen daraus ein neues Vergnügen: den Augenblick zu erwischen, wenn die Tür aufging und eine magere Hand das Päckchen von der Tür nahm und hineinholte.

Kurz vor Neujahr schlug der Dürre dem Blassen vor, der Alten ein gebratenes Hühnchen zu schenken. Sie lachten – und taten es! Sie hängten eine Tüte mit einem duftenden Hühnchen an die Tür. Sie warteten lange darauf, dass die Alte das Hühnchen holen würde.

Aber sie nahm es nicht, sie kam nicht heraus. Die Männer waren besorgt. Riefen einen Rettungswagen. Sie öffnete nicht. Ob sie gestorben war? Sie holten einen Schlosser, die Tür wurde aufgebrochen. Die Alte lebte noch, hatte bloß einen leichten Schlaganfall erlitten. Ins Krankenhaus musste sie nicht.

Noch immer erfolgte kein Befehl, die Überwachung aufzuheben. Die beiden Männer standen auf dem Treppenabsatz und fragten sich, warum wohl niemand die Alte besuchte, ob ihre Freunde und Gesinnungsgenossen sie vergessen hatten. Oder wussten sie nichts von ihrer Krankheit?

Sie hängten Brote an die Tür, bis die Alte, deren Gesicht seit dem Schlaganfall ganz schief war, sie eines Tages bat, ihr Milch zu besorgen.

So ging es weiter – mal Milch, mal Brot. Nach zwei Monaten Überwachung wurden die beiden Männer schließlich abgezogen. Der Dürre aber, der in der Nachbarschaft wohnte, brachte ihr einmal in der Woche Lebensmittel. Und kurz vor Weihnachten schickte sie ihn zur Post, ein paar Briefe einzuwerfen. Nicht schlecht, die Geschichte, oder?

Sieben Zwillingspaare

I

Als die beiden Jungen zur Welt kamen, waren sie sich nicht nur ähnlich, sondern schienen vollkommen gleich, sie hatten sogar das gleiche tropfenförmige Muttermal auf der Brust, der eine neben der linken Brustwarze, der andere neben der rechten. Direkt unter dem Muttermal schlug das Herz: bei dem einen links, bei dem anderen rechts. Der alte Kinderarzt legte die Jungen nebeneinander, sagte »Spiegelbildzwillinge« und konnte sich kaum sattsehen. Die Geburtshelfer bemühten sich indessen um die Mutter, versuchten, die Blutung zu stillen. Sie schafften es nicht. Sechs Wochen blieben die Zwillinge in der Entbindungsklinik; sie sollten in ein Kinderheim gebracht werden, doch die Formalitäten zogen sich hin, und schließlich wurden sie von Verwandten abgeholt. Den einen nahm die Schwester der verstorbenen Mutter, den anderen die Großmutter, die Mutter des nichtsnutzigen Zwillingsvaters, der wegen einer Prügelei im Gefängnis saß. Die Brüder wurden getrennt, ohne voneinander zu erfahren. Die Großmutter hatte ihre verstorbene Schwiegertochter so sehr gehasst, dass sie auch von deren Schwester nichts wissen wollte. Die Kinder kamen also an verschiedene Orte: der eine in eine reiche Stadt, der andere in ein armes Dorf. Beide waren schlechte Schüler, schafften in sechs Jahren gerade mal vier Klassen, der Stadtjunge wurde Fabrikarbeiter, der im Dorf half der Großmutter auf dem Feld und im Garten. Mit achtzehn mussten sie zur Armee. Sie wurden am selben Tag einberufen und am selben Tag entlassen. Dann gerieten beide auf die schiefe Bahn: Der Stadtjunge freundete sich mit zwei erwachsenen Männern an, die Diebesgut aufkauften, der Jüngere mit solchen, die sich aufs Stehlen verstanden. Hier verzweigten sich ihre Wege: Der eine verlegte sich auf die Beschaffung, der andere auf den Absatz. Genau drei Jahre übten sie ihr jeweiliges Gewerbe aus – mit Erfolg. Beide zeigten sich großzügig gegenüber ihren Wohltäterinnen, die sie aufgezogen hatten: Der Stadtjunge sorgte dafür, dass seine Tante die ehemalige Gemeinschaftswohnung allein bewohnen konnte, indem er der Nachbarin eine beträchtliche Abfindung zahlte, der Dorfjunge renovierte das Haus der Großmutter, wovon sie ihr Leben lang geträumt hatte. Allerdings konnten die beiden Frauen die Großzügigkeit der Jungen nicht lange genießen: Die Großmutter starb bald nach der Renovierung, die Tante bekam Tuberkulose und musste in ein Sanatorium, dann starb auch sie. Im selben Jahr wurden die Jungen festgenommen: den einen schnappte die Miliz auf frischer Tat, den anderen verhaftete sie eines Nachts zu Hause.

Sie begegneten sich im Untersuchungsgefängnis. Und näherten sich einander gleich vorsichtig an. Beide hießen Petrow. Und waren am selben Tag geboren. Einen Tag lang beobachteten sie einander, dann begriffen sie: Wir sind Brüder.

2

Bei ihrer Geburt waren die Zwillingsmädchen kaum zu unterscheiden. Der einen wurde sicherheitshalber ein rotes Bändchen ums Handgelenk gebunden. Die Eltern gaben ihnen ähnlich klingende Namen: Tanja und Anja. Die Mädchen wurden so oft verwechselt, dass sie manchmal selbst durcheinanderkamen: Jede reagierte auf beide Namen. Wenn sie sich überhaupt unterschieden, dann nicht äußerlich, sondern innerlich: Anja war stark, sie war der Motor, Tanja schien in ihrem Schlepptau zu schwimmen. Wenn die Mutter fragte: »Möchtest du Brei?«, antwortete Tanja: »Wie Anja.« Bis zum Schulabschluss trottete Tanja immer hinter Anja her: Anja ging in die Gymnastikgruppe, Tanja mit, Anja ging ins Kino, Tanja mit. Hatte Anja ein Rendezvous, versuchte Tanja, sich an die Schwester zu hängen. Nach dem Schulabschluss trafen sie eine ähnliche Wahl: Beide studierten Fremdsprachen – Tanja an der Pädagogischen Hochschule, Anja an einer Hochschule, die den Namen Dsershinskis trug. Sie machten im selben Jahr ihren Abschluss, und nun trennten sich ihre Wege tatsächlich – Tanja wurde Fremdenführerin im Polytechnischen Museum, Anja bekam eine Stelle im benachbarten Großen Haus; beide Gebäude lagen in der Nähe des Dsershinski-Denkmals. Im selben Jahr zerstritten sich die Schwestern und verließen ihr Elternhaus. Tanja heiratete und zog zu ihrem Mann, Anja erhielt eine Dienstwohnung. Tanja kopierte auf einem staatlichen Drucker heimlich antisowjetische Dokumente, Anja verfolgte in dienstlichem Auftrag Menschen, die so etwas taten. Die Schwestern begegneten sich im Flur des Großen Hauses am Dsershinski-

Platz; Tanja, zitternd vor Angst, war auf dem Weg zu dem in der Vorladung genannten Zimmer, Anja unterwegs in die Kantine, wo das Essen gut war und die Mitarbeiter der Behörde einmal in der Woche auf Bestellung Lebensmittel kaufen konnten, die »draußen« kaum zu bekommen waren. Danach trafen sie sich noch ein einziges Mal – auf der Beerdigung der Mutter. Die frühere Ähnlichkeit war verflogen, niemand hätte sie für Schwestern gehalten.

3

Die beiden Mädchen schienen anfangs völlig identisch zu sein. Die Ärzte hatten frühzeitig festgestellt, dass zwei Kinder unterwegs waren, und das enttäuschte niemanden – weder die Mama noch den Papa oder die Großmutter. Einen Jungen gab es in der Familie schon, der Erstgeborene war vier Jahre alt und Papas Liebling. Als Neugeborener hatte er allen das Leben schwergemacht: Er schrie nächtelang ununterbrochen, sodass sich die Eltern schließlich abwechselten und immer einer von ihnen bei der Nachbarin Ljussja übernachtete, um auszuschlafen. Die beiden Mädchen aber, Irotschka und Larotschka, waren die reinsten Engel – sie tranken und schliefen, tranken und schliefen und schrien nie. Sie wuchsen heran, für niemanden zu unterscheiden, und bereiteten den Eltern nie die für Mädchen eigentlich typischen Probleme: Sie zankten sich nicht, spielten stets friedlich miteinander, teilten ihre Spielsachen und stellten niemals Forderungen. Als sie dreizehn wurden, offenbarte sich jedoch ein Unterschied zwischen beiden: Ira wurde schneller erwachsen und war bald um einiges größer als ihre Schwester. Mit achtzehn wirkte sie wie eine voll entwickelte Frau, Larotschka dagegen sah noch immer aus wie eine Dreizehnjährige. Und so ging es mit den Gegensätzen weiter. Ira heiratete, bekam eine Tochter, wurde füllig, ließ sich scheiden, heiratete wieder, wurde noch dicker, Larotschka aber blieb unverheiratet und dünn wie eine Sechstklässlerin. Mit ihrer Intelligenz jedoch stand es ausgezeichnet: Sie hatte studiert und arbeitete in einem Konstruktionsbüro, unter lauter Männern. Verehrer aber hatte sie keine, trotz ihres angenehmen, unauffälligen Äußeren. Ira machte sich deswegen Sorgen, versuchte, sie mit jungen Männern zu verbandeln, ihr Liebesleben zu organisieren, doch Larotschka winkte nur ab: Wozu das, ein Liebesleben? Mit fünfunddreißig war Ira bereits schwerfällig und wirkte alt, Lara dagegen wog fünfundvierzig Kilogramm und hüpfte noch immer leichtfüßig herum. Die Kinder der dicken Ira, ein Junge und ein Mädchen, wuchsen heran und bekamen selbst Kinder, Ira wurde eine ehrwürdige Großmutter, grauhaarig und faltig, und hütete die Enkel. Lara jedoch schien nicht zu altern, sehr zum Erstaunen ihrer Umgebung. Die Schwestern hatten ihre verblüffende Ähnlichkeit eingebüßt. Dann bekam Ira eine tückische Krankheit, die sie zwei Jahre lang quälte, und starb als verbrauchte alte Frau. Larotschka aber war jung geblieben und lebte wie eine Studentin, obwohl sie inzwischen im Rentenalter war. Zum Frühstück ein weichgekochtes Ei und eine Tasse Tee, mittags ein Teller Gemüsesuppe und ein Stück Brot, abends nur Tee. Sie arbeitete nun nicht mehr, ging jeden Tag im Timirjasew-Park spazieren und schaute den Vögeln zu. Mit vierundachtzig war sie noch immer schlank und jugendlich. Das Alter konnte ihr nichts anhaben. So unterschiedlich war das Leben der beiden Schwestern verlaufen, dabei hatten sie sich bei ihrer Geburt geglichen wie ein Ei dem anderen.

4

Einfach unglaublich, wie sich die Scheidung von Tassja und Sewa und die Trennung ihrer Kinder auswirkte. Die beiden Jungen waren erst drei Jahre alt, und dennoch bekriegten sie einander schon ganz bewusst. Trotz ihrer großen Ähnlichkeit war der eine dünn, der andere wohlgenährt, fast dick. Sie hatten einen ähnlichen Stoffwechsel, aber der dicke Fedja war gierig und nahm dem Bruder nicht nur Spielzeug und Schuhe weg, sondern auch Essen. Als wäre er dem Bruder genau das schuldig. Bei der Vermögensaufteilung kam Fedja zum Vater, Grischa blieb bei der Mutter. Für Grischa brach ein neues Leben an, das Beste bekam nun er allein, was ihn aber nicht freute, sondern eher ein wenig beunruhigte, deshalb teilte er alles mit seiner Mama. Mama legte ihm einen Leckerbissen hin, und er ihr. Grischas Leben verlief nun völlig ungetrübt, nur einmal im Monat gab es einen Elterntag, da kamen der Vater und Fedja zu Besuch, aber das war auszuhalten. Manchmal wurden die Begegnungen abgesagt – wegen Krankheit. Grischas Krankheiten begannen meist kurz vor dem Familientreffen. Auch Mama Tassja war oft krank. Ja, so hatten sie sich aufgeteilt: zwei Gesunde, zwei Kranke. Das Verhältnis zwischen den beiden Gesunden war nicht besonders gut. Der Vater hatte in der neuen Ehe noch zwei andere Kinder, er beschäftigte sich meist mit den Kleinen und kümmerte sich kaum um Fedja. Grischa und die Mutter hingegen standen einander sehr nahe, sie pflegten sich gegenseitig während ihrer fast ununterbrochenen Krankheiten. Grischa war sanftmütig und nachgiebig, Fedja dagegen schroff und starrsinnig. Grischa besuchte eine medizinische Fachschule, Fedja wurde Berufssoldat. Er war in Afghanistan und an anderen Brennpunkten im Einsatz, bekam Orden und Medaillen. Und Grischa verabreichte alten Frauen in einem Altersheim Spritzen oder Einläufe. Von wegen genetische Anlagen!

5

Das eine Mädchen wurde vollkommen gesund geboren, das zweite mit einer Fehlstellung des Hüftgelenks. Marussja weinte – sie hatte sich einen Jungen gewünscht, nicht zwei Mädchen, und schon gar nicht eins mit einer Behinderung. Aber so war es nun mal – Schicksal! Das Schicksal zeigte sich indes äußerst launisch. Das lahme Mädchen, äußerlich der Schwester sehr ähnlich, überholte diese in der Entwicklung auf jedem Gebiet: Sie lernte eher sprechen, laufen, lesen, sogar Schachspielen. Aber sie lief langsam, mit schaukelndem Gang, und rennen konnte sie gar nicht. Die Lahme beneidete die Gesunde, die Gesunde die Lahme. Die Gesunde heiratete, die Lahme blieb trotz all ihrer Begabungen allein. Sie lebten zusammen in einer Wohnung, und im dritten Jahr zog der Mann der Gesunden zur Lahmen. So kann es gehen!

6

Diese Zwillingsbrüder waren unzertrennlich. Erstaunlich: Sie stritten sich nie, prügelten sich nicht, teilten alles miteinander, halfen einander in allem. Dann heiratete der eine, und seine Frau Sima zog zu ihnen in die Zweizimmerwohnung. In einem Zimmer wohnte der unverheiratete Sohn mit der Mutter, in dem anderen der Verheiratete mit seiner Sima. Vielleicht sah Sima schlecht, vielleicht war in ihr ein ungesundes Interesse erwacht, jedenfalls schlief sie eines Tages mit dem Bruder ihres Mannes. Tja, und so ging es weiter. Erst war der Verheiratete betrübt, doch dann dachte er: Warum sich grämen? Sie hatten schließlich immer alles geteilt. Waren doch keine Fremden. Bald starb die Mutter, Sima zog in deren Zimmer, und die Brüder schliefen abwechselnd mit ihr, nach einem simplen Plan: an den geraden Tagen der eine, an den ungeraden der andere. Das war doch gerecht, oder? Besonders, wenn der Monat nicht einunddreißig Tage hatte, sondern dreißig.

7

Die beiden Schwestern waren völlig gleich und lebten gleich. Die Mutter war gestorben, der Vater trank, bis er eines Tages ganz verschwand. Die Schwestern bewohnten ein großes Zimmer mit Stuckdecke in einer Gemeinschaftswohnung am Arbat. Mit Müh und Not schafften sie den Abschluss der achten Klasse, dann besuchten sie die Berufsschule, wurden Näherinnen und schneiderten für Frauen aus der Nachbarschaft. Bald vergrößerte sich ihr Kundenkreis. Eines Tages kam ein Künstler, brachte ein ausländisches Hemd mit Knöpfen am Kragen und bat die beiden, ihm genau so eines zu nähen. Das taten sie. Er holte das Hemd ab und lud die Schwestern zu sich ein – ich mache Models aus euch, sagte er. Und legte los: Er engagierte einen ehemaligen Balletttänzer als Bewegungslehrer, rasierte beiden die Augenbrauen ab und malte ihnen künstliche an, zeigte ihnen, wie sie sich schminken mussten, gab ihnen diverse Döschen und Schachteln mit Farben und Puder und ließ bei einem Schneider ein paar Sachen für sie nähen – nicht viele, aber etwas Besonderes. Dann arbeiteten die beiden Mädchen für ihn: Er fotografierte sie und verkaufte die Fotos an Werbekunden. Eines Tages kam ein echter Italiener in das Atelier, ein Journalist. Er verliebte sich so heftig in eines der Mädchen, dass er ihr einen Heiratsantrag machte und ihr einen ganzen Haufen Kleider schenkte, italienische. Zur Eheschließung kam er wieder. Sie heirateten. Die Schwägerin des frischgebackenen Ehemannes zog die italienischen Sachen an, die der Bräutigam mitgebracht hatte, schloss ihre Schwester im Bad ein und flog an deren Stelle nach Italien. Sie wurde eine italienische Ehefrau. Die erste Schwester aber grämte sich so, dass sie das Zimmer mit der Stuckdecke verließ und sich das Treppenhaus hinunterstürzte.

Sieben Ehepaare

1

Dies ist eine seltene und äußerst glückliche Geschichte. Olja Rtischtschewa und Anja Grinberg waren seit der ersten Klasse befreundet, so eng, dass sie sich nie stritten. Nach der Schule studierten beide am Institut für Leichtindustrie, weil die Aufnahmebedingungen leichter waren als an anderen technischen Hochschulen. Auch das Studium dort war leicht und fröhlich. Schnell bildete sich ein Freundeskreis, in dem Paare entstanden: Erst verliebte sich Olja in Serjosha, kurz darauf kam Anja mit Boris zusammen. Im dritten Studienjahr feierten beide Paare Hochzeit, eine fröhliche Doppelhochzeit mit vielen Gästen. Oljas Stimmung trübte sich allerdings bald, weil ihr Mann Serjosha den ganzen Abend ausgelassen mit ihrer Freundin Anja tanzte. Anderthalb Jahre später, als Olja bereits ihre Tochter Lenotschka geboren hatte, stellte sie fest, dass Serjosha sich heimlich mit Anja traf. Olja war verletzt – wobei sie der Verrat ihrer Freundin mehr schmerzte als der ihres Mannes. Sie sagte nichts, sondern vergalt Gleiches mit Gleichem. Weitere anderthalb Jahre später flogen die romantischen Seitensprünge auf. Die vier trafen sich, besprachen die entstandene Situation und kamen zu einer interessanten und einfachen Lösung: Sie tauschten. Anja zog zu Serjosha, Olja zu Boris. Alle waren glücklich. Die kleine Lenotschka, die schon als Baby vom Hausfreund Boris auf dem Rücken herumgetragen worden war, vermisste nichts. Weitere anderthalb Jahre vergingen. Die beiden Ehepaare trafen sich weiterhin von Zeit zu Zeit. Silvester feierten sie in der Wohnung gemeinsamer Studienfreunde. Als Serjosha, der einzige Raucher unter den Gästen, zum Rauchen auf den Balkon gehen wollte, erblickte er ein Paar, das sich leidenschaftlich küsste: Boris und Anja. Sie bemerkten Serjosha nicht, und er ging leise zurück. Am fast leeren Tisch saß Olja. Sie hatte in ihrer neuen Ehe einen Jungen geboren, war nun rundlicher und wirkte verjüngt; sie lächelte Serjosha an, und ihn überkam eine Zärtlichkeit, wie er sie lange nicht mehr empfunden hatte. Er ging zu ihr, legte ihr eine Hand auf die Schulter und fragte leise: Olja, meinst du nicht, es ist genug? Wollen wir zurücktauschen? Sie nickte: Daran habe ich auch schon gedacht.

Zwei Wochen später erfolgte die erneute Rochade. Wieder waren alle glücklich. Das einzig Unpraktische an dem neuen Arrangement war, dass die Väter durch die ganze Stadt fahren mussten, um ihre Kinder zu besuchen, was viel Zeit kostete. Die vier setzten sich zusammen, besprachen die logistischen Probleme und fanden eine Lösung: Die Frauen organisierten einen günstigen Wohnungstausch, sodass beide Familien nun im selben Haus wohnten, nur in verschiedenen Aufgängen. Wieder waren alle glücklich und besuchten einander.

2

Siebzehn Jahre währte die kinderlose und liebeleere Ehe des nicht mehr jungen Paares. Der Mann wollte fort. Nicht zu einer anderen Frau, sondern zu seiner Mutter, die allein in der kleinen Stadt Kowrow lebte, in einem baufälligen Haus mit Toilette auf dem Hof. Weder die Wärme des Ehebetts noch der Duft aus der Küche hielten ihn mehr zu Hause. Er war endgültig entschlossen, zu seiner Mutter zu ziehen, hatte sogar Arbeit gefunden dort in der tiefsten arbeitslosen Provinz – als Lehrer in der Achtklassenschule, in die er selbst früher gegangen war. Alles war geplant, er war ganz auf das neue Leben eingestellt, seine Mutter erwartete ihn, hatte schon Bleche bestellt, damit er das Dach ihres Hauses neu decken konnte. Auf diese Aufgabe freute er sich. Er war also bereit, hatte alles vorbereitet, da sagte seine Frau plötzlich: Geh nicht, wir bekommen ein Kind. Er glaubte ihr nicht. Dachte, sie lüge. Doch ihr Bauch, sonst dünn und flach, schien tatsächlich angeschwollen, genau wie ihre Brüste. Aber ein Kind, in ihrem vorgerückten Alter? Was sollte das jetzt noch? Dafür war es doch zu spät. Er war fünfundvierzig, sie zweiundvierzig.

Voll vager Unruhe blieb er bei seiner Frau; er verstand nicht, bei welcher der seltenen Gelegenheiten sie schwanger geworden sein konnte. Der Gedanke an Ehebruch kam ihm nicht: Wer sollte an der dürren alten Ziege Gefallen gefunden haben? Er beschloss, die Entbindung abzuwarten und danach zu seiner Mutter zu ziehen. Als man ihm mitteilte, seine Frau habe eine Tochter geboren, verspürte er Erleichterung und dachte, nun könne er endlich gehen. Der Umzug nach Kowrow schien ihm dringend, er machte sich Sorgen: Was für Dachbleche seine Mutter wohl gekauft hatte und ob sie auch nicht betrogen worden war.

Seine Frau schrieb aus der Entbindungsklinik rätselhafte Briefe, weinte am Besucherfenster, und er begriff nicht, warum sie sich nicht freute, sie hatte sich doch immer ein Kind gewünscht. Er beschloss, sich anständig zu verhalten: Das gesamte Geld, das er für die Reparatur des Hauses seiner Mutter gespart hatte, würde er seiner Frau geben; doch sobald er die beiden aus der Klinik nach Hause gebracht hatte, wollte er abreisen. Er hatte schon gepackt und auch einiges an Werkzeug gekauft.

Marussja kam aber nicht wie üblich nach einer Woche aus der Klinik, sondern erst nach einem Monat – mit der Tochter war etwas nicht in Ordnung. Bald erfuhr er den Grund: Das Mädchen litt am unheilbaren Down-Syndrom. Wo sie sich das im Mutterleib geholt haben konnte, begriff der Mann nicht. Als er die Kleine das erste Mal sah, wusste er, dass er dableiben würde. Ein gelbes Gesichtchen, schmale Äuglein – sie sah aus wie eine Chinesin. Und die Händchen so winzig, die Finger gespreizt – wie sollte er da weggehen? Er war vom ersten Augenblick an vernarrt in seine Tochter. Die Kleine war ein glückliches, ein sehr glückliches Kind: Der Vater liebte sie wahnsinnig, die Mutter noch mehr. Eigentlich gibt es so etwas nicht. Gewöhnlich werden Frauen mit einem solchen Kind von ihrem Mann verlassen. Doch er, Stepan, war ein besonderer Mann.

3

Keine der Frauen dieser Familie hatte ein Leben ohne Mann geplant, aber aus unerklärlichen Gründen war es so gekommen. Männer fassten einfach nicht Fuß in ihrem Haus. Dabei war es ein schönes Haus, ein wie durch ein Wunder erhalten gebliebenes kleines Einfamilienhaus im Zentrum von Moskau. Das Wunder hatte allerdings einen realistischen Hintergrund: An dem Haus hing eine Tafel, die verkündete, im Jahre soundso sei Lenin in diesem Haus aufgetreten. Deshalb wurde es nicht abgerissen. Und die Ogorodnikow-Grusdews, vier Generationen einer männerlosen Familie, mussten nicht ausziehen. Sofja Iwanowna dachte übrigens zu jener Zeit, von der hier die Rede ist, bereits ans Sterben und bereitete sich gründlich darauf vor. Ihre siebzigjährige Tochter, ein Kriegskind, hatte ihren Vater nie gekannt. Auch die Enkelin kannte ihren Vater nicht. Er wusste nicht einmal, dass es sie gab. Die Enkelin, fest entschlossen, die Familientradition weiblicher Einsamkeit zu durchbrechen, hatte geheiratet und einen anderen Namen angenommen, um dem Schicksal ein Schnippchen zu schlagen, doch der Mann hatte sich schon vor der Geburt des Kindes aus dem Staub gemacht, und als das Mädchen heranwuchs, bekam es auf die Frage nach dem Vater nur zu hören, ihr Papa arbeite im Norden. Eine gute Idee, wie es schien – bis die Enkelin eines Tages auf dem Tisch ihrer Tochter ein krumm und schief beschriebenes Blatt Papier fand, das mit den Worten begann: »Liebes Töchterchen …«. Das Mädchen hatte einen Brief an sich selbst geschrieben. Es lag ein Fluch auf diesen durchaus attraktiven Frauen: Sie hatten weder Väter noch Ehemänner.

Mit zwanzig brachte Sofja Iwanownas Urenkelin eine Freundin mit nach Hause, eine hochgewachsene sportliche Frau um die dreißig, die bei ihnen einzog. Die Frage, wer diese Frau für ihre Urenkelin war – ihr Mann oder ihre Frau –, kümmerte Sofja Iwanowna nicht. Besser als nichts.

4

Die Ehe dieses Paares war auch nach fünfjährigem Bemühen noch kinderlos. Sie beschlossen, ein Kind aus dem Heim zu holen, aber niemandem davon zu erzählen. Das war nicht ganz einfach, die Formalitäten waren aufwändig und kosteten viel Zeit. Mit dem kleinen Artjom zogen sie sofort in einen anderen Stadtbezirk, damit niemand auf die Idee kam, das Kind sei adoptiert. Als der Sohn ein Jahr alt war, beschlossen sie, ein weiteres Kind zu adoptieren, damit er nicht als Egoist heranwuchs. Die kleine Warja bekamen sie erstaunlich schnell, ohne langwierige Überprüfungen durch die Jugendfürsorge. Sie wurden eine Bilderbuchfamilie: Der Vater arbeitete in einer erfolgreichen Firma, die Mutter blieb mit den Kindern zu Hause; sie kauften ein Sommerhaus mit einem Grundstück von sechshundert Quadratmetern und ein gebrauchtes Auto für die Fahrten dorthin. Alle liebten einander, besonders zärtlich liebten sich Bruder und Schwester. Die beiden stritten sich nie, im Gegenteil, der Junge, der ein Jahr früher in die Schule kam, übernahm im Jahr darauf die Patenschaft für seine Schwester, was sie auch brauchte. Und er brauchte seine Schwester: An niemandem auf der Welt hing er so sehr wie an dem grazilen Mädchen. So wuchsen sie heran, seine brüderliche Zuneigung ging fließend über in den vagen Drang, das zarte Mädchen zu berühren, zu streicheln, und sie nahm seine flüchtigen Gesten wohlwollend auf. Alles änderte sich, als er fünfzehn war und sie vierzehn. Die Mutter verspürte eine leichte Unruhe, als sie die gegenseitige Neigung bemerkte, der Vater aber lachte: Die beiden sind doch nicht Romeo und Julia! Bruder und Schwester berührten und streichelten einander, entdeckten den großen Reiz dieser Zärtlichkeiten und vergnügten sich, bis die Schwester einen dicken Bauch bekam. Doch das wurde keine Tragödie. Warja entband an ihrem sechzehnten Geburtstag. Natürlich waren die Eltern zunächst nicht gerade begeistert, aber kaum war das neugeborene Mädchen zu Hause, schnappte die frischgebackene Großmutter fast über vor Glück: Sie hatte zwei Kinder großgezogen, aber keines von Anfang an, beide fingen schon an zu laufen, als sie zu ihr kamen. Um ein so kleines Baby hatte sie sich noch nie kümmern können; die winzigen Händchen und Füßchen rührten ihr Herz. Sie adoptierte auch ihre Enkelin. Und so waren Mutter und Tochter zugleich Schwestern, und die Großmutter war zugleich die Mutter ihrer Enkelin. Ein gutes Ende.

5

Tamara Iwanowna hatte ihre Sehkraft nicht auf einen Schlag verloren. Ihre Augen waren schon immer schlecht gewesen, hatten aber in den letzten Jahren weiter nachgelassen, und nun war sie völlig blind. Gennadi Petrowitsch war in seiner Jugend taub geworden, nach einer leichten Scharlacherkrankung. Die Blindheit der einen und die Taubheit des anderen taten ihrer Liebe keinen Abbruch. Im Gegenteil, je weniger sie sich mit Worten verständigen konnten, desto besser verstanden sie sich auf die Sprache der Berührungen. Für alle anderen Menschen ist das die besondere Sprache der Liebe – Liebkosungen der Hände, der Zunge, der Haut – diese beiden aber kannten als Einzige auf der Welt keine andere Sprache. Sie konnten alles durch Berührungen ausdrücken: Komm, es ist Zeit fürs Mittagessen. Wollen wir nicht ein bisschen in der Sonne spazieren gehen … Abends saßen Gennadi Petrowitsch und Tamara Iwanowna vor dem Fernseher und sahen sich auf ihre einzigartige Weise zusammen alte Filme an: Der Taube erzählte der Blinden, was er sah, und sie schrie ihm ins Ohr, was sie hörte. Ob er sie hörte, ist ungewiss. Sie lebten lange, und jedes Jahr saßen sie am Silvesterabend vorm Fernseher und schauten Eldar Rjasanows Komödie »Nun schlägt's 13!«. Hand in Hand.

6

Es lief schlecht, so schlecht, dass Pawel ohne jede Erklärung seine Sachen packte. Vor allem Bücher und Papiere, die er an den Ort bringen musste, an den er nun ziehen wollte, nach acht Jahren Pendeln zwischen Lichobory und Jassenew, zwischen seiner Frau Sonja und seiner Freundin Natascha. Er ging in die Küche, um ein Glas Wasser zu trinken, drehte den Hahn auf und vernahm ein merkwürdiges stockendes Pfeifen, das er zunächst für ein Geräusch aus der Wasserleitung hielt. Doch nein: Die ungewohnten, erschreckenden Laute kamen aus dem Zimmer seiner Frau. Er ging zu ihr – Sonja keuchte, röchelte, ihr Gesicht war dunkelrot angelaufen. Pawel erschrak und rief einen Rettungswagen. Der Notarzt kam nach zwanzig Minuten. Er gab Sonja eine Spritze, wartete, bis der Anfall vorbei war, und ging wieder. Die Diagnose lautete: Bronchialasthma. Das hatte Sonja noch nie gehabt. Pawel legte seinen Koffer wieder auf den Schrank und rief Natascha an: Ich kann jetzt nicht kommen, ich rufe dich später an. Drei Tage lag Sonja krank im Bett, stand kaum auf und aß nichts. Pawel brachte ihr Tee. Dann schien alles überstanden. Nach einer Woche packte Pawel erneut – und wieder vernahm er das nun schon bekannte Röcheln. Wieder rief er den Notarzt. Fünf Mal hintereinander wiederholte sich die Geschichte. Pawel beschloss, seinen Auszug zu verschieben. Die Anfälle hörten auf. Doch als er nach zwei Monaten den Koffer vom Schrank nahm und wieder packte, bekam Sonja erneut einen Anfall. Er sah, dass sie nicht simulierte. Sie sprachen schon seit langem nicht mehr miteinander. Beide waren bereit zu einer Trennung. Aber jedes Mal, wenn Pawel anfing zu packen, erwachte Sonjas seltsame Krankheit wieder und ließ ihn nicht gehen. Er blieb. Natascha war tödlich beleidigt und erteilte ihm Hausverbot. Sonjas Krankheit verschwand. Die Ehe blieb erhalten.

7

Anastassija Akimowna war eine bösartige Kirchgängerin, sie liebte niemanden, nicht einmal ihren Sohn Nikolai. Am wenigsten liebte sie ihre Schwiegertochter Tonja – nein, die hasste sie sogar. Und deren Kinder, ihre Enkel, liebte sie ebenfalls nicht. All ihre Liebe galt ausschließlich der Gottesmutter, nicht jeder beliebigen, sondern der auf der Ikone »Freude aller Trauernden«, die von Trauernden und Leidenden umgeben ist. Auf der alljährlichen Kirchenfeier dieser Ikone in der Großen Ordynka-Straße vergoss sie süße Tränen einer Liebe, die sie keinem Menschen schenkte. Früher hatte sie mit der Familie ihres Sohnes auf engem Raum zusammengelebt, doch als ihr altes Haus geräumt wurde, hatte sie auf eigenen Wunsch eine Einzimmerwohnung bekommen, für sich allein, ohne ihren Sohn, ihre Schwiegertochter und die Enkel. Allerdings in einem entlegenen Stadtbezirk. Anfangs war der Sohn gekränkt, doch dann gewöhnte er sich daran, die Mutter nur einmal im Monat zu besuchen, irgendwann nach dem Gehaltstag, Hauptsache, nicht am Sonntag. Der Sonntag passte ihr nicht, denn den verbrachte sie von morgens bis abends in der Kirche bei der »Freude der Trauernden«.

Eines Tages kam Nikolai außer der Reihe zu ihr, ziemlich spät am Abend. Ohne die Jacke auszuziehen, setzte er sich auf einen Stuhl und fing an zu weinen. Dann sagte er: »Mama, Tonja hat Krebs. Sehr bösartig, sagt der Arzt, und dass sie nicht mehr lange hat. Ich weiß nicht, was ich machen soll.«

Dann zog er eine Viertelliterflasche aus der Tasche, leerte sie und warf sie auf den Boden.

»Wie kann dein Gott so was zulassen?«

Er wurde sofort betrunken, aß nichts, gab der Mutter nicht das übliche Geld – vielleicht hatte er es vergessen, vielleicht wollte er es für die Behandlung sparen.

Am nächsten Morgen stand Anastassija Akimowna sehr früh auf und fuhr in ihre Kirche. Sie war leer, der Gottesdienst hatte noch nicht begonnen. Vor der Ikone der »Freude aller Trauernden« kniete sie nieder und betete. Zunächst gestand sie der Gottesmutter reumütig, dass sie ihre Schwiegertochter nicht liebe, sie habe sich zwar nie mit ihr gestritten, sie aber insgeheim verflucht, und nun fühle sie sich schuldig wegen dieser Sünde, ihretwegen sei Tonja krank, werde sterben und zwei Kinder als Waisen hinterlassen. Sie weinte. Und am Ende bat sie: Heilige Mutter, lass lieber mich krank werden, lass lieber mich sterben, erweise mir die Gnade.

Das wiederholte sie mehrmals. Viele Male. Auf Knien.

Das Weitere lief so rasch ab wie im Film. Eine Woche darauf wurde Tonja operiert, die Ärzte fanden keinen Tumor, nähten Tonja wieder zu und schickten sie nach Hause. Eine weitere Woche später fuhr ein wilder Schmerz Anastassija Akimowna in die Seite wie mit Zangen, und sie begriff sofort, dass die Krankheit aus Tonja gewichen und zu ihr gekommen war. Die Akimowna ging nicht zum Arzt. Sie erduldete den Schmerz und rieb sich mit Lampenöl ein – es half ein bisschen. Die letzten drei Tage litt sie sehr. Aber sie wusste, dass sie es nicht länger als drei Tage ertragen musste. Alles geschah genau so, wie sie es im Gebet erfleht hatte. Das Erstaunlichste aber war – die verhasste Tonja schien über eine himmlische Telefonverbindung davon erfahren zu haben. Sie weinte beim Begräbnis der Akimowna bitterlich und kaufte sich für ihre neue Dreizimmerwohnung eine kleine Ikone der »Freude aller Trauernden«. Nicht weil sie gläubig gewesen wäre, sondern um der verhassten Schwiegermutter postum etwas Gutes zu tun.

Inhalt

Freundinnen

Vom Körper der Seele

Sechs mal sieben Miniaturen